3001

Die letzte Odyssee

ARTHUR C. CLARKE

3001
DIE LETZTE ODYSSEE

Roman

Aus dem Englischen
von Irene Holicki

Alle in diesem Roman dargestellten Personen und Ereignisse sind frei erfunden. Übereinstimmungen mit real existierenden Personen und tatsächlichen Begebenheiten sind rein zufällig und nicht beabsichtigt.

Die Deutsche Bibliothek – CIP-Einheitsaufnahme

Clarke, Arthur C.:
3001 : die letzte Odyssee ; Roman / Arthur C. Clarke.
Aus dem Engl. von Irene Holicki. – 1. Aufl. – Köln : vgs, 1998
ISBN 3-8025-2559-0

Die amerikanische Erstausgabe erschien 1997 unter dem Titel 3001 – THE FINAL ODYSSEY bei DelRey, a division of Bantam Doubleday Dell Publishing Group, Inc.

2. Auflage 1998
© der deutschen Ausgabe: vgs verlagsgesellschaft, Köln
und Wilhelm Heyne Verlag, München
Lektorat: Gerhard Lubich, Köln
Umschlaggestaltung: Papen Werbeagentur, Köln
Titelillustration: © Tony Stone Images, New York
Satz: Wolframs Direkt Medienvertrieb GmbH, Attenkirchen
Druck: Clausen & Bosse, Leck
Printed in Germany
ISBN 3-8025-2559-0

Besuchen Sie unsere Homepage
im WWW: http://www.vgs.de

Für Cherene, Tamara und Melinda
Ich wünsche euch Glück in eurem Jahrhundert —
möge es besser sein als das meine.

Inhalt

Prolog: Die Erstgeborenen 11

I. Star City

1. Der Kometencowboy 15
2. Erwachen 20
3. Resozialisation 22
4. Zimmer mit Aussicht 30
5. Weiterbildung 36
6. Der Zerebralhelm 41
7. Lagebesprechung 50
8. Rückkehr nach Olduvai 58
9. Skyland 60
10. Ikarus läßt grüßen 71
11. Hier wohnen Drachen 77
12. Abgeblitzt 82
13. Fremd in einer fremden Zeit 86

II. Die *Goliath*

14. Abschied von der Erde 95
15. An der Venus vorbei 101
16. Am Kapitänstisch 110

III. Die Welten des Galilei

17. Ganymed 119
18. Im Grandhotel 123

19. Der Wahn der Menschheit 129
20. Der Ketzer 137
21. Quarantäne 142
22. Wer nicht wagt 147

IV. Das Königreich des Schwefels

23. Die *FALCON* 149
24. Fluchtmanöver 152
25. Feuer in der Tiefe 155
26. Tsienville 159
27. Eis und Vakuum 164
28. Die kleine Dämmerung 170
29. Gespenster in der Maschine 172
30. Raumlandschaft aus Gas und Schaum 176
31. Die Kinderschuhe 179

V. Vollendung

32. Jahre der Muße 184
33. Kontakt 192
34. Das Urteil 194
35. Kriegsrat 198
36. Die Schreckenskammer 202
37. Operation DAMOKLES 209
38. Präventivschlag 212
39. Gott ist tot 217
40. Mitternacht: Am Pico 222

Epilog 225

Quellen und Danksagungen 227
Zum Abschied 249
Über den Autor 257

Prolog

Die Erstgeborenen

Nennen wir sie die Erstgeborenen. Sie waren keine Menschen, oh nein, aber sie waren aus Fleisch und Blut, und wenn sie hinausblickten in die Tiefen des Weltalls, dann wurden sie von ehrfürchtigem Staunen erfaßt — und von tiefer Einsamkeit. Sowie sie dazu imstande waren, nahmen sie den Weg zu den Sternen, um nach Gesellschaft zu suchen.

Auf ihren Reisen begegnete ihnen das Leben in vielerlei Gestalt, und auf tausend Welten konnten sie das Wirken der Evolution beobachten. Oft mußten sie mit ansehen, wie ein erstes, allzu schwaches Fünkchen Intelligenz in der kosmischen Nacht aufflackerte und wieder erlosch.

Der Geist war das Kostbarste, das sie in der gesamten Galaxis fanden, und so förderten sie seine Entwicklung allenthalben. Die Sterne wurden ihnen zu Äckern, sie säten, und mitunter konnten sie auch ernten. Doch wo das Unkraut wucherte, rissen sie es gnadenlos aus.

Die Zeit der großen Dinosaurier war längst vorüber — ein Hammerschlag aus dem All hatte diese aufdämmernde Hoffnung zerstört — als das Forschungsschiff nach einer Reise von tausend Jahren das Sonnensystem erreichte. Es raste an den im Eis erstarrten äußeren Planeten vorbei, verharrte kurz über den Wüsten des sterbenden Mars und erreichte schließlich die Erde.

Vor den Blicken der Reisenden lag eine Welt voll wimmelnden Lebens. Jahrelang beobachteten, sammelten und registrierten sie, und als es nichts mehr zu erforschen gab, begannen sie mit der Umgestaltung. Viele Arten zu Wasser und zu Lande wurden Gegenstand ihrer Experimente. Doch was davon Früchte trug, würde sich frühestens in einer Million Jahren offenbaren.

Sie hatten viel Geduld, doch sie waren noch nicht unsterblich. Das Universum mit seinen hundert Milliarden Sonnen bot ihnen ein reiches Betätigungsfeld, und immer neue Welten lockten. So machten sie sich abermals auf in die große Leere, wohl wissend, daß sie niemals wiederkehren würden. Doch das war auch nicht nötig, denn sie hatten Diener zurückgelassen, die den Rest erledigen konnten.

Eiszeiten gingen über die Erde hinweg, während der Mond von jedem Wandel unberührt blieb und getreulich das Geheimnis von den Sternen hütete. Langsamer noch als die Gletscher bewegten sich die Zivilisationsströme durch die Galaxis. Glanzvolle und schreckliche Reiche entstanden und zerfielen wieder, und alle gaben sie ihre Erfahrungen an ihre Nachfolger weiter.

Draußen, inmitten der Sterne, trieb die Evolution währenddessen neuen Höhepunkten zu. Längst hatten die ersten Besucher der Erde die Grenzen überwunden, die Fleisch und Blut ihnen setzten. Sobald sie Maschinen entwickelt hatten, die besser waren als ihre Körper, taten sie den logischen Schritt und verpflanzten erst ihre Gehirne, dann nur noch ihr Bewußtsein in blanke Gehäuse aus Metall und Plastik, um darin die Galaxis zu durchstreifen. Raumschiffe bauten sie nicht mehr. Sie waren selbst zu Raumschiffen geworden.

Diese Phase der Maschinenexistenz währte freilich nicht lang. Dank unermüdlicher Forschungsarbeit lernten sie irgendwann, ihr Wissen in der Struktur des Raumes zu speichern und ihre Gedanken in starren Lichtrastern zu fixieren.

Schließlich verwandelten sie sich in reine Energie; auf tauscnd Welten zuckten die leeren Hüllen, die sie abgestreift hatten, noch eine Weile im seelenlosen Totentanz, um dann zu Staub zu zerfallen.

Nun waren sie die Herren der Galaxis. Endlich befreit von der Tyrannei der Materie, streiften sie ungehindert zwischen den Sternen umher oder drangen wie dünner Nebel durch die Risse und Sprünge des Raumes. Dennoch hatten sie ihre Anfänge im warmen Schlamm eines längst versiegten Meeres nicht vergessen. Auch ihre großartigen Werkzeuge funktionierten noch und wachten weiter über die vor Äonen begonnenen Experimente.

Freilich gehorchten sie den Geboten ihrer Schöpfer nicht mehr zuverlässig, denn gleich allen Kindern der Materie waren sie anfällig für den Zahn der Zeit und für ihren geduldigen, ewigwachen Diener, die Entropie.

Und manchmal fanden und verfolgten sie auch eigene Ziele.

I.
Star City

1. Der Kometencowboy

Captain Dimitri Chandler [M 2973.04.21/93.106//Mars//Raumakad3005] — seine Freunde nannten ihn einfach "Dim" — hatte allen Grund, sich zu ärgern. Sechs Stunden hatte die Botschaft von der Erde gebraucht, um den Raumschlepper *Goliath* hier draußen jenseits des Neptunorbits zu erreichen. Nur zehn Minuten später, und er hätte sagen können: "Bedaure — kann jetzt nicht weg — haben eben damit begonnen, den Sonnenschutz anzubringen."

Es wäre ein triftiger Grund gewesen: einen Kometenkern in eine reflektierende Folie von nur wenigen Molekülen Dicke, aber mehreren Kilometern Seitenlänge zu wickeln, war eine Aufgabe, die man nicht halb vollendet liegenlassen konnte.

Doch wie die Dinge lagen, mußte er dem albernen Wunsch wohl oder übel entsprechen: Er stand sonnenwärts ohnehin bereits in Ungnade, wenn auch ganz ohne sein Zutun. Schon vor dreihundert Jahren — im 27. Jahrhundert also — hatte man angefangen, Eisklumpen aus den Saturnringen zu sammeln und zur Venus und zum Merkur zu schicken, wo sie dringend gebraucht wurden. Seither lamentierten die Sonnensystemschützer über diesen kosmischen Vandalismus und suchten ihre Vorwürfe mit 'Vorher'- und 'Nachher'-Aufnahmen zu stützen. Captain Chandler hatte die angeblichen Unterschiede auf den Bildern nie so recht erkennen können, aber die breite Öffentlichkeit war durch die Umweltkatastrophen früherer Jahrhunderte sensibilisiert und reagierte entsprechend. Das Referendum 'Hände weg vom Saturn!' war mit großer Mehrheit verabschiedet worden und hatte Chandler vom Ringdieb zum Kometencowboy gemacht.

Im Moment befand er sich ziemlich weit in Richtung Alpha Centauri und fing versprengte Teile des Kuiper-Gürtels ein. Hier draußen gab es genügend Eis, um Merkur und Venus mit kilometertiefen Ozeanen zu bedecken, aber bis das Höllenfeuer auf den beiden Planeten gelöscht und die Voraussetzungen für die Ansiedlung von Lebewesen geschaffen waren, konnte es noch Jahrhunderte dauern. Die Sonnensystemschützer protestierten natürlich auch gegen diese Projekte, aber nicht mehr mit dem gleichen Eifer wie früher. Der Asteroideneinschlag im Pazifik im Jahre 2304 hatte einen Tsunami ausgelöst, der Millionen Opfer forderte —Ironie des Schicksals, daß der Schaden bei einem Einschlag auf dem Festland sehr viel geringer gewesen wäre! — und hatte damit alle nachfolgenden Generationen aufs eindringlichste gewarnt, daß die Menschheit viel zu viel auf eine einzige, schlechte Karte setzte.

Dieses Paket, dachte Chandler, braucht fünfzig Jahre, um sein Ziel zu erreichen, es kommt also nicht darauf an, ob es eine Woche früher oder später abgeht. Aber die Rotation, das Massenzentrum und die Schubvektoren mußten samt und sonders neu berechnet und zur Überprüfung zum Mars gefunkt werden. Wenn man mehrere Milliarden Tonnen Eis auf einen Orbit brachte, der sie womöglich auf Rufweite an der Erde vorbeiführte, konnte der kleinste Rechenfehler fatale Folgen haben.

Wie schon so oft, wanderte Captain Chandlers Blick zu dem alten Foto über seinem Schreibtisch. Es zeigte ein Dampfschiff mit drei Masten vor einem riesigen Eisberg — der es ebenso winzig erscheinen ließ wie der Komet die *Goliath*.

Unglaublich, dachte er wieder einmal, daß diese primitive *Discovery* und das Schiff, das unter gleichem Namen zum Jupiter geflogen war, nicht mehr als ein langes Menschenleben trennte! Was hätten die Südpolforscher von Anno dazumal wohl gesagt, wenn sie auf seiner Brücke gestanden hätten?

Auf jeden Fall wären sie verwirrt gewesen, denn die Eiswand, vor der die *Goliath* schwebte, erstreckte sich nach allen Seiten, so weit das Auge reichte. Und das Eis sah ganz anders aus als auf den Polarmeeren. Die reinen Weiß- und Blautöne fehlten, es wirkte geradezu schmutzig — und das war es auch. Denn nur etwa 90 Prozent waren Wassereis: Der Rest war eine Giftbrühe aus Kohlenstoff- und Schwefelverbindungen, die zumeist nur bei Temperaturen knapp über dem absoluten Nullpunkt stabil blieben. Wenn man sie auftaute, kam es oft zu bösen Überraschungen. Der Ausspruch eines Astrochemikers: "Kometen haben Mundgeruch", war weithin berühmt geworden.

"Skipper an Mannschaft", verkündete Chandler. "Kleine Programmänderung. Wir haben Anweisung, die Arbeiten zu verschieben, um uns ein Objekt anzusehen, das die Radargeräte von SPACEGUARD entdeckt haben."

Aus allen Interkomlautsprechern drang lautes Stöhnen. "Weiß man Genaueres?" fragte schließlich jemand.

"Nicht viel, aber ich schätze, es ist wieder mal ein Projekt des Jahrtausendkomitees, das man übersehen hat."

Auch das wurde mit einem Aufstöhnen quittiert: Man hatte die zahllosen Veranstaltungen, die zur Feier der Jahrtausendwende geplant worden waren, inzwischen gründlich satt. Alle Welt hatte aufgeatmet, als der 1. Januar 3001 heil überstanden war und die Menschheit wieder zur Tagesordnung übergehen konnte.

"Wahrscheinlich ist es nur blinder Alarm, genau wie beim letzten Mal. Wir machen so bald wie möglich weiter. Skipper Ende."

Das war nun schon das dritte Mal, dachte Chandler verdrießlich, daß er einem Phantom nachjagte. Obwohl man das Sonnensystem seit Jahrhunderten bis in den letzten Winkel erkundete, gab es immer noch Überraschungen, und SPACE-GUARD hatte vermutlich gute Gründe für seine Bitte. Hoffentlich hatte nicht wieder irgendein Phantast den legendären Goldasteroiden gesichtet. Falls er tatsächlich existierte — was Chandler für ausgeschlossen hielt — wäre er ohnehin nur eine mineralogische Kuriosität; der Wert der Eisklumpen, die die *Goliath* sonnenwärts schickte, um öden Welten das Leben zu bringen, war sehr viel größer.

Es gab jedoch eine weitere Möglichkeit, die Chandler sehr ernst nahm. Die Menschheit hatte ihre Robotsonden inzwischen über hundert Lichtjahre im Umkreis im All verstreut — und der Tycho-Monolith bewies zweifelsfrei, daß sehr viel ältere Zivilisationen ähnliche Initiativen ergriffen hatten. Nicht auszuschließen, daß sich noch andere Objekte außerirdischen Ursprungs im Sonnensystem befanden oder auf der Durchreise waren. Captain Chandler vermutete, daß auch SPACEGUARD in diese Richtung dachte: Sonst hätte man wohl kaum einen Raumschlepper Klasse I umdirigiert, damit er einem obskuren Radarsignal hinterherjagte.

Fünf Stunden später entdeckte die *Goliath* das Echo in großer Entfernung; selbst auf diese Distanz war es enttäuschend schwach. Doch mit der Zeit wurde es klarer und stärker, und schließlich stellte sich heraus, daß es von einem vielleicht zwei Meter langen Metallgegenstand abgegeben wurde. Das Objekt bewegte sich auf einer Bahn, die aus dem Sonnensystem hinausführte, es handelte sich also, dachte Chandler, mit ziemlicher Sicherheit um ein Stück Raumschrott, wie es die Menschheit im Lauf des letzten Jahrtausends so zahlreich zu den Sternen geschleudert hatte. Irgendwann würden diese Trümmer vielleicht das einzige sein, was von der Existenz der menschlichen Rasse zeugte.

Als sie dem Objekt so nahegekommen waren, daß eine visuelle Untersuchung möglich war, konnte Captain Chandler nur noch staunen. Irgendein fleißiger Historiker wühlte offenbar immer noch in den frühesten Aufzeichnungen des Raumfahrtzeitalters herum. Ein Jammer, daß die Computer die Antwort erst jetzt gegeben hatten, ein paar Jahre zu spät für die Jahrtausendfeiern!

"Hier *Goliath*!" funkte Chandler erdwärts. Ehrfürchtiger Stolz klang aus seiner Stimme. "Wir holen soeben einen tausend Jahre alten Astronauten an Bord. Und ich kann mir sogar denken, wer es ist."

2. Erwachen

Frank Poole erwachte, aber sein Kopf war so leer, daß ihm nicht einmal sein Name einfallen wollte.

Er befand sich in einem Krankenzimmer, das verriet ihm der primitivste und zugleich plastischste seiner fünf Sinne, noch bevor er die Augen aufschlug. Jeder Atemzug trug ihm einen schwachen, nicht unangenehmen Geruch nach Antiseptika zu und versetzte ihn zurück in seine verwegenen Teenagerjahre, als er sich — natürlich! — in Arizona bei den Meisterschaften im Drachenfliegen eine Rippe gebrochen hatte.

Dann kehrte die Erinnerung allmählich zurück. Ich bin Frank Poole, Kopilot und Erster Offizier der USSS *Discovery*, auf streng geheimer Mission zum Jupiter. —

Eine eiskalte Hand griff nach seinem Herzen. Wie in Zeitlupe lief die Szene vor seinem inneren Auge ab: die wildgewordene Raumkapsel, die mit ausgebreiteten Greifarmen auf ihn zugerast kam; der lautlose Aufprall — das vernehmliche Zischen, mit dem die Luft aus seinem Raumanzug entwich; danach — das letzte Bild — war er hilflos durchs All getaumelt und hatte sich vergeblich bemüht, den abgerissenen Luftschlauch wieder zu befestigen.

Warum auch immer die Steuerung der Raumkapsel verrückt gespielt haben mochte, jetzt war er jedenfalls in Sicherheit. Vermutlich hatte Dave kurz entschlossen das Raumschiff verlassen und ihn gerettet, bevor sein Gehirn durch den Sauerstoffmangel auf Dauer geschädigt worden wäre.

Der gute alte Dave! dachte er. Ich muß mich bei ihm bedanken — Moment mal! — ich bin auf keinen Fall an Bord der *Discovery* — und ich kann unmöglich so lange bewußtlos gewesen sein, daß man mich zur Erde zurückgebracht hätte!

Er wurde aus seinen wirren Gedanken gerissen, als eine Oberschwester und zwei Pflegerinnen in der traditionellen Berufstracht das Zimmer betraten. Sie schienen bei seinem Anblick ein wenig überrascht. Bin ich etwa zu früh aufgewacht?

überlegte Poole. Der Gedanke erfüllte ihn mit kindlicher Befriedigung.

"Hallo!", brachte er nach mehreren Versuchen heraus. Seine Stimmbänder waren wie eingerostet. "Wie geht's mir denn?"

Die Oberschwester legte lächelnd einen Finger auf die Lippen, eine unmißverständliche Geste. Dann machten sich die beiden Pflegerinnen routiniert ans Werk: Pulskontrolle, Fiebermessen, Reflextests. Als die eine seinen rechten Arm anhob und ihn wieder fallen ließ, stutzte Poole: Der Arm sank langsam herab und erschien ihm ungewöhnlich leicht. Er versuchte, sich aufzurichten. Auch sein Körper wog weniger als normal.

Ich muß also auf einem Planeten sein, dachte er. Oder in einer Raumstation mit künstlicher Schwerkraft. Bestimmt nicht auf der Erde — dafür bin ich nicht schwer genug.

Er hatte die entsprechende Frage schon auf den Lippen, als die Schwester etwas gegen seinen Hals drückte. Ein leichtes Kribbeln, und schon sank er wieder in einen tiefen, traumlosen Schlaf. Kurz bevor ihn das Bewußtsein verließ, ging ihm noch ein Gedanke durch den Kopf.

Sonderbar — sie haben die ganze Zeit über kein einziges Wort gesprochen.

3. Resozialisation

Als Poole zum zweiten Mal erwachte und die Oberschwester und die Pflegerinnen an seinem Bett stehen sah, fühlte er sich kräftig genug, um etwas entschiedener aufzutreten.
"Wo bin ich? Wenigstens soviel können Sie mir doch verraten!"
Die drei Frauen wechselten ratlose Blicke. Dann sagte die Oberschwester sehr langsam und deutlich: "Es ist alles in Ordnung, Mr. Poole. Professor Anderson wird gleich hier sein ... Er kann Ihnen alles erklären."
Was gibt es da denn zu erklären? dachte Poole gereizt. Immerhin spricht sie Englisch, wenn auch mit einem ziemlich merkwürdigen Akzent ...
Dieser Anderson war offenbar schon unterwegs gewesen, denn gleich darauf ging die Tür auf — und Poole sah ganz kurz, wie eine Gruppe von Schaulustigen neugierig zu ihm hereinspähte. Allmählich kam er sich vor wie ein neues Tier im Zoo.
Professor Anderson war klein und sehr gepflegt. In seinen Zügen verbanden sich Schlüsselmerkmale mehrerer Rassen — der chinesischen, der polynesischen und der nordischen — zu einer höchst ungewöhnlichen Mischung. Zur Begrüßung hielt er Poole zunächst die rechte Handfläche entgegen, dann besann er sich kurz und schüttelte ihm die Hand, aber so zögerlich, als sei ihm diese Geste völlig fremd.
"Wie schön, daß Sie schon wieder so munter sind, Mr. Poole ... Sie werden im Handumdrehen wieder auf den Beinen sein."
Auch der Professor hatte diesen merkwürdigen Akzent, diese langsame Sprechweise — aber der demonstrative Optimismus am Krankenbett war offenbar allen Ärzten aller Zeiten gemeinsam.
"Freut mich zu hören. Vielleicht könnten Sie mir jetzt ein paar Fragen beantworten ..."
"Natürlich, selbstverständlich. Nur einen Augenblick noch."

Anderson wandte sich an die Oberschwester und redete leise und schnell auf sie ein. Poole bekam nur ein paar Worte mit, und davon waren ihm einige vollkommen unbekannt. Dann nickte die Oberschwester einer der Pflegerinnen zu, die öffnete einen Wandschrank, nahm ein schmales Metallband heraus und schickte sich an, es Poole um die Stirn zu legen.

"Wozu soll das gut sein?" fragte er — er war einer von den schwierigen und für die Ärzte so lästigen Patienten, die immer ganz genau wissen möchten, was mit ihnen geschieht. "Wollen Sie ein EEG schreiben?"

Professor, Oberschwester und Pflegerinnen sahen ihn gleichermaßen verdutzt an. Dann erhellte ein Lächeln Andersons Gesicht.

"Ach — Sie meinen ein Elektro ... Enzeph ... alo ... gramm", sagte er so langsam, als müsse er das Wort aus den tiefsten Tiefen seines Gedächtnisses zutage fördern. "Ganz recht. Wir wollen Ihre Gehirnfunktionen überwachen."

Mein Gehirn würde tadellos funktionieren, wenn ich es nur benützen dürfte, knurrte Poole innerlich. Aber jetzt kommen wir wenigstens weiter — endlich.

"Mr. Poole — " Andersons Stimme klang immer noch so gekünstelt, als unternehme er die ersten Gehversuche in einer Fremdsprache. "Sie wissen natürlich, daß Sie einen schweren Unfall hatten und — verletzt — wurden, als sie sich zu Reparaturarbeiten außerhalb der *Discovery* befanden?"

Poole nickte.

"Ich habe allerdings das unbestimmte Gefühl", bemerkte er trocken, "daß 'verletzt' leicht untertrieben sein könnte."

Anderson atmete sichtlich auf, und wieder verzog sich sein Gesicht zu einem Lächeln.

"Sie haben ganz recht. Schildern Sie mir doch bitte, was Ihrer Meinung nach passiert ist."

"Nun, im besten Fall hat mich Dave Bowman gerettet und ins Schiff zurückgebracht, nachdem ich das Bewußtsein verloren hatte. Wie geht's Dave überhaupt? Warum will mir niemand etwas sagen?"

"Alles zu seiner Zeit ... Und im schlimmsten Fall?"

Frank Poole spürte die Angst wie einen eisigen Windhauch im Nacken. Ein langsam aufkeimender Verdacht erhärtete sich.

"Im schlimmsten Fall bin ich gestorben, aber man hat mich hierhergebracht — wo immer das sein mag — und Sie konnten mich wiederbeleben. Vielen Dank ..."

"Ganz recht. Sie sind übrigens wieder auf der Erde. Oder jedenfalls fast."

Was meinte er wohl mit 'jedenfalls fast'? Immerhin herrschte hier Schwerkraft — wahrscheinlich befand er sich in einer Raumstation im Erdorbit, die sich langsam um sich selbst drehte. Wie auch immer, es war im Moment nicht weiter wichtig.

Rasch führte Poole einige Berechnungen durch. Wenn Dave ihn in Kälteschlaf versetzt, den Rest der Besatzung aufgeweckt und die Jupitermission zu Ende geführt hatte — ja, dann wäre er womöglich fünf Jahre lang 'tot' gewesen!

"Was haben wir für ein Datum?" fragte er so ruhig er konnte.

Der Professor und die Oberschwester sahen sich an. Wieder spürte Poole den Eishauch im Nacken.

"Ich muß Ihnen leider sagen, Mr. Poole, daß Bowman Sie nicht gerettet hat. Er hielt Sie — was man ihm nicht verdenken kann — für unwiderruflich tot. Außerdem steckte er mitten in einer schweren Krise, seine eigene Existenz war bedroht ...

Sie entschwebten also ins All, passierten das Jupitersystem und strebten hinaus zu den Sternen. Zum Glück lag Ihre Temperatur so weit unter dem Gefrierpunkt, daß alle Stoffwechselvorgänge zum Stillstand gekommen waren — trotzdem ist es ein Wunder, daß Sie überhaupt gefunden wurden. Sie sind einer der größten Glückspilze, die es gibt. Nein — die es je gegeben hat!"

Wirklich? fragte sich Poole entsetzt. Von wegen fünf Jahre! Es könnte ein Jahrhundert sein — oder sogar noch mehr.

"Heraus mit der Sprache", verlangte er.

Der Professor und die Oberschwester schauten auf einen unsichtbaren Monitor, sahen sich an und nickten. Poole erriet, daß sie alle mit dem Informationssystem des Krankenhauses und damit auch mit seinem Stirnband in Verbindung standen.

"Frank." Professor Anderson wechselte gekonnt in die Rolle des langjährigen Hausarztes. "Das wird ein ziemlicher Schock für Sie sein, aber Sie sind imstande, damit fertigzuwerden — und je früher Sie Bescheid wissen, desto besser.

Wir stehen am Anfang des vierten Jahrtausends. Glauben Sie mir — Sie haben die Erde vor nahezu tausend Jahren verlassen."

"Ich glaube Ihnen", antwortete Poole gelassen. Nur um gereizt festzustellen, daß sich plötzlich alles um ihn drehte. Und dann wußte er nichts mehr.

Als er das Bewußtsein wiedererlangte, lag er nicht mehr in einem kahlen Krankenzimmer, sondern in einer Luxussuite mit reizvollen — und ständig wechselnden — Bildern an den Wänden. Zum Teil waren es bekannte und berühmte Gemälde, zum Teil Landschafts- und Meeresaufnahmen, die aus seiner eigenen Zeit hätten stammen können. Fremdartige oder aufregende Szenen waren nicht darunter — das sparte man sich wohl für später auf.

Die gesamte Umgebung war offensichtlich mit großer Sorgfalt programmiert. Er fragte sich, ob es wohl irgendwo so etwas wie einen Fernsehapparat gab — und wieviele Kanäle man im vierten Jahrtausend wohl hatte. Im Umkreis seines Bettes waren jedenfalls keinerlei Bedienungselemente dafür zu entdecken. Er würde eine Menge lernen müssen in dieser neuen Welt: Er kam sich vor wie ein Wilder, der unversehens mit der Zivilisation konfrontiert wurde.

Doch zuerst mußte er wieder zu Kräften kommen — und er mußte die Sprache lernen. Obwohl die Technik der Tonaufnahme schon bei Pooles Geburt über hundert Jahre alt gewesen war, hatte sie gravierende Veränderungen im grammatikalischen Bereich und in der Aussprache nicht verhindern können. Außerdem gab es Tausende von neuen Begriffen, zumeist wissenschaftlicher und technischer Natur, deren Bedeutung er allerdings oft genug erraten konnte.

Schwieriger war es schon mit den unzähligen Namen berühmter und berüchtigter Persönlichkeiten aus dem vergangenen Jahrtausend, die ihm nichts bedeuteten. In den ersten Wochen, solange er sich noch keinen entsprechenden Datenspeicher angelegt hatte, führte er kaum ein Gespräch, das nicht von kurzgefaßten Biographien unterbrochen worden wäre.

Als Poole wieder zu Kräften kam, ließ Professor Anderson allmählich eine immer größere Zahl von sorgsam ausgewählten Besuchern zu ihm. Fachärzte waren darunter, Wissenschaftler verschiedener Disziplinen und — was Poole am meisten interessierte — Raumschiffkommandanten.

Den Ärzten und Historikern konnte er wenig erzählen, was nicht schon irgendwo in den gigantischen Datenspeichern der Menschheit lagerte, aber oft konnte er ihnen den Zugang zu seiner Zeit erleichtern und ihnen neue Einsichten vermitteln. Alle behandelten ihn mit ausgesuchtem Respekt und hörten geduldig zu, wenn er versuchte, ihre Fragen zu beantworten, aber sie zögerten, sich den seinen zu stellen. Poole hielt ihre Scheu, ihn eventuell einem Kulturschock auszusetzen, für ziemlich übertrieben und schmiedete schon halbwegs ernstgemeinte Fluchtpläne. Doch wenn man ihn — selten genug — allein ließ, stellte er ohne große Verwunderung fest, daß die Tür zu seiner Suite versperrt war.

Mit Dr. Indra Wallace kam die Wende. Ihrem Namen zum Trotz hatte sie hauptsächlich japanisches Blut in den Adern, und Poole brauchte nicht viel Phantasie, um sie sich in manchen Situationen als ziemlich reife Geisha vorzustellen. Auch wenn der passende Vergleich für eine anerkannte Historikerin mit einem virtuellen Lehrstuhl an einer Universität, die sich immer noch ihres echten Efeus rühmte, wohl nicht ganz passend war. Sie war die erste Besucherin, die Pooles Englisch fließend beherrschte, und schon deshalb war er hocherfreut, ihre Bekanntschaft zu machen.

"Mr. Poole", begann sie sehr sachlich. "Man hat mich zu Ihrer offiziellen Führerin und — sagen wir — Mentorin bestimmt. Die erforderlichen Qualifikationen sind vorhanden — ich habe mich auf Ihre Zeit spezialisiert — meine Doktorarbeit trug den Titel: 'Der Zusammenbruch des Nationalstaats in den Jahren 2000 — 2050.' Ich glaube, wir können uns gegenseitig in vielen Dingen behilflich sein."

"Davon bin ich überzeugt. Bitte, holen Sie mich schnellstens hier heraus, damit ich wenigstens etwas von Ihrer Welt sehen kann."

"Genau das hatte ich vor. Aber zuerst brauchen Sie einen Identifikator, denn ohne ihn wären Sie — wie war noch der Ausdruck? — eine Unperson. Sie könnten praktisch nirgendwo hingehen und so gut wie nichts erreichen. Kein Eingabegerät würde Ihre Existenz anerkennen."

"Darauf war ich gefaßt." Poole lächelte säuerlich. "Es hatte schon zu meiner Zeit angefangen — und vielen Leuten war die Vorstellung ein Greuel."

"Manche denken immer noch so. Das sind die Aussteiger, die sich in die unberührte Natur flüchten — wovon die Erde heute viel mehr zu bieten hat als in Ihrem Jahrhundert! Aber sie nehmen immer ihre Kom-Paks mit, damit sie um Hilfe rufen können, sobald sie in Schwierigkeiten geraten. Was im Durchschnitt nach fünf Tagen der Fall ist."

"Wie bedauerlich. Die Menschen von heute sind offenbar ziemlich dekadent."

Er wollte sich behutsam an die Grenzen ihrer Toleranz herantasten, um ihre Persönlichkeit auszuloten. Sie würden viel zusammensein, und er war in hundert verschiedenen Dingen auf ihre Hilfe angewiesen. Dabei war er noch nicht einmal sicher, ob er sie überhaupt sympathisch fand; und für sie war er

womöglich nur ein interessantes Museumsstück.
Sehr zu seiner Überraschung pflichtete sie ihm bei.
"Da mögen Sie recht haben — in mancher Beziehung. Schon möglich, daß wir physisch schwächer sind, aber dafür sind wir gesünder und besser angepaßt als die meisten unserer Vorfahren. Der Edle Wilde war nie etwas anderes als ein Mythos."
In der Tür war in Augenhöhe eine kleine, rechteckige Tafel eingelassen, etwa so groß wie eins der Schundhefte, die einst in grauer Vorzeit, als das gedruckte Wort noch dominierte, wie eine Seuche grassiert hatten. Mindestens eine solche Tafel gab es offenbar in jedem Raum. Normalerweise war sie leer, aber manchmal zeigte sie auch Buchstaben und Ziffern, die langsam weiterliefen und für Poole keinen Sinn ergaben, obwohl er die meisten Worte kannte. Einmal hatte die Tafel in seiner Suite hektisch zu piepsen begonnen, aber er hatte nicht weiter darauf geachtet und sich darauf verlassen, daß sich schon jemand darum kümmern würde. Zum Glück hatte das Geräusch so plötzlich aufgehört, wie es angefangen hatte.
Dr. Wallace ging zur Tür, legte die flache Hand auf die Tafel und zog sie nach wenigen Sekunden wieder zurück. Dann sah sie Poole lächelnd an und sagte: "Kommen Sie, sehen Sie sich das an."
Langsam las er die Schriftzeichen, die da so plötzlich aufgetaucht waren, und diesmal ergaben sie durchaus einen Sinn:
WALLACE, INDRA [W 2970.03.11/31.885//HIST.OXFORD]
"Das heißt vermutlich 'weiblich, geboren am 11. März 2970' — und daß sie der historischen Fakultät der Universität Oxford angehören. Und 31.885 ist Ihr persönlicher Identifikationscode. Richtig?"
"Ausgezeichnet, Mr. Poole. Ich habe einige von Ihren E-mail-Adressen und Kreditkartennummern gesehen — Ketten von alphanumerischem Schwachsinn, wer sollte sich das jemals merken? Aber jeder Mensch kennt sein Geburtsdatum, und es gibt niemals mehr als 99 999 Personen, die am gleichen Tag geboren sind. Eine fünfstellige Zahl genügt also vollkom-

men ... und selbst wenn Sie die vergessen, ist das nicht weiter schlimm. Sie ist schließlich ein Teil von Ihnen."

"Implantat?"

"Ja — Nanochip bei der Geburt, zur Sicherheit in jeder Handfläche einer. Sie werden nichts spüren, wenn Sie den Ihren bekommen. Allerdings haben Sie uns vor ein kleines Problem gestellt ..."

"Nämlich?"

"Die meisten Lesegeräte, mit denen Sie zu tun haben werden, sind so einfältig, daß sie Ihr Geburtsdatum nicht akzeptieren. Ihr Einverständnis vorausgesetzt, haben wir Sie also um tausend Jahre jünger gemacht."

"Meinetwegen. Und die restlichen Angaben?"

"Liegen ganz bei Ihnen. Sie können sie offenlassen, Sie können aber auch Ihre derzeitigen Interessen oder Ihren Wohnort eingeben — oder den Speicherplatz für persönliche Mitteilungen an die Allgemeinheit oder an bestimmte Personen verwenden."

Poole war überzeugt davon, daß sich gewisse Dinge auch über die Jahrhunderte nicht verändert hatten. Ein großer Teil dieser 'Mitteilungen für bestimmte Personen' war sicher mehr als persönlich.

Ob es wohl auch heute noch Zensoren gab, die für den Staat arbeiteten oder weil sie sich dazu berufen fühlten? Und ob ihre Bemühungen um die Moral ihrer Mitmenschen von mehr Erfolg gekrönt waren als zu seiner Zeit?

Er mußte Dr. Wallace danach fragen, wenn er sie erst etwas besser kannte.

4. Zimmer mit Aussicht

"Frank — Professor Anderson meint, Sie seien kräftig genug für einen kleinen Spaziergang."

"Freut mich zu hören. Kennen Sie den Ausdruck 'Gefängniskoller'?"

"Nein, aber ich kann mir vorstellen, was damit gemeint ist."

Poole hatte sich so sehr an die niedrige Schwerkraft gewöhnt, daß ihm seine langen Schritte ganz normal vorkamen. Ein halbes g, schätzte er — gerade genug, um sich wohlzufühlen. Sie begegneten nur wenigen Menschen, lauter Fremden, aber jeder schien ihn zu kennen und lächelte ihm zu. Inzwischen, überlegte Poole nicht ohne Selbstgefälligkeit, dürfte ich einer der berühmtesten Menschen auf dieser Welt sein. Vielleicht hilft mir das — bei der Entscheidung, was ich mit dem Rest meines Lebens anfangen soll. Wenn Anderson recht hat, sind das noch mindestens hundert Jahre ...

Der Korridor, durch den sie gingen, war in keiner Weise bemerkenswert. Nur hin und wieder kamen sie an einer numerierten Tür mit der unvermeidlichen Erkennungstafel vorbei. Nachdem Poole vielleicht zweihundert Meter hinter Indra hergelaufen war, blieb er plötzlich stehen. Die Erkenntnis war wie ein Schock. Wie hatte er nur so blind sein können?

"Die Raumstation muß ja riesig sein!" rief er.

Indra lächelte.

"Gab es bei Ihnen nicht die Redensart — 'Das ist noch nichts'?"

"'Noch gar nichts'", verbesserte er zerstreut. Er war immer noch damit beschäftigt, die Größe des Komplexes abzuschätzen, als man ihm bereits die nächste Überraschung präsentierte. Wer hätte gedacht, daß eine Raumstation mit einer Untergrundbahn aufwarten könnte — einer zugegebenermaßen sehr kleinen Untergrundbahn mit einem einzigen Waggon für nicht mehr als ein Dutzend Fahrgäste.

"Panoramahalle Drei", befahl Indra, und der Waggon entfernte sich rasch und lautlos von der Station.

Poole schaute auf das komplizierte Armband, dessen Funktionen er noch längst nicht alle kannte, um zu sehen, wie spät es war. Für ihn war es eine kleine Sensation gewesen, daß sich inzwischen die ganze Welt nach Universalzeit richtete. Die Einführung der globalen Kommunikationssysteme hatte das verwirrende Flickwerk von Zeitzonen einfach hinweggefegt. Im 21. Jahrhundert war die Frage häufig diskutiert worden, man hatte sogar den Vorschlag gemacht, die Solarzeit durch Sternenzeit zu ersetzen. Dann hätte sich die Sonne im Lauf eines Jahres rund um die Uhr bewegt und wäre zur gleichen Zeit untergegangen, zu der sie sechs Monate vorher aufgegangen war.

Dieser Plan 'Gleiche Zeit unter der Sonne' war jedoch wie andere, nicht weniger lautstark propagierte Versuche einer Kalenderreform im Sande verlaufen. Eine Lösung dieses Problems, so sagten zynische Stimmen, müsse auf sehr viel größere technische Fortschritte warten. Eines Tages würde man Gottes kleinen Fehler sicher korrigieren und die Erdumlaufbahn so verändern können, daß jedes Jahr sich auf zwölf Monate mit dreißig genau gleichen Tagen belaufe ...

Soweit Poole nach Geschwindigkeit und Fahrzeit schätzen konnte, hatten sie mindestens drei Kilometer zurückgelegt, bevor die Bahn lautlos anhielt, die Türen aufgingen und eine Automatenstimme höflich sagte: "Genießen Sie die Aussicht. Die Bewölkung beträgt heute fünfunddreißig Prozent."

Wenigstens, dachte Poole, nähern wir uns jetzt endlich der Außenwand. Aber schon war er auf ein neues Rätsel gestoßen — die Schwerkraft hatte weder ihre Stärke, noch ihre Richtung verändert, obwohl er sich erheblich von der Stelle bewegt hatte! Eine rotierende Raumstation, die so riesig war, daß der g-Vektor bei einer Verschiebung dieser Größe gleichblieb, konnte er sich nicht vorstellen ... War er vielleicht doch auf einem Planeten? Aber auf jeder anderen bewohnbaren Welt im Sonnensystem müßte er leichter — sogar sehr viel leichter sein.

Als sich die Außentür der Endstation öffnete und Poole die kleine Luftschleuse betrat, wurde ihm klar, daß er sich tatsächlich im Weltall befand. Aber wo waren die Raumanzüge? Nervös sah er sich um: Es war ihm körperlich zuwider, nackt und ohne jeden Schutz nur durch eine dünne Wand vom Vakuum getrennt zu sein. *Eine* derartige Erfahrung hatte ihm vollauf genügt ...

"Wir sind fast da", beruhigte ihn Indra.

Die letzte Tür glitt auf, er stand vor einem riesigen, horizontal und vertikal gewölbten Fenster und blickte hinaus in die absolute Finsternis des Weltalls. Er kam sich vor wie ein Goldfisch in seiner Glaskugel. Hoffentlich hatten die Konstrukteure dieses kühnen technischen Wunderwerks gewußt, was sie taten. Auf jeden Fall gab es heute besseres Baumaterial als damals zu seiner Zeit.

Da draußen schienen sicher die Sterne, doch seine Augen hatten sich noch nicht umgestellt, und so sah er hinter der riesigen Fensterlinse nur schwarze Leere. Als er nähertreten wollte, um seinen Blickwinkel zu vergrößern, hielt Indra ihn zurück und streckte die Hand aus.

"Schauen Sie genau hin", sagte sie. "Sehen Sie es nicht?"

Poole kniff die Augen zusammen und starrte in die Nacht hinein. Das mußte eine Täuschung sein oder — Gott bewahre! — das Glas hatte einen Sprung!

Er drehte den Kopf von einer Seite zur anderen. Nein. Seine Augen hatten ihn nicht getrogen. Aber was konnte es dann sein? Unwillkürlich kam ihm Euklids Definition einer Geraden in den Sinn: 'Eine nach beiden Richtungen unbegrenzte Linie ohne Krümmung'.

Denn über die gesamte Höhe des Fensters zog sich ein Lichtfaden, der sich offenbar nach oben und nach unten fortsetzte. Wenn man gezielt danach suchte, war er gut zu erkennen, aber er war so eindimensional, daß selbst 'dünn' als Beschreibung nicht genügte. Dennoch war der Faden nicht völlig einheitlich: In unregelmäßigen Abständen waren immer wieder hellere Flecken zu erkennen — wie Wassertropfen an einem Spinnenfaden.

Poole näherte sich dem Fenster, und der Blick weitete sich, bis er schließlich sehen konnte, was unter ihm lag. Das Bild war ihm vertraut — der ganze Kontinent Europa und ein großer Teil des nördlichen Afrika — er hatte es oft genug aus dem Weltraum gesehen. Also war er doch im All — wahrscheinlich auf einem äquatorialen Orbit in mindestens tausend Kilometern Höhe.

Indra beobachtete ihn mit spöttischem Lächeln.

"Treten Sie ganz dicht ans Fenster", sagte sie leise. "Damit sie gerade nach unten schauen können. Hoffentlich sind Sie schwindelfrei."

Was für ein Unsinn, er war doch Astronaut! Poole ging weiter. Wenn ich jemals unter Höhenangst gelitten hätte, wäre ich nicht in diesem Beruf ...

Bevor er den Gedanken noch zu Ende geführt hatte, zuckte er zurück und schrie: "Mein Gott!" Dann riß er sich zusammen und wagte sich abermals nach vorne.

Er stand in einem runden Turm. Unter ihm lag das ferne Mittelmeer. Die sanfte Wölbung der Außenwand ließ auf einen Durchmesser von mehreren Kilometern schließen. Aber der stand in keinem Verhältnis zur Höhe des Bauwerks, das weiter und weiter in die Tiefe ragte — bis es irgendwo über Afrika im Nebel verschwand. Vermutlich setzte es sich bis zur Erdoberfläche fort.

"Wie hoch sind wir?" flüsterte er.

"Zweitausend Kilometer. Aber schauen sie jetzt nach oben."

Diesmal war der Schock nicht mehr ganz so groß: Er war auf den Anblick gefaßt. Der Turm wurde immer schmäler, bis er wie ein glitzernder Faden vor der Schwärze des Raumes hing. Poole zweifelte nicht daran, daß er bis zum geostationären Orbit sechsunddreißigtausend Kilometer über dem Äquator reichte. Derartige Phantasien hatte man schon zu seiner Zeit gesponnen; aber er hätte sich nie träumen lassen, sie einmal

verwirklicht zu sehen — und auch noch darin zu leben.
Er zeigte auf den fernen Faden, der weiter im Osten vom Horizont aus himmelwärts strebte.

"Das muß noch einer sein."

"Ja — der Asienturm. Von dort aus sehen wir wahrscheinlich genauso aus."

"Wieviele solcher Türme gibt es?"

"Nur vier, in gleichen Abständen über den Äquator verteilt. Afrika, Asien, Amerika, Pazifika. Der letzte ist noch fast leer — erst wenige hundert Stockwerke sind fertiggestellt. Man sieht nichts als Wasser ..."

Poole hatte sich von seiner Verblüffung noch nicht erholt, als ihm ein erschreckender Gedanke kam.

"Schon zu meiner Zeit gab es Tausende von Satelliten in allen Höhen. Wie vermeidet man Zusammenstöße?"

Er hatte Indra tatsächlich ein wenig in Verlegenheit gebracht.

"Tja — darüber habe ich mir noch nie Gedanken gemacht — das fällt nicht in mein Fach." Sie schwieg einen Augenblick, duchforstete ihr Gedächtnis. Dann hellte sich ihre Miene auf.

"Wenn ich mich recht erinnere, hat man vor ein paar hundert Jahren eine große Aufräumaktion gestartet. Jetzt gibt es unterhalb des stationären Orbits keine Satelliten mehr."

Das klang einleuchtend, dachte Poole. Sie waren überflüssig geworden — die vier Riesentürme konnten alles leisten, wozu man früher Tausende von Satelliten und Raumstationen gebraucht hatte.

"Und es hat niemals Unfälle gegeben — keine Kollisionen mit startenden oder zurückkehrenden Raumschiffen?"

Indra sah ihn verwundert an.

"Kein Raumschiff startet mehr von der Erde." Sie wies nach oben. "Alle Raumhäfen liegen da, wo sie hingehören — oben, am äußeren Ring. Ich glaube, die letzte Rakete hat vor vierhundert Jahren von der Erde abgehoben."

Poole hatte diese Aussage noch nicht verdaut, als ihm eine

kleine Unstimmigkeit auffiel. Als Astronaut war er sensibel für alles, was von der Norm abwich. Im Weltall hing von solchen Kleinigkeiten manchmal das Leben ab.

Die Sonne stand hoch am Himmel und war nicht zu sehen, aber ihr Licht fiel durch das große Fenster und zeichnete ein strahlend helles Band auf den Fußboden. Schräg über dieses Band zog sich ein zweites, sehr viel matteres, so daß der Fensterrahmen einen zweifachen Schatten warf.

Poole mußte sich hinknien, um zum Himmel aufsehen zu können. Er hatte fest geglaubt, ihn könne nichts mehr erschüttern, aber als er die zwei Sonnen erblickte, verschlug es ihm die Sprache.

"Was ist das?" keuchte er, als er wieder zu Atem kam.

"Ach — hat man Ihnen das noch nicht erklärt? Das ist Luzifer."

"Die Erde hat eine zweite Sonne?"

"Viel Wärme spendet sie nicht, aber sie hat den Mond aus dem Geschäft gedrängt ... Vor der Zweiten Mission, die den Auftrag hatte, nach Ihnen zu suchen, war das noch der Planet Jupiter."

Ich hatte mich darauf eingestellt, in dieser neuen Welt einiges lernen zu müssen, dachte Poole. Aber daß es derart viel sein würde, hätte ich mir wahrhaftig nicht träumen lassen.

5. Weiterbildung

Für Poole war es eine freudige Überraschung, als man den Fernsehapparat in sein Zimmer rollte und ans Bettende stellte. Freudig deshalb, weil er unter einer leichten Form von Informationsmangel litt — und eine Überraschung, weil das Modell schon zu seiner Zeit veraltet gewesen war.

"Wir mußten dem Museum versprechen, das Gerät auch ganz bestimmt zurückzugeben", teilte ihm die Oberschwester mit. "Sie wissen ja sicher damit umzugehen."

Poole streichelte die Fernbedienung. Mit einem Mal überfiel ihn schmerzlich das Heimweh. Nur wenige Dinge wären imstande gewesen, so viele Erinnerungen an seine Kindheit wachzurufen, an die Zeit, als die meisten Fernsehapparate noch zu dumm waren, um gesprochene Anweisungen zu verstehen.

"Vielen Dank, Oberschwester. Welches ist der beste Informationskanal?"

Sie zog die Stirn in Falten, doch dann hellte sich ihre Miene auf.

"Ach so — jetzt verstehe ich. Aber Professor Anderson meint, so weit wären Sie noch nicht. Deshalb hat unser Archiv ein paar Sendungen zusammengestellt, die Ihnen nicht ganz so fremd vorkommen werden."

Poole überlegte flüchtig, was für Datenträger man heutzutage wohl verwendete. Er konnte sich noch an Compact Disks erinnern, und sein exzentrischer Onkel George war stolzer Besitzer einer hervorragenden LP-Sammlung gewesen. Aber dieser Wettstreit der Techniken war wohl schon vor Jahrhunderten entschieden worden — und sicher hatte nach guter Darwinscher Manier die bessere überlebt.

Die Auswahl war nicht schlecht, das mußte er zugeben. Jemand (Indra?) hatte sich im frühen 21. Jahrhundert gut ausgekannt. Es war nichts Aufregendes darunter — keine Berichte über Kriege oder Gewalttaten und kaum Neuigkeiten aus

Wirtschaft oder Politik. Die wären ohnehin längst überholt gewesen. Statt dessen gab es einige Boulevardkomödien, Sportreportagen (woher hatten sie nur gewußt, daß er ein großer Tennisfan war?), klassische Konzerte, Popmusik und Naturfilme.

Wer immer die Sammlung zusammengestellt hatte, mußte über einen gewissen Humor verfügen, denn er hatte auch Einzelepisoden aus allen *Star Trek*-Serien aufgenommen. Poole hatte als Kind sowohl Patrick Stewart als auch Leonard Nimoy kennengelernt. Die beiden hatten sich gewiß nicht träumen lassen, was aus dem kleinen Jungen einmal werden würde, der sie so schüchtern um ein Autogramm gebeten hatte!

Kaum hatte er angefangen, sich — zumeist im schnellen Vorlauf — einen Überblick über diese Relikte der Vergangenheit zu verschaffen, als ihm ein Gedanke durch den Kopf ging, den er bedrückend fand. Irgendwo hatte er gelesen, daß um die Jahrhundertwende — seines Jahrhunderts! — etwa fünfzigtausend Fernsehstationen gleichzeitig sendeten. Wenn sie sich alle gehalten hatten — durchaus möglich, daß es noch mehr geworden waren — mußten inzwischen Millionen und Abermillionen Fernsehstunden produziert worden sein. Selbst der eingefleischteste Zyniker konnte nicht leugnen, daß es darunter mindestens eine Milliarde Stunden gab, die das Einschalten lohnen würden ... und Millionen, die auch den allerhöchsten Ansprüchen genügten. Wie sollte er diese wenigen Nadeln in einem so gigantischen Heuhaufen finden?

Die Vorstellung war so überwältigend, ja, niederschmetternd, daß Poole, nachdem er eine Woche lang zunehmend zielloser von einem Sender zum anderen geschaltet hatte, darum bat, das Gerät zu entfernen. Vielleicht war es ganz gut, daß er tagsüber — er war immer länger wach und fühlte sich zunehmend kräftiger — kaum noch allein war.

Er geriet jedenfalls nicht in Gefahr, sich zu langweilen, denn ein nicht abreißender Strom nicht nur von ernsthaften Wissenschaftlern, sondern auch von neugierigen — und vermutlich einflußreicher — Bürgern schob sich an der Palastwache vorbei, die Professor Anderson und die Oberschwester aufgestellt hatten. Trotz alledem freute er sich, das Fernsehgerät eines Tages wiederzusehen — inzwischen litt er an Entzugserscheinungen — und beschloß, diesmal etwas wählerischer vorzugehen.

Eine besondere Antiquität wurde ihm von einer über das ganze Gesicht strahlenden Indra Wallace präsentiert.

"Wir haben etwas gefunden, was Sie sich unbedingt ansehen müssen, Frank. Es könnte Ihnen helfen, sich zurechtzufinden — auf jeden Fall werden Sie sich glänzend amüsieren."

Poole hatte oft genug erlebt, daß diese Aussage geradezu eine Garantie für gähnende Langeweile war, und so machte er sich auf das Schlimmste gefaßt. Aber schon der Vorspann packte ihn — er fühlte sich schlagartig in sein früheres Leben zurückversetzt. Die Stimme war zu seiner Zeit sehr berühmt gewesen, er erkannte sie sofort wieder und erinnerte sich, genau diese Sendung schon einmal gesehen zu haben.

"Atlanta, 31. Dezember 2000 ...

Hier CNN International, wir stehen fünf Minuten vor dem Anbruch des neuen Jahrtausends, das so viele noch unbekannte Gefahren, aber auch so viele Hoffnungen in sich birgt ...

Doch bevor wir versuchen, in die Zukunft zu schauen, wollen wir ein Jahrtausend zurückblicken und uns die Frage stellen: 'Konnte ein Mensch aus dem Jahre 1000 n. Chr. sich die Welt von heute auch nur in groben Zügen vorstellen, beziehungsweise, hätte er sich hier zurechtgefunden, wenn ihn ein Zauberer durch die Jahrhunderte geschickt hätte?'

Fast die gesamte Technik, die uns heute selbstverständlich ist, wurde gegen Ende unseres Jahrtausends entwickelt — zumeist in den letzten zweihundert Jahren. Die Dampfmaschine, die Elektrizität, das Telefon, Radio und Fernsehen, das Kino, die Luftfahrt, die Elektronik — und, innerhalb einer einzigen Generation, die Atomenergie und die Raumfahrt — wie wären die großen Geister der Vergangenheit damit wohl zurechtgekommen? Wie lange wäre ein Archimedes oder ein Leonardo bei Verstand geblieben, wenn man ihn unvorbereitet in unserer Welt abgesetzt hätte?

Man ist versucht zu glauben, daß wir einen Zeitsprung von tausend Jahren in die Zukunft leichter bewältigen würden. Die wissenschaftlichen Grundlagen sind im wesentlichen gelegt. Gewiß, der technische Fortschritt wird weitergehen, aber wird man noch Geräte entwickeln, die uns so übernatürlich, so unbegreiflich erscheinen könnten wie etwa einem Isaac Newton ein Taschenrechner oder eine Videokamera?

Vielleicht unterscheidet unsere Zeit sich tatsächlich fundamental von allen früheren Epochen. Die Telekommunikation, die Möglichkeit, Bilder und Geräusche zu konservieren, die einst unwiederbringlich verloren gewesen wären, die Eroberung des Luft- und des Weltraums — all das hat zu einer Zivilisation geführt, wie sie sich selbst die blühendste Phantasie der Vergangenheit nicht hätte ausmalen können. Und, nicht weniger wichtig, Kopernikus, Newton, Darwin und Einstein haben unsere Denkweise, unser Bild des Universums so entscheidend verändert, daß wir selbst den größten Geistern unter unseren Vorfahren wie eine neue Spezies erscheinen müßten.

Ob unsere Nachkommen in tausend Jahren wohl ebenso mitleidig auf uns zurückblicken werden wie wir auf unsere unwissenden, von Aberglauben und Seuchen geplagten, kurzlebigen Ahnen? Wir glauben, die Antworten auf Fragen zu kennen, die sie nicht einmal zu stellen vermochten: Doch welche Überraschungen hält das dritte Jahrtausend wohl für uns bereit?

Da kommt es schon — "

Eine große Glocke schlug Mitternacht. Die letzten Schwingungen verklangen ...

"Das war es — leb wohl, du schönes und doch schreckliches zwanzigstes Jahrhundert ..."

Das Bild zerfiel in unzählige Teile, ein neuer Kommentator

mit jenem Akzent, den Poole inzwischen mühelos verstand, trat auf und führte ihn unversehens in die Gegenwart zurück.
"Die ersten Minuten des Jahres 3001 sind angebrochen. Nun können wir jene Frage aus der Vergangenheit beantworten ...
Die Menschen von 2001, die Sie eben sahen, wären von unserer Zeit gewiß nicht so überwältigt wie es damals bei einem Besucher aus dem Jahre 1001 der Fall gewesen wäre. Viele unserer technischen Errungenschaften hätten sie bereits vorausgeahnt; mit Satellitenstädten oder Kolonien auf dem Mond und auf anderen Planeten hätten sie sicher gerechnet. Womöglich wären sie sogar enttäuscht, weil wir noch immer nicht unsterblich sind und unsere Sonden bisher nur zu den Nachbargestirnen entsandt haben ..."
Unvermittelt schaltete Indra den Apparat aus.
"Den Rest können Sie sich später ansehen, Frank, sonst wird es zu anstrengend für Sie. Hoffentlich hilft Ihnen die Sendung, sich in unserer Zeit einzugewöhnen."
"Ich danke Ihnen, Indra. Ich muß darüber schlafen. Einen schlagenden Beweis hat sie jedenfalls erbracht."
"Nämlich?"
"Ich sollte froh sein, daß ich nicht vom Jahr 1001 nach 2001 versetzt wurde. Der Quantensprung wäre zu groß gewesen, ich kann mir nicht vorstellen, daß ihn jemand verkraften könnte. Wenigstens weiß ich, was elektrischer Strom ist, und falle nicht bei jedem Bild, das zu sprechen anfängt, vor Schreck tot um."
Hoffentlich, dachte Poole bei sich, ist mein Optimismus berechtigt. Irgend jemand hat einmal gesagt, wenn die Technik weit genug fortgeschritten ist, läßt sie sich von Magie nicht mehr unterscheiden. Ob ich in dieser neuen Welt wohl auf Magie treffe — und ob ich mich damit abfinden kann?

6. Der Zerebralhelm

"Ich muß Sie leider vor eine schwere Entscheidung stellen", sagte Professor Anderson mit einem Lächeln, das die ernsten Worte etwas entschärfte.
"Mich kann nichts mehr erschüttern, Doktor. Nur heraus mit der Sprache."
"Wir möchten Ihnen einen Zerebralhelm anpassen, doch dazu muß Ihr Kopf vollkommen kahl sein. Sie haben zwei Möglichkeiten: Entweder lassen Sie sich — bei Ihrem Haarwuchs — mindestens einmal pro Monat den Schädel rasieren. Oder sie wählen die Dauerlösung."
"Wie sieht die aus?"
"Laserbehandlung der Kopfhaut. Verödung der Haarwurzeln."
"Hmm ... läßt sich das rückgängig machen?"
"Schon, aber das ist eine unappetitliche und ziemlich schmerzhafte Prozedur, die sich über mehrere Wochen hinzieht."
"Dann warte ich erst einmal ab, wie ich mir als Kahlkopf gefalle, bevor ich mich festlege. Ich habe das Schicksal des armen Samson nicht vergessen."
"Wer ist das denn?"
"Eine Figur aus einem berühmten, alten Buch. Seine Freundin hatte ihm das Haar abgeschnitten, während er schlief. Als er aufwachte, hatte er all seine Kraft verloren."
"Jetzt erinnere ich mich — ein ziemlich plattes medizinisches Symbol!"
"Auf meinen Bart könnte ich allerdings gut verzichten — ich wäre sehr froh, mich nie wieder rasieren zu müssen."
"Ich werde das Nötige veranlassen. Wie soll denn nun Ihre Perücke aussehen?"
Poole lachte.
"Ich bin nicht besonders eitel — und eine Perücke ist bestimmt unbequem. Wie ich mich kenne, würde ich sie nie auf-

setzen. Auch darüber kann ich später noch entscheiden."

Poole hatte lange nicht bemerkt, daß er in eine Epoche der künstlichen Glatzköpfe geraten war. Die Erleuchtung kam ihm erst, als seine beiden Pflegerinnen ohne die geringste Verlegenheit ihre üppige Lockenpracht ablegten, bevor mehrere, gleichfalls kahle Spezialisten kamen, um ihn einer Reihe von mikrobiologischen Tests zu unterziehen. Von so vielen unbehaarten Menschen war er noch nie umgeben gewesen, und er hatte zunächst angenommen, es handle sich dabei um die neueste Taktik der Mediziner im ewigen Kampf gegen die Krankheitserreger.

Wie so oft lag er mit seiner Vermutung vollkommen daneben, und als er den wahren Grund herausgefunden hatte, begann er spaßeshalber zu zählen, wie oft er erkannt hätte, daß das Haar eines Besuchers nicht echt war. Die Antwort lautete: Selten bei Männern und nie bei Frauen. Dies war offenbar das goldene Zeitalter der Perückenmacher.

Professor Anderson fackelte nicht lange; noch am gleichen Nachmittag bestrichen die Pflegerinnen Pooles Kopf mit einer übelriechenden Salbe, und als er eine Stunde später in den Spiegel schaute, erkannte er sich selbst nicht wieder. Nun ja, dachte er, vielleicht wäre eine Perücke doch keine schlechte Idee ...

Mit dem Zerebralhelm ging es nicht ganz so schnell. Zunächst mußte eine Hohlform angefertigt werden, und Poole durfte sich minutenlang nicht bewegen, bis der Gips hartgeworden war. Es hätte ihn nicht gewundert zu erfahren, daß seine Kopfform nicht geeignet sei, denn die Pflegerinnen hantierten — mit schulmädchenhaftem Gekichere — eine Ewigkeit an ihm herum, bis sie ihn wieder befreiten. "Aua — das tut weh!" beklagte er sich.

Als nächstes kam der eigentliche Helm, eine eng anliegende, fast bis zu den Ohren reichende Metallschale, die eine nostalgische Erinnerung heraufbeschwor: "Wenn meine jüdischen Freunde mich jetzt sehen könnten!" Schon nach wenigen Minuten hatte er sich so daran gewöhnt, daß er das Ding gar nicht mehr spürte.

Nun war alles bereit für die Systeminstallation — einen Prozeß, der ihn mit Ehrfurcht erfüllte, war er doch seit über fünfhundert Jahren für nahezu die ganze Menschheit so etwas wie ein Initiationsritus.

"Sie brauchen die Augen nicht zu schließen", sagte der Techniker, der sich mit dem vollmundigen Titel 'Zerebralingenieur' vorgestellt hatte — im Volksmund war daraus der einfache 'Hirnklempner' geworden. "In der Justierungsphase wird der sensorische Input umgeleitet. Sie werden also auch mit offenen Augen nichts sehen."

Ob dabei jeder so nervös ist? fragte sich Poole. Bin ich jetzt etwa zum letzten Mal Herr über mein Bewußtsein? Aber ich habe doch gelernt, der Technik dieser Zeit zu vertrauen; bisher hat sie mich noch nie enttäuscht. Andererseits hat das alte Sprichwort "Einmal ist immer das erste Mal" nach wie vor Gültigkeit ...

Wie versprochen, hatte er nur ein leises Kribbeln gespürt, als die zahllosen Nanodrähte in seinen Schädel eindrangen. Seine Sinne funktionierten vollkommen normal; wenn er sich im Zimmer umsah, war alles genau da, wo es hingehörte.

Der Hirnklempner — er trug selbst einen Helm und war wie Poole an ein Gerät angeschlossen, das einem tragbaren Computer des 20. Jahrhunderts zum Verwechseln ähnlich sah — lächelte ihm beruhigend zu.

"Sind Sie bereit?"

Manchmal waren die alten Sprüche immer noch die besten.

"Ich kann's kaum erwarten", antwortete Poole.

Das Licht wurde langsam schwächer — jedenfalls schien es ihm so. Tiefe Stille senkte sich herab, sogar die leichte Schwerkraft des Turms entließ ihn aus ihrem Griff. Gleich einem Embryo schwebte er in unendlicher Leere, wenn auch nicht in völliger Dunkelheit. Diese kaum wahrnehmbare, fast schon ultraviolette Düsternis an der Grenze zur Nacht hatte er nur einmal erlebt — am äußeren Rand des Großen Barriereriffs, als er tiefer als ratsam an einer steilen Klippe entlanggetaucht war. Der Blick in die mehrere hundert Meter kristallener Tiefe hatte ihn für einen Moment so verwirrt, daß er fast in Panik geraten wäre und die Auftriebshilfe aktiviert hätte, bevor er sich wieder faßte. Den Ärzten der Raumfahrtbehörde hatte er natürlich nie von dem Vorfall erzählt, das verstand sich von selbst ...

Wie aus weiter Ferne hörte er eine Stimme durch das Nichts schallen. Aber die sanften Töne drangen nicht durch seine Ohren zu ihm, sondern hallten in den vielfach verschlungenen Windungen seines Gehirns wider.

"Wir beginnen jetzt mit der Justierung. Ich werde Ihnen von Zeit zu Zeit eine Frage stellen — Sie können mental antworten, aber vielleicht fällt es Ihnen leichter, wenn Sie verbalisieren. Haben Sie verstanden?"

"Ja", antwortete Poole, ohne zu wissen, ob seine Lippen sich auch wirklich bewegten. Er hatte keine Möglichkeit, es festzustellen.

Etwas — ein Raster aus dünnen Linien, wie ein riesiges Blatt Millimeterpapier — erschien aus dem Nichts und füllte sein Gesichtsfeld nach allen Seiten bis an die Grenzen aus. Das Bild veränderte sich auch nicht, als er den Kopf bewegte.

Nun huschten Ziffern über das Raster, es ging zu schnell, als daß er sie hätte lesen können — vermutlich wurden sie elektronisch aufgezeichnet. Poole mußte unwillkürlich lächeln (hatten seine Wangen sich wirklich bewegt?) — es war alles so vertraut, genau wie zu seiner Zeit die computergesteuerte Untersuchung beim Augenarzt.

Das Raster verschwand, nun erschienen Farbflächen vor seinen Augen, die binnen weniger Sekunden das gesamte Spektrum durchrasten. "Hätte ich euch gleich sagen können", murmelte Poole vor sich hin. "Meine Farbwahrnehmung ist einwandfrei. Als nächstes kommt wohl das Gehör an die Reihe."

Er hatte recht. Leise Trommelschläge schraubten sich hinab

zum tiefsten, noch hörbaren C, um sich dann rasend schnell durch mehrere Oktaven nach oben zu bewegen, bis die Hörgrenze für Menschen überschritten und der Frequenzbereich der Fledermäuse und Delphine erreicht war.

Damit waren die einfachen Tests beendet. Ein kurzer Schwall von größtenteils, aber nicht ausschließlich angenehmen Düften brach noch über ihn herein. Dann wurde er sozusagen zu einer Marionette an unsichtbaren Fäden.

Vermutlich wurde jetzt die Reaktionsfähigkeit seines Muskel- und Nervensystems untersucht. Hoffentlich war äußerlich nicht zu erkennen, was in ihm vorging, er wollte nicht aussehen, als hätte er den Veitstanz. Für einen Moment spürte er sogar eine starke Erektion, doch bevor er sich vergewissern konnte, ob das der Realität entsprach, fiel er in einen traumlosen Schlaf.

Oder träumte er nur, daß er schlief? Als er wieder erwachte, wußte er nicht, wieviel Zeit vergangen war. Der Helm war verschwunden, und mit ihm der Hirnklempner samt seinen Geräten.

"Es ist alles gutgegangen", strahlte die Oberschwester. "Jetzt müssen Sie noch ein paar Stunden unter Beobachtung bleiben, für den Fall, daß nachträglich Unregelmäßigkeiten auftreten. Wenn die Werte k.o. — ich meine o.k. — sind, bekommen Sie morgen Ihren Zerebralhelm."

Normalerweise wußte Poole es sehr zu schätzen, daß seine Betreuer sich bemühten, sein archaisches Englisch zu erlernen, doch dieser unglückliche Versprecher der Oberschwester belastete ihn.

Bei der letzten Anprobe kam Poole sich vor wie ein Kind unter dem Weihnachtsbaum, das kurz davor war, ein wunderschönes, neues Spielzeug auszupacken.

"Sie brauchen die Installation nicht noch einmal über sich ergehen zu lassen", versicherte ihm der Hirnklempner. "Wir können sofort herunterladen. Zuerst bekommen Sie eine fünfminütige Demonstration. Entspannen Sie sich und genießen Sie es."

Leise Musik umspülte ihn wie mit sanften Wellen; das Stück war sehr bekannt, es stammte aus seiner eigenen Zeit, aber er kam nicht auf den Titel. Ein Schleier hing vor seinen Augen, doch als er darauf zuging, teilte er sich ...

Ja, er ging! Die Illusion war vollkommen; er spürte, wie seine Füße den Boden berührten, dann verstummte die Musik, er hörte das leise Rauschen des Windes, sah sich von hohen Bäumen umgeben, die ihm bekannt vorkamen. Es waren kalifornische Riesensequoien. Hoffentlich wuchsen sie tatsächlich noch irgendwo auf der Erde.

Er ging ziemlich rasch — rascher, als ihm lieb war, als würde die Zeit ein wenig beschleunigt, damit er so schnell wie möglich vorankäme. Aber er hatte nicht das Gefühl, sich anzustrengen, sondern kam sich eher vor, als sei er in einem fremden Körper zu Gast, ein Eindruck, der noch dadurch verstärkt wurde, daß er keine Kontrolle über seine Bewegungen hatte. Wenn er stehenbleiben oder die Richtung ändern wollte, passierte nichts. Er mußte einfach mit.

Aber das war nicht weiter schlimm; Poole genoß die neue Erfahrung — und konnte sich durchaus vorstellen, daß man danach süchtig wurde. Die 'Traummaschinen', die viele Wissenschaftler seines Jahrhunderts — oft mit Schrecken — vorausgesehen hatten, waren heute Teil des Alltags. Ein Wunder, dachte Poole, daß die Menschheit diese Entwicklung überlebt hatte: Allerdings hatte er schon erfahren, daß es dabei auch Opfer gegeben hatte. Millionen waren elend an Gehirnüberhitzung zugrunde gegangen.

Er würde dieser Versuchung natürlich nicht erliegen! Er würde dieses wunderbare Instrument nur gebrauchen, um mehr über die Welt des vergangenen dritten Jahrtausends zu erfahren und sich in Minutenschnelle neue Fähigkeiten anzueignen, für die er sonst Jahre gebraucht hätte. Nun ja — hin und wieder schadete es sicher auch nichts, mit der Kappe ein wenig Spaß zu haben ...

Er hatte den Waldrand erreicht und stand nun vor einem breiten Fluß. Ohne zu zögern watete er ins Wasser und erschrak auch nicht, als es über seinem Kopf zusammenschlug. Sonderbar war es schon, daß er immer noch normal atmen konnte, aber viel mehr verblüffte ihn sein Sehvermögen in diesem Medium, in dem sich das bloße Auge normalerweise nicht scharfstellen konnte. Er konnte jede Schuppe der prächtigen Forelle zählen, die, offenbar ohne den Eindringling zu bemerken, an ihm vorüberschwamm.

Eine Meerjungfrau! Diese Wesen hatten ihn schon immer interessiert, aber er hatte geglaubt, sie lebten nur im Meer. Vielleicht wanderten sie gelegentlich die Flüsse herauf — wie die Lachse — um ihre Kinder zu bekommen? Die Nixe war verschwunden, bevor er sie bitten konnte, seine revolutionäre Theorie zu bestätigen oder zu widerlegen.

Der Fluß endete an einer glasklaren Wand. Als Poole sie durchschritt, stand er in einer Wüste unter gleißender Sonne. Die Mittagsglut brannte auf der Haut — aber er konnte in die grelle Scheibe sehen, ohne zu blinzeln. Mit seinem übernatürlich geschärften Blick unterschied er an einem Ausläufer sogar ein Sonnenfleckenarchipel. Und zu beiden Seiten — das war doch wohl nicht möglich! — breitete sich schwanenflügelgleich der zarte Schein der Korona aus, der sonst nur bei totaler Sonnenfinsternis zu erkennen war.

Die Farben verblaßten, alles wurde schwarz: Die schwermütige Musik setzte wieder ein, Poole spürte die angenehme Kühle des vertrauten Zimmers. Als er die Augen aufschlug (hatte er sie überhaupt geschlossen?), sah er sich einem erwartungsvollen Publikum gegenüber.

"Großartig!" hauchte er andächtig. "Manches war — wirklicher als die Wirklichkeit!"

Dann gewann der Ingenieur in ihm die Oberhand und stellte die Fragen, die ihn bewegten.

"Selbst diese kurze Demonstration enthält doch eine ungeheure Datenmenge. Wie wird sie gespeichert?"

"Auf diesen Täfelchen — auch Ihr audiovisuelles System arbeitet damit, nur ist hier die Speicherkapazität sehr viel größer."

Der Hirnklempner reichte Poole eine kleine, auf einer Seite verspiegelte Platte aus glasähnlichem Material, fast so groß wie die Computerdisketten seiner Jugend, aber zweimal so dick. Poole drehte sie hin und her, um ins Innere zu schauen, erzeugte aber nur hin und wieder einen Regenbogenblitz.

Was er da in der Hand hielt, war das Endprodukt einer mehr als tausendjährigen Entwicklung auf dem Gebiet der Elektrooptik — und anderer technischer Verfahren, die es zu seiner Zeit noch gar nicht gegeben hatte. Die oberflächliche Ähnlichkeit mit den Produkten, die er kannte, war nicht weiter verwunderlich. Für die meisten Dinge des täglichen Gebrauchs gab es eine optimale Form und Größe, ganz gleich, ob es sich um Messer und Gabeln handelte, um Bücher, Werkzeuge oder Möbel — oder um auswechselbare Datenträger für Computer.

"Wie hoch ist die Speicherkapazität?" fragte er. "Zu meiner Zeit waren wir bei dieser Größe bis zu einem Terabyte gekommen. Heute ist man sicher sehr viel weiter."

"Nicht so viel, wie Sie vielleicht glauben — das Material setzt uns Grenzen. Wieviel war übrigens ein Terabyte? Ich habe es doch tatsächlich vergessen."

"Schämen Sie sich! Kilo, Mega, Giga, Tera ... zehn hoch zwölf Byte. Das nächste ist das Petabyte — zehn hoch fünfzehn — und damit war für uns Schluß."

"Da fangen wir ungefähr an. Es genügt, um alles aufzuzeichnen, was ein Mensch zwischen Geburt und Tod erlebt."

Poole staunte, obwohl die Vorstellung gar nicht so abwegig war. Das Kilogramm Hirnmasse im menschlichen Schädel war nicht viel größer als das Täfelchen, das er in der Hand hielt, und als Speicher war es sicher weniger leistungsfähig — es hatte zu viele andere Aufgaben.

"Und das ist noch nicht alles", fuhr der Hirnklempner fort. "Bei entsprechender Datenkompression könnte man nicht nur die Erinnerungen speichern — sondern die ganze Persönlichkeit."

"Und sie auch reproduzieren?"
"Selbstverständlich; eine einfache Nanomontage."
Davon habe ich bereits gehört, dachte Poole. Aber ich konnte es nie so recht glauben.

In seinem Jahrhundert hatte es schon an ein Wunder gegrenzt, daß man das ganze Lebenswerk eines großen Künstlers auf einer einzigen kleinen Diskette speichern konnte.

Und heute bekam man auf einem Element, das kaum größer war, den Künstler gleich noch mitgeliefert.

7. Lagebesprechung

"Wie schön", sagte Poole, "daß das *Smithsonian* nach so langer Zeit noch existiert."

"Sie würden es wahrscheinlich nicht wiedererkennen", sagte der Besucher, der sich als Dr. Alistair Kim, Leiter der Abteilung Astronautik vorgestellt hatte. "Vor allem ist es inzwischen über das ganze Sonnensystem verstreut — die wichtigsten Sammlungen außerhalb der Erde sind auf dem Mars und auf dem Mond untergebracht, und viele Ausstellungsstücke, die wir juristisch als unser Eigentum betrachten, befinden sich noch auf dem Weg zu den Sternen. Eines Tages werden wir sie einholen und nach Hause bringen. Besonders scharf sind wir auf *Pioneer 10* — das erste Produkt aus Menschenhand, das je das Sonnensystem verlassen hat."

"Ich stand wohl kurz davor, das gleiche zu tun, als man mich aufgefischt hat."

"Ein Glück für Sie — und für uns. Sie können vieles erhellen, was bisher im dunkeln geblieben ist."

"Daran habe ich offen gestanden meine Zweifel — aber ich werde mein möglichstes tun. Das letzte, woran ich mich erinnern kann, ist die wildgewordene Raumkapsel, die hinter mir herjagte. Man sagte mir, HAL sei dafür verantwortlich gewesen, aber das kann ich bis heute nicht glauben."

"Es ist wahr, aber so einfach ist die Geschichte nicht. Diese Aufzeichnung enthält alles, was wir in Erfahrung bringen konnten — es sind etwa zwanzig Stunden, aber die meisten Passagen können Sie wahrscheinlich schnell durchlaufen lassen.

Sie wissen natürlich, daß Dave Bowman die *Discovery* in Kapsel Nummer 2 verließ, um Sie zu retten — aber dann ausgesperrt wurde, weil HAL es ablehnte, die Tore der Raumgarage zu öffnen."

"Aber warum, in Gottes Namen?"

Dr. Kim zuckte zusammen. Poole fiel diese Reaktion nicht zum ersten Mal auf.

(Ich muß besser aufpassen, was ich sage, dachte er. 'Gott' scheint in dieser Kultur ein Schimpfwort zu sein — am besten Indra fragen.)

"Bei HALs Programmierung war ein schwerer Fehler unterlaufen — man hatte ihn über Teile der Mission informiert, die man Ihnen und Bowman verschwiegen hatte. Sie finden das alles in der Aufzeichnung ...

Jedenfalls hat HAL auch die Lebenserhaltung der drei Schläfer — der Alpha-Crew — abgeschaltet. Bowman mußte die Leichen dem All übergeben."

(Dave und ich waren also die Beta-Crew — auch das war mir bisher nicht bekannt ...)

"Was ist aus ihnen geworden?" fragte Poole. "Hätte man sie nicht retten können, so wie mich?"

"Leider nein. Wir haben die Möglichkeit natürlich erwogen. Bowman hat sie mehrere Stunden, nachdem er HAL außer Gefecht gesetzt hatte, aus der Schleuse gestoßen. Ihr Orbit wich also etwas von dem Ihren ab. Der Unterschied war groß genug, daß sie in der Jupiteratmosphäre verbrannten — während Sie im Vorbeifliegen einen Gravitationsschub mitbekamen, der Sie in ein paar tausend Jahren zum Orionnebel gebracht hätte ...

Bowman hat alles manuell gesteuert — wirklich eine phantastische Leistung! Es gelang ihm, die *Discovery* in den Orbit um Jupiter zu bringen, und dort ist er dem Großen Bruder begegnet, wie er von der Zweiten Expedition genannt wurde — einem Zwillingsbruder des Tycho-Monolithen, nur hundertmal größer.

Mehr wissen wir nicht mehr. Er hat die *Discovery* mit der letzten Raumkapsel verlassen und ist zum Großen Bruder geflogen. Fast tausend Jahre lang hat uns seine letzte Botschaft verfolgt: 'Oh mein Deus — es ist voller Sterne!'"

(Schon wieder! dachte Poole. Das hätte Dave niemals gesagt ... Ursprünglich hieß es sicher: 'Oh mein Gott — es ist voller Sterne!')

"Offenbar wurde die Kapsel durch so etwas wie ein Inertialfeld in den Monolithen gezogen, denn sie — und vermutlich auch Bowman — überlebten eine Beschleunigung, die sie sonst auf der Stelle zermalmt hätte. Und das war für die nächsten zehn Jahre, bis zur gemeinsamen amerikanisch-russischen *Leonow*-Mission, die letzte Information."

"Die *Leonow* hat an die verlassene *Discovery* angedockt, damit Dr. Chandra an Bord gehen und HAL reaktivieren konnte. Ja, das ist mir bekannt."

Dr. Kim schien etwas verlegen.

"Verzeihung — ich wußte nicht, wieviel man Ihnen bereits erzählt hat. Wie auch immer, im Anschluß daran passierten noch sehr viel merkwürdigere Dinge.

Die Ankunft der *Leonow* muß im Inneren des Großen Bruders irgend etwas in Gang gesetzt haben. Wenn die Aufzeichnungen nicht wären, hätte niemand geglaubt, was dann geschah. Darf ich es Ihnen zeigen ... hier ist Dr. Heywood Floyd, er hatte die Friedhofswache an Bord der *Discovery* übernommen, nachdem die Stromversorgung des Schiffes wieder funktionierte. Sie kennen sich da natürlich aus."

(Selbstverständlich: Da sitzt der längst verstorbene Heywood Floyd in meinem alten Sessel, und HALs starres, rotes Auge überwacht alles, was sich in seinem Blickfeld befindet. Noch merkwürdiger ist, daß HAL und ich eine Erfahrung gemeinsam haben: Wir sind beide von den Toten auferstanden ...)

Auf einem der Monitore erschien eine Meldung, und Floyd antwortete träge: "In Ordnung, HAL. Wer will mich sprechen?"

KEINE IDENTIFIZIERUNG.

Floyd schien etwas verärgert zu sein.

"Sehr schön. Bitte gib mir die Nachricht."

ES IST GEFÄHRLICH, HIERZUBLEIBEN. IHR MÜSST INNERHALB VON FÜNFZEHN TAGEN AUFBRECHEN.

"Das ist absolut unmöglich. Unser Startfenster öffnet sich erst in sechsundzwanzig Tagen. Wir haben nicht genügend Treibstoff für eine frühere Abreise."

DIESE TATSACHEN SIND MIR BEKANNT. TROTZDEM MÜSST IHR INNERHALB VON FÜNFZEHN TAGEN AUFBRECHEN.

"Ich kann diese Warnung nicht ernst nehmen, solange ich nicht weiß, woher sie kommt ... Wer spricht mit mir?"

ICH WAR DAVID BOWMAN. ES IST WICHTIG, DASS SIE MIR GLAUBEN. SEHEN SIE SICH UM.

Langsam schwenkte Heywood Floyd den Drehsessel weg von den Tafel- und Schalterreihen unter dem Computerdisplay, bis er die velcrobelegte Laufplanke hinter sich im Blickfeld hatte.

"Jetzt passen Sie gut auf", sagte Dr. Kim.

(Die Aufforderung hättest du dir sparen können, dachte Poole ...)

Auf dem Beobachtungsdeck der *Discovery* herrschte Schwerelosigkeit. Poole konnte sich nicht erinnern, dort je so viel Staub gesehen zu haben. Wahrscheinlich war die Luftfilteranlage noch nicht wieder in Betrieb gewesen. Die parallelen Strahlen der fernen, aber immer noch gleißenden Sonne strömten durch die großen Fenster und erhellten die zahllosen, im klassischen Tanz der Brownschen Bewegung umherschwirrenden Staubpartikel.

Und dann passierte es: Eine unbekannte Kraft schien die Teilchen zu ordnen, drängte die einen vom Zentrum weg und trieb die anderen näher heran, bis sie sich alle auf der Oberfläche einer Hohlkugel sammelten. Diese Kugel, etwa einen Meter im Durchmesser, schwebte einen Augenblick lang wie eine Riesenseifenblase in der Luft. Dann streckte sie sich zu einem Ellipsoid, die Oberfläche begann sich zu kräuseln und Falten und Dellen zu entwickeln. Poole war nicht allzu überrascht, als schließlich die Gestalt eines Menschen entstand.

Er hatte ähnliche Figuren, aus Glas geblasen, schon in Museen und wissenschaftlichen Ausstellungen gesehen. Aber dieses Staubphantom strebte nicht nach anatomischer Genauigkeit; es erinnerte eher an eine primitive Tonpuppe, eins der plumpen Kunstwerke, wie man sie in den Nischen steinzeit-

licher Höhlen findet. Nur der Kopf war mit einiger Sorgfalt ausgebildet; und das Gesicht war ohne jeden Zweifel das von Kommandant David Bowman.
HALLO, DR. FLOYD. GLAUBEN SIE MIR JETZT?
Die Lippen der Gestalt bewegten sich nicht; Poole erkannte, daß die Stimme — ja, es war Bowmans Stimme — aus dem Gitter des Lautsprechers drang.
DAS IST SEHR SCHWIERIG FÜR MICH, UND ICH HABE WENIG ZEIT. MAN HAT MIR GESTATTET, IHNEN DIESE WARNUNG ZUKOMMEN ZU LASSEN. IHNEN BLEIBEN NUR FÜNFZEHN TAGE.
"Aber warum — und was sind Sie?"
Doch die geisterhafte Gestalt verblaßte bereits, die körnige Hülle zerfiel wieder zu einzelnen Staubpartikeln.
LEBEN SIE WOHL, DR. FLOYD. WIR KÖNNEN NICHT WEITER IN VERBINDUNG BLEIBEN. ABER WENN ALLES GUTGEHT, WERDEN SIE VIELLEICHT NOCH EINE BOTSCHAFT ERHALTEN.
Als das Bild sich auflöste, mußte Poole unwillkürlich lächeln. Das geflügelte Wort des Raumfahrtzeitalters. "Wenn alles gutgeht" — wie oft hatte er das vor einer Mission gehört!
Das Phantom war verschwunden: nur die tanzenden Staubpartikel schwebten weiter in der Luft und bildeten ihre Zufallsmuster. Poole mußte sich überwinden, um in die Gegenwart zurückzukehren.
"Nun, Kommandant — was halten Sie davon?" fragte Kim.
Poole war so erschüttert, daß er erst nach Sekunden antworten konnte.
"Gesicht und Stimme gehörten Bowman — das könnte ich beschwören. Aber was war es denn nun wirklich?"
"Darüber ist man sich bis heute nicht einig. Sagen wir, ein Hologramm, eine Projektion — natürlich gibt es viele Möglichkeiten, so etwas zu fälschen, wenn jemand das will — aber nicht unter diesen Umständen. Und dann kam natürlich auch noch etwas nach."

"Luzifer?"

"Ja. Dank dieser Warnung konnte die Besatzung gerade noch rechtzeitig starten, bevor Jupiter detonierte."

"Was immer dieses Bowman-Wesen also gewesen sein mag, es war freundlich gesinnt und wollte helfen."

"Vermutlich. Das war übrigens nicht sein letzter Auftritt. Möglicherweise ist es auch für die 'weitere Botschaft' verantwortlich, in der wir davor gewarnt wurden, auf Europa zu landen."

"Und man hat es auch nie versucht?"

"Nur einmal, und das war nicht beabsichtigt — sechsunddreißig Jahre später wurde die *Galaxy* entführt und zur Landung gezwungen, und ihr Schwesterschiff, die *Universe*, mußte ihr zu Hilfe kommen. Es ist alles aufgezeichnet — auch das Wenige, was unsere Robotmonitoren über die Europaner herausgefunden haben."

"Ich kann es kaum erwarten, sie zu sehen."

"Es sind Amphibien, und sie treten in allen Formen und Größen auf. Sie kamen aus dem Meer, sobald Luzifer das Eis geschmolzen hatte, das ihre ganze Welt bedeckte. Seither schreitet ihre Entwicklung in einem Tempo voran, das biologisch eigentlich unmöglich ist."

"Nach allem, was ich von Europa weiß, gab es doch jede Menge Spalten im Eis? Vielleicht waren sie schon vorher herausgekrochen und hatten sich umgesehen?"

"Das ist eine weit verbreitete Theorie. Aber es gibt noch eine zweite, die auf sehr viel schwächeren Füßen steht. Der Monolith könnte sie in einer Weise beeinflußt haben, die wir noch nicht durchschauen. Was uns auf diese Idee brachte, war die Entdeckung von TMA-0 hier auf der Erde, fast fünfhundert Jahre nach Ihrer Zeit. Davon hat man Ihnen vermutlich erzählt?"

"Nur in groben Zügen — ich habe so vieles nachzuholen! Den Namen fand ich übrigens ziemlich albern — es handelte sich schließlich nicht um eine magnetische Anomalie — und das Ding stand nicht auf Tycho, sondern in Afrika!"

"Sie haben natürlich ganz recht, aber den Namen werden wir nicht mehr los. Und je mehr wir über die Monolithen erfahren, desto rätselhafter werden sie. Besonders, weil sie nach wie vor das einzige greifbare Indiz für die Existenz einer hochentwickelten Technik außerhalb der Erde sind."

"Was mich überrascht hat. Ich hätte erwartet, daß wir inzwischen irgendwelche Funksignale aufgefangen hätten. Die Astronomen haben das Weltall schon danach abgesucht, als ich noch ein kleiner Junge war."

"Nun, einen Hinweis gibt es — aber der ist so erschreckend, daß wir nicht gerne darüber reden. Haben Sie von Nova Scorpio gehört?"

"Ich glaube nicht."

"Sonnen werden natürlich andauernd zur Nova — und in diesem Fall war die Nova nicht einmal besonders spektakulär. Aber bevor N Scorp hochging, hatte sie mehrere Planeten."

"Bewohnt?"

"Unmöglich festzustellen; Funksignale wurden jedenfalls nicht aufgefangen. Was uns Angstträume verursacht, ist folgendes ...

Zum Glück hatte die Nova-Patrouille den Ausbruch bereits im Anfangsstadium entdeckt. Aber der Auslöser war nicht die Sonne. Einer der Planeten ist detoniert und hat die Sonne mitgerissen."

"Mein Gott ... Verzeihung, sprechen Sie weiter."

"Sie begreifen doch, worum es geht. Ein Planet kann nicht zur Nova werden — außer in einem einzigen Fall."

"Ich habe einmal einen schlechten Witz in einem Science Fiction-Roman gelesen — 'Supernovae sind Betriebsunfälle'."

"Es war keine Supernova — aber womöglich ist das auch gar kein Witz. Die verbreitetste Theorie lautet, jemand habe versucht, die Vakuumenergie anzuzapfen — und der Versuch sei außer Kontrolle geraten."

"Es könnte auch ein Krieg gewesen sein."

"Was genauso schlimm wäre. Wahrscheinlich werden wir es nie erfahren. Aber da unsere eigene Zivilisation auf die gleiche Energiequelle angewiesen ist, begreifen Sie vielleicht, warum N Scorp uns manchmal schlaflose Nächte bereitet."

"Das schlimmste, was wir zu fürchten hatten, war die Kernschmelze in einem Atomreaktor!"

"Das ist vorbei, Deus sei Dank. Aber ich wollte Ihnen eigentlich noch mehr über die Entdeckung von TMA-0 erzählen, das war nämlich ein Wendepunkt in der Geschichte der Menschheit.

Schon die Entdeckung von TMA-1 auf dem Mond hatte die Menschen tief erschüttert, aber fünfhundert Jahre später erlebten wir einen noch größeren Schock. Und das mehr oder weniger vor unserer Haustür — im wahrsten Sinne des Wortes. Nämlich da unten in Afrika."

8. Rückkehr nach Olduvai

Die Leakeys, dachte Dr. Stephen Del Marco oft bei sich, hätten den Ort bestimmt nicht wiedererkannt, obwohl er kaum zehn Kilometer von der Stelle entfernt ist, wo Louis und Mary vor fünfhundert Jahren unsere ersten Vorfahren ausgegraben hatten. Der Treibhauseffekt und die Kleine Eiszeit (die durch den heroischen Einsatz der Technik so wundersam verkürzt worden war) hatten die Landschaft völlig umgemodelt und eine ganz neue Flora und Fauna hervorgebracht. Noch tobte der Kampf zwischen Eichen und Pinien, wer von beiden die Wechselfälle des Klimas überleben würde.

Kaum zu glauben, daß es im Jahre 2513 in Olduvai irgendeinen Stein geben sollte, den fanatische Anthropologen noch nicht umgedreht hatten. Vor kurzem hatten jedoch plötzliche Überschwemmungen — die es eigentlich gar nicht mehr geben sollte — mehrere Meter der obersten Erdschicht weggerissen und das Gelände abermals verändert. Diese Gelegenheit hatte sich Del Marco nicht entgehen lassen: Und tatsächlich hatte er in einer Tiefe, die der Scanner nur noch mit Mühe erreichte, eine unglaubliche Entdeckung gemacht.

Nach mehr als einem Jahr langsamer und behutsamer Grabungen war man endlich bis zu dem Schattenbild vorgedrungen, nur um zu erfahren, daß die Wirklichkeit wieder einmal alle Träume übertroffen hatte. Die ersten Meter Erdschicht hatte man mit Robotbaggern rasch weggeschafft, dann hatten die üblichen Sklaventrupps — Studenten der höheren Semester — das Buddeln übernommen, unterstützt — oder eher behindert — von einem Team aus vier Kongs. In Del Marcos Augen richteten die gentechnisch verbesserten Gorillas mehr Schaden als Nutzen an, aber die Studenten vergötterten sie und behandelten sie wie zurückgebliebene, aber heißgeliebte Kinder. Man munkelte sogar, die Beziehungen seien nicht ausschließlich platonischer Natur.

Die letzten Meter waren nur noch von Menschenhand und zumeist mit — obendrein weichen — Zahnbürsten abgetragen worden. Und jetzt war es soweit: Einen solchen Schatz hatte nicht einmal Howard Carter, der den ersten Goldschimmer im Grab des Tut-ench-Amun entdeckte, zutage gefördert. Del Marco war sich bewußt, daß dieser Moment alle philosophischen und religiösen Vorstellungen der Menschheit umstürzen würde.

Der Monolith sah haargenau so aus wie der, den man fünfhundert Jahre zuvor auf dem Mond entdeckt hatte: Sogar die Grube, in der er stand, hatte die gleiche Größe. Und wie TMA-1 warf er nicht den kleinsten Lichtstrahl zurück, sondern absorbierte den grellen Schein der afrikanischen Sonne mit demselben Gleichmut wie Luzifers fahles Leuchten.

Del Marco führte seine Kollegen — die Leiter der sechs berühmtesten Museen der Welt, drei berühmte Anthropologen und die Vorsitzenden zweier Medienimperien — in die Grube hinunter. Er hatte noch nie erlebt, daß eine so erlauchte Gruppe so lange geschwiegen hätte. Aber so wirkte das pechschwarze Rechteck auf alle Besucher, wenn sie erst erkannt hatten, was die vielen tausend Funde in seiner Umgebung bedeuteten.

Denn die Gegend war eine wahre Schatzkiste für Archäologen — plumpe Feuersteinwerkzeuge, unzählige, teils tierische, teils menschliche Knochen —, und alles war sorgsam zu Mustern geordnet. Jahrhunderte-, nein, jahrtausendelang hatten Kreaturen, in deren Köpfen kaum das erste, schwache Fünkchen Intelligenz glühte, diesem Wunderwerk mit ihren armseligen Gaben gehuldigt, obwohl sie es nicht zu begreifen vermochten.

So wenig, wie wir es begreifen, hatte Del Marco oft gedacht. Dennoch hielt er zwei Aussagen für gesichert, auch wenn sie vielleicht niemals bewiesen werden konnten.

An diesem Ort und zu dieser Zeit hatte die Spezies Mensch ihren Anfang genommen.

Und dieser Monolith war der erste ihrer zahlreichen Götter gewesen.

9. Skyland

"Vergangene Nacht hatte ich Mäuse in meinem Zimmer", beklagte Poole sich halb im Scherz. "Könnten Sie mir vielleicht eine Katze besorgen?"

Dr. Wallace sah ihn verständnislos an, dann mußte sie lachen. "Sie müssen einen von den Reinigungsmikroten gehört haben — ich lasse die Programmierung ändern, damit Sie nicht mehr gestört werden. Aber wenn Sie einen bei der Arbeit erwischen, treten Sie nicht darauf; sonst ruft er um Hilfe, und dann kommen alle seine Freunde, um die Scherben aufzulesen."

Soviel Neues — und so wenig Zeit! Nein, erinnerte sich Poole. Beim derzeitigen Stand der Medizin konnte er durchaus mit hundert weiteren Lebensjahren rechnen. Eine Vorstellung, die ihn allmählich eher mit Schrecken als mit Freude erfüllte.

Immerhin konnte er jetzt den meisten Gesprächen mühelos folgen und hatte gelernt, die Wörter so auszusprechen, daß Indra nicht mehr die einzige war, die ihn verstand. Nur gut, daß Anglisch sich als Weltsprache durchgesetzt hatte, auch wenn Französisch, Russisch und Mandarin nach wie vor weit verbreitet waren.

"Ich habe noch ein Problem, Indra — und Sie sind wohl die einzige, die mir helfen kann. Warum sind die Leute immer so peinlich berührt, wenn ich 'Gott' sage?"

Indra war ganz und gar nicht peinlich berührt; sie lachte.

"Das ist gar nicht so einfach zu erklären. Ich wünschte, mein alter Freund Dr. Khan wäre hier — aber er ist auf Ganymed, um die letzten Wahren Gläubigen zu heilen, die er dort noch findet. Irgendwann hatten alle alten Religionen ihre Glaubwürdigkeit verloren — erinnern Sie mich, daß ich Ihnen einmal von Papst Pius XX. erzähle — einem der größten Männer seiner Geschichte! — trotzdem benötigten wir ein Wort für den Ersten Beweger, den Schöpfer des Universums — falls es ihn gibt ...

An Vorschlägen herrschte kein Mangel — Deo — Theo — Jupiter — Brahma — alle wurden ausprobiert, und einige geistern heute noch herum — besonders Einsteins 'Der Alte'. Aber heutzutage ist Deus offenbar der letzte Schrei."

"Ich werde mich bemühen, daran zu denken, obwohl es mir ziemlich albern vorkommt."

"Daran gewöhnt man sich. Wenn Sie wollen, bringe ich Ihnen ein paar halbwegs akzeptable Schimpfworte bei, damit Sie Ihren Gefühlen Luft machen können ..."

"Sie sagten, alle alten Religionen hätten ihre Glaubwürdigkeit verloren. Und woran glauben die Menschen heute?"

"An möglichst wenig. Wir sind alle Deisten oder Theisten."

"Das ist mir zu hoch. Erklärung wird erbeten."

"Zu Ihrer Zeit galten noch etwas andere Definitionen, doch die neueste Version ist folgende: Theisten glauben, es gibt nicht mehr als einen Gott; Deisten glauben, es gibt nicht weniger als einen Gott."

"Ich sehe da leider keinen Unterschied."

"Nicht alle denken so; was glauben Sie, was darüber an hitzigen Kontroversen entbrannt ist? Vor fünfhundert Jahren hat jemand mit Hilfe der sogenannten surrealen Mathematik bewiesen, daß es zwischen Theisten und Deisten eine unendliche Zahl von Abstufungen gibt. Der Mann wurde natürlich wahnsinnig, wie die meisten, die sich mit der Unendlichkeit beschäftigen. Die bekanntesten Deisten waren übrigens Amerikaner — Washington, Franklin und Jefferson."

"Etwas vor meiner Zeit — aber Sie würden nicht für möglich halten, wievielen Leuten das nicht klar ist."

"Ich habe gute Nachrichten für Sie. Joe — Prof Anderson — hat endlich sein — wie war das noch? — sein o.k. gegeben. Sie sind soweit wiederhergestellt, daß Sie allein leben können."

"Das ist wirklich eine gute Nachricht. Hier waren zwar alle sehr freundlich zu mir, aber auf eine eigene Wohnung freue ich mich doch."

"Sie brauchen auch neue Kleider und jemanden, der Ihnen zeigt, wie man Sie trägt. Und der Ihnen hilft, die hundert kleinen Alltagspflichten zu erledigen, mit denen man sonst so viel Zeit vergeudet. Deshalb haben wir uns erlaubt, Ihnen einen persönlichen Assistenten zu besorgen. Komm herein, Danil ..."

Danil war ein kleiner Mann mit hellbrauner Haut, etwa Mitte Dreißig. Zu Pooles Überraschung verzichtete er auf die übliche Begrüßung durch Aneinanderdrücken der Handflächen mit automatischem Informationsaustausch. Das Rätsel löste sich bald: Danil besaß keinen Identifikator: wenn nötig, zeigte er ein kleines Plastikrechteck vor, das offenbar den gleichen Zweck erfüllte wie die 'smart cards' des 21. Jahrhunderts.

"Danil ist auch Ihr Führer und — wie war das Wort noch? Ich kann es mir nicht merken — jemand, der sich um Ihre Kleidung und um alles andere kümmert. Er wurde eigens dafür ausgebildet. Sie werden bestimmt mit ihm zufrieden sein."

Poole war dankbar für die großzügige Geste, aber sie brachte ihn auch ein wenig in Verlegenheit. Ein Kammerdiener! Er konnte sich nicht erinnern, jemals einen kennengelernt zu haben; zu seiner Zeit war die Spezies bereits sehr selten, ja vom Aussterben bedroht gewesen. Er kam sich vor wie in einem englischen Roman des frühen 20. Jahrhunderts.

"Danil wird sich jetzt um Ihren Umzug kümmern. Währenddessen machen wir einen kleinen Ausflug nach oben — zur Mondetage."

"Großartig. Wie weit ist das?"

"Ach, etwa zwölftausend Kilometer."

"Zwölftausend! Das dauert ja Stunden!"

Indra sah ihn überrascht an, dann lächelte sie.

"Nicht so lange, wie Sie glauben. Nein — noch haben wir keinen Transporterstrahl wie in *Star Trek*, obwohl man meines Wissens immer noch daran arbeitet. Aber Sie dürfen wählen — auch wenn ich Ihre Entscheidung bereits kenne. Wir können mit dem Außenlift hinauffahren und die Aussicht bewundern — oder den Innenlift nehmen, unterwegs etwas essen und uns eine Show ansehen."

"Gibt es wirklich Menschen, die drin bleiben wollen?"

"Sie würden sich wundern. Einige bekommen Höhenangst — besonders Besucher von ganz unten. Selbst Bergsteiger, die angeblich schwindelfrei sind, werden oft grün im Gesicht, wenn sich die Höhen nicht mehr nach Tausenden von Metern, sondern nach Tausenden von Kilometern bemessen."

"Das Risiko gehe ich ein", lächelte Poole. "Ich war schon weiter oben."

Sie passierten eine Doppelschleuse in der Außenwand des Turms (war es Einbildung, oder überfiel ihn in diesem Moment tatsächlich ein leichter Schwindel?) und betraten einen Raum, der an den Zuschauerraum eines winzigen Theaters erinnerte. Es gab fünf ansteigende Sitzreihen mit je zehn Plätzen: alle waren sie einem der riesigen Panoramafenster zugewandt, die Poole immer noch nicht ganz geheuer waren. Er konnte einfach nicht vergessen, daß der Luftdruck mit hunderten von Tonnen versuchte, das Glas ins All hinauszusprengen.

Die zehn bis zwölf Passagiere, die bereits warteten, hatten an das Problem wahrscheinlich nie einen Gedanken verschwendet, sie wirkten vollkommen ruhig. Als sie Poole erkannten, lächelten sie, nickten ihm höflich zu und widmeten sich wieder der Aussicht.

"Willkommen in der Skylounge", sagte die unvermeidliche Computerstimme. "Abfahrt in fünf Minuten. Erfrischungen und Toiletten finden Sie eine Etage tiefer."

Wie lange die Reise wohl dauert? dachte Poole. Mehr als zwanzigtausend Kilometer hin und zurück: so einen Fahrstuhl habe ich auf der Erde noch nie erlebt ...

Er nützte die Zeit bis zur Abfahrt, um sich an dem atemberaubenden Panorama in zweitausend Kilometer Tiefe zu erfreuen. Auf der nördlichen Hemisphäre war Winter, aber es mußte tatsächlich eine drastische Klimaveränderung stattgefunden haben, denn südlich des Polarkreises lag so gut wie kein Schnee.

Europa war nahezu wolkenfrei, und Poole fühlte sich von der Fülle an Details fast überfordert. Zunächst suchte er all die großen Städte, deren berühmte Namen die Jahrhunderte überdauert hatten, obwohl ihre Bedeutung durch die revolutionäre Entwicklung der globalen Kommunikation schon zu seiner Zeit zurückgegangen war. Nun waren sie noch weiter geschrumpft. Dann entdeckte er Wasserflächen an Orten, wo er sie nicht erwartet hätte — der Saladin-See in der nördlichen Sahara war schon fast ein kleines Meer.

Die Aussicht fesselte ihn so sehr, daß er die Zeit vergaß. Plötzlich wurde ihm bewußt, daß bereits sehr viel mehr als fünf Minuten vergangen sein mußten — und der Fahrstuhl hatte sich noch immer nicht bewegt. Hatte es eine Panne gegeben, oder wartete man noch auf verspätete Mitreisende?

Dann machte er eine Entdeckung, die so unglaublich war, daß er seinen Augen nicht traute. Sein Gesichtsfeld hatte sich erweitert, als sei er Hunderte von Kilometern nach oben gestiegen! Man konnte richtig zusehen, wie von allen Seiten immer neue Planetenflächen ins Fenster gekrochen kamen.

Er lachte laut auf. Die Erklärung lag natürlich auf der Hand.

"Beinahe wäre ich Ihnen auf den Leim gegangen, Indra! Ich dachte wirklich, die Aussicht sei echt — keine Videoprojektion!"

Indra lächelte geheimnisvoll.

"Falsch geraten, Frank. Wir sind vor etwa zehn Minuten abgefahren. Inzwischen bewegen wir uns, ach, mindestens mit tausend Stundenkilometern aufwärts. Es heißt zwar, daß diese Fahrstühle bei Maximalbeschleunigung bis zu hundert g erreichen können, aber auf Kurzstrecken wie dieser sind es höchstens zehn."

"Das ist unmöglich! Mehr als sechs hat man mir nicht einmal in der Zentrifuge zugemutet, und es war wahrhaftig kein Vergnügen, eine halbe Tonne schwer zu sein. Ich weiß ganz genau, daß wir uns, seit wir hier hereingekommen sind, keinen Zentimeter bewegt haben."

Poole merkte plötzlich, daß er laut geworden war. Die anderen Fahrgäste stellten sich taub.

"Ich kann Ihnen die Technik nicht erklären, Frank, aber man spricht von einem Inertial- oder auch Sharp-Feld. Das 'S' steht für Sacharow, einen berühmten russischen Wissenschaftler, wer die anderen waren, weiß ich nicht."

Poole begann allmählich zu begreifen. Ehrfürchtiges Staunen erfaßte ihn. Diese Technik war in der Tat 'von Magie nicht mehr zu unterscheiden'.

"Einige meiner Freunde haben immer vom 'kosmischen Antrieb' geträumt — von Energiefeldern anstelle von Raketen, von Bewegung ohne Beschleunigungsdruck. Wir anderen hielten sie für verrückt, aber sie hatten offenbar recht! Ich kann es immer noch kaum fassen ... wenn mich nicht alles täuscht, verlieren wir auch an Gewicht."

"Ja — wir passen uns lunaren Verhältnissen an. Wenn wir aussteigen, werden Sie spüren, daß wir uns auf dem Mond befinden. Aber Frank, nun vergessen Sie doch um Himmels willen, daß Sie Ingenieur sind, und genießen Sie einfach die Aussicht."

Das war ein guter Rat. Poole beobachtete fasziniert, wie Afrika, Europa und große Teile Asiens in sein Blickfeld rückten. Aber was er eben gehört hatte, war so unbegreiflich, daß er nicht davon loskam. Dabei war seine Überraschung gar nicht gerechtfertigt: Er hatte ja gewußt, daß man seit seiner Zeit auf dem Gebiet des Raumschiffantriebs gewaltige Fortschritte gemacht hatte. Aber er hatte nicht realisiert, daß sie so dramatische Auswirkungen auf den normalen Alltag haben könnten — falls man das Leben in einem sechsunddreißigtausend Kilometer hohen Wolkenkratzer als normalen Alltag bezeichnen konnte.

Das Raketenzeitalter war sicher schon seit Jahrhunderten vorbei. Alles, was er über Antriebssysteme, Brennkammern,

Ionenbeschleuniger und Fusionsreaktoren wußte, war längst überholt. Das war zwar nicht weiter von Bedeutung — aber er konnte jetzt nachfühlen, was der Kapitän eines Windjammers empfunden haben mußte, als die Dampfmaschine die Segel verdrängte.

Er wurde jäh aus dieser melancholischen Stimmung gerissen und mußte unwillkürlich lächeln, als die Computerstimme verkündete: "Ankunft in zwei Minuten. Bitte vergewissern Sie sich, daß Sie Ihr Gepäck vollzählig bei sich haben."

Wie oft hatte er diese Durchsage auf Linienflügen schon gehört! Er schaute auf die Uhr und stellte überrascht fest, daß die Fahrt nur knapp eine halbe Stunde gedauert hatte. Sie mußten also mit einer Durchschnittsgeschwindigkeit von mindestens zwanzigtausend Stundenkilometern gefahren sein, und doch hatte er das Gefühl, sich nicht von der Stelle bewegt zu haben. Mehr noch — in den letzten zehn Minuten mußte die Kabine eigentlich so stark abgebremst haben, daß alle Fahrgäste normalerweise mit dem Kopf in Richtung Erde von der Decke hängen sollten!

Die Türen glitten lautlos auf, und als Poole ausstieg, spürte er wieder dieses leichte Schwindelgefühl. Doch diesmal wußte er, woher es kam. Er hatte die Zone durchschritten, in der sich Inertialfeld und Schwerkraft — in diesem Fall Mondschwerkraft — überlappten.

Der Blick auf die sich entfernende Erde war selbst für ihn als Astronauten ein Erlebnis gewesen, aber eigentlich keine Überraschung. Nicht gefaßt war Poole jedoch auf die riesige Halle, die er nun betrat. Sie nahm offenbar die ganze Breite des Turms ein, die gegenüberliegende Wand war mehr als fünf Kilometer entfernt! Auf dem Mond oder dem Mars mochte man inzwischen noch gewaltigere Räume geschaffen haben, aber dies hier war wohl im ganzen Weltall kaum zu überbieten.

Er stand mit Indra auf einer fünfzig Meter hohen Aussichtsplattform an der Außenmauer und blickte über eine erstaunlich vielgestaltige Landschaft hinweg. Man hatte sich bemüht, das ganze Spektrum terrestrischer Biome zu kopieren. Unmittelbar unter der Plattform stand eine Gruppe schlanker Bäume, die Poole zunächst nicht erkannte. Dann kam ihm die Erleuchtung: Es waren Eichen, die bei einem Sechstel der normalen Schwerkraft gezüchtet worden waren. Wie würden hier wohl die Palmen aussehen? Wahrscheinlich wie riesige Schilfrohre ...

In einiger Entfernung lag ein kleiner, von einem Fluß gespeister See. Der Fluß schlängelte sich durch eine große Wiese und verschwand in einem Gebilde, das aussah wie ein Riesen-Banyan. Aber wo war seine Quelle? Ein schwaches Tosen drang in Pooles Bewußtsein. Sein Blick folgte der Wand, und er entdeckte einen Niagarafall im Kleinformat, über dem sich der schönste Regenbogen wölbte.

Er hätte stundenlang hier stehen und die Aussicht bewundern können, ohne alle Wunder dieser großartigen, unendlich detaillierten Simulation seines Heimatplaneten auszuschöpfen. Vielleicht hatte die Menschheit, je weiter sie in neue und weniger freundliche Räume vordrang, zunehmend den Drang verspürt, sich auf ihre Ursprünge zu besinnen. Gewiß, auch zu seiner Zeit hatte sich schon jede Stadt in ihren Parks ein wenn auch blasses Abbild der Natur geschaffen. Der gleiche Gedanke hatte wohl auch hier Pate gestanden, nur waren die Dimensionen nicht zu vergleichen. Central Park gegen Afrikaturm!

"Gehen wir hinunter", sagte Indra. "Es gibt so viel zu sehen, und ich komme selbst viel zu selten hierher."

Obwohl man bei der niedrigen Schwerkraft auch zu Fuß mühelos vorankam, benützten sie von Zeit zu Zeit eine kleine Einschienenbahn. Einmal setzten sie sich in ein Café, das sich geschickt im Stamm einer mindestens zweihundertfünfzig Meter hohen Sequoie versteckte.

Sonst waren nur wenige Besucher zu sehen — ihre Mitreisenden waren längst irgendwohin verschwunden — so daß sie sich der Illusion hingeben konnten, sie hätten dieses Wunderland für sich allein. Alles war sorgsam gepflegt, vermutlich waren ganze Heerscharen von Robotern am Werk. Immer wieder fühlte sich Poole an Disney World erinnert, das er als kleiner Junge einmal besucht hatte. Aber diese Anlage war noch besser: kein Massenbetrieb, und nur sehr wenig, was an die Menschheit und ihre Schöpfungen erinnerte.

Sie bewunderten gerade eine herrliche Orchideenkultur mit Blüten von unerhörter Größe, als Poole den Schock seines Lebens bekam. Am Wegrand stand ein typisches Gärtnerhäuschen, und als sie auf gleicher Höhe waren, öffnete sich die Tür — und der Gärtner trat heraus.

Frank Poole hatte sich immer viel auf seine Nervenstärke zugute gehalten und sich niemals träumen lassen, daß er als Erwachsener noch einmal einen Entsetzensschrei ausstoßen könnte. Aber wie jedes Kind seiner Generation hatte er alle *Jurassic-Park*-Filme gesehen — und erkannte einen Raptor auf den ersten Blick.

"Das tut mir wirklich leid." Indra war sichtlich betroffen. "Ich hätte Sie warnen sollen."

Pooles flatternde Nerven beruhigten sich wieder. Natürlich gab es auf dieser allzu zahmen Welt keine Gefahren, aber dennoch ...!

Der Dinosaurier schien sich nicht im geringsten für die Besucher zu interessieren. Er trat in sein Häuschen zurück und kam mit einem Rechen und einer Gartenschere wieder. Die Schere steckte er in einen Beutel, der ihm von der Schulter hing. Dann watschelte er davon und verschwand, ohne sich noch einmal umzusehen, hinter einer Reihe zehn Meter hoher Sonnenblumen.

"Ich bin Ihnen eine Erklärung schuldig", sagte Indra zerknirscht. "Wir setzen Bioorganismen ein, wo immer es geht, sie sind uns lieber als Roboter — wahrscheinlich der reine Kohlenstoff-Chauvinismus! Es gibt allerdings nur wenige Tiere mit einer gewissen Fingerfertigkeit, und die haben alle schon irgendwo Verwendung gefunden.

Hier sind wir nun auf ein Rätsel gestoßen, das bisher niemand lösen konnte. Man möchte meinen, daß gentechnisch verbesserte Pflanzenfresser wie Schimpansen und Gorillas sich gut als Gärtner eignen würden. Aber das ist nicht der Fall; sie haben für diese Arbeit zu wenig Geduld.

Fleischfresser wie unser Freund hier kommen dagegen ganz ausgezeichnet zurecht und lernen schnell. Zudem — auch das ist paradox! — sind sie nach der Behandlung gutmütig und fügsam. Natürlich steckt dahinter eine fast tausendjährige Erfahrung mit der Gentechnik. Und wenn man bedenkt, was der primitive Mensch ganz ohne moderne Hilfsmittel aus dem Wolf gemacht hat!"

Indra lachte und fuhr fort: "Ob Sie es glauben oder nicht, Frank, sie geben auch gute Babysitter ab — die Kinder sind begeistert von ihnen! Es gibt einen Witz, der schon fünfhundert Jahre alt ist: 'Würdest du deine Kinder einem Dinosaurier anvertrauen? Niemals — sie könnten ihn kaputtmachen!'"

Poole lachte mit, nicht zuletzt, weil er sich schämte, so schreckhaft gewesen zu sein. Dann wechselte er das Thema und stellte Indra die Frage, die ihn schon die ganze Zeit verfolgte.

"Es ist wunderschön hier", sagte er. "Aber wozu der Aufwand, wenn jeder Turmbewohner genauso schnell die echte Erde erreichen kann?"

Indra zögerte einen Moment mit ihrer Antwort und sah ihn nachdenklich an.

"Ganz so ist es nicht. Für Bewohner oberhalb der Ein-halb-g-Etage ist es selbst mit einem Luftkissenstuhl unangenehm — ja, sogar gefährlich — zur Erde hinunterzufahren."

"Aber das gilt doch sicher nicht für mich! Ich bin seit meiner Geburt an ein g gewöhnt — und ich habe mein Schwerkrafttraining an Bord der *Discovery* niemals vernachlässigt."

"Darüber sollten Sie mit Prof Anderson sprechen. Ich darf es Ihnen eigentlich nicht sagen, aber im Augenblick tobt ein heftiger Streit über den derzeitigen Stand Ihrer biologischen Uhr.

Sie ist offenbar nie vollends stehengeblieben, und jetzt schwanken die Schätzungen Ihres relativen Alters zwischen fünfzig und siebzig Jahren. Sie haben sich gut erholt, aber Sie können nicht erwarten, jemals wieder voll zu Kräften zu kommen — nicht nach tausend Jahren!"

Jetzt wird mir manches klar, dachte Poole niedergeschlagen. Deshalb hatte Anderson sich nie festlegen wollen, und deshalb hatte man unentwegt seine Muskelreaktionen getestet.

Ich bin vom Jupiter zurückgekehrt und bis auf zweitausend Kilometer an die Erde herangekommen — in der virtuellen Realität kann ich sie jederzeit wiedersehen, aber ich selbst werde womöglich nie wieder einen Fuß auf meinen Heimatplaneten setzen.

Ich weiß nicht, ob ich mich damit abfinden kann ...

10. Ikarus läßt grüßen

Es gab so viel zu sehen und zu erleben, daß seine Niedergeschlagenheit rasch verflog. Tausend Leben hätten nicht genügt, um alle Zerstreuungen auszukosten, die diese Zeit zu bieten hatte, und so blieb ihm nur die Qual der Wahl. Er achtete, nicht immer mit Erfolg, darauf, sich nicht in Belanglosigkeiten zu verzetteln, sondern sich auf wirklich wichtige Dinge, vor allem auf seine Weiterbildung, zu konzentrieren.

Der Zerebralhelm — samt dem dazugehörigen Abspielgerät in Buchgröße, das natürlich den Spitznamen 'Hirnkasten' trug — leistete ihm dabei gute Dienste. Bald besaß er eine kleine Bibliothek von 'Wissenstäfelchen', von denen jedes den gesamten Lehrstoff eines akademischen Studiums enthielt. Er brauchte nur eins von diesen Täfelchen in den Hirnkasten zu stecken und die Geschwindigkeit und Intensität einzustellen, die ihm am besten entsprachen, schon gab es einen Lichtblitz, und er versank bis zu einer Stunde in Bewußtlosigkeit. Wenn er wieder erwachte, hatten sich seinem Denken neue Bereiche erschlossen, auf die er allerdings gezielt zugreifen mußte, wenn er sie finden wollte. Doch dann war es, als entdecke ein Bibliotheksbesitzer plötzlich Regale voller Bücher, von deren Vorhandensein er bisher nichts geahnt hatte.

Poole konnte größtenteils frei über seine Zeit verfügen. Aus Pflichtgefühl — und auch aus Dankbarkeit — stellte er sich möglichst oft den Fragen von Wissenschaftlern, Historikern, Schriftstellern und Künstlern, auch wenn ihm die Medien, in denen sie arbeiteten, oft unverständlich waren. Daneben erhielt er immer wieder Einladungen von anderen Bewohnern der vier Türme, die er jedoch praktisch alle ablehnen mußte.

Am schwersten fiel ihm das, wenn die Aufforderung direkt von dem Planeten kam, der sich in seiner ganzen Pracht unter seinem Fenster ausbreitete. "Natürlich", sagte Professor Anderson, "könnten sie mit einem geeigneten Lebenserhaltungssystem einen kurzen Aufenthalt verkraften, aber ein Vergnügen wäre es sicher nicht. Und es steht zu befürchten, daß Ihr neuromuskuläres System noch mehr geschädigt würde. Es hat sich von Ihrem tausendjährigen Schlaf ohnehin nie so recht erholt."

Indra Wallace, sein zweiter Schutzengel, schirmte ihn gegen unnötige Störungen ab und half ihm zu entscheiden, auf welche Anliegen er eingehen sollte — und wann eine höfliche Absage angebracht war. Die soziopolitische Struktur dieser Kultur war so unglaublich vielschichtig, daß er sie allein niemals durchschaut hätte. Er hatte jedoch bald heraus, daß es — obwohl theoretisch alle Klassenunterschiede abgeschafft waren — immer noch ein paar Tausend Super-Bürger gab. George Orwell hatte recht behalten; einige würden immer etwas gleicher sein als die anderen.

Hin und wieder hatte sich Poole, geprägt von den Verhältnissen im 21. Jahrhundert, besorgt gefragt, wer wohl für seinen Unterhalt aufkam — oder ob man ihm eines Tages eine gesalzene Hotelrechnung präsentieren würde. Aber Indra hatte ihn beruhigt: Er sei sozusagen ein unersetzliches Museumsstück, mit Alltagsproblemen brauche er sich nicht herumzuschlagen. Man würde ihm — in vernünftigen Grenzen — jeden Wunsch erfüllen. Poole fragte sich, wo diese Grenzen wohl lägen, konnte sich aber nicht vorstellen, daß er eines Tages tatsächlich versuchen würde, sie auszuloten.

Bei den wichtigsten Dingen im Leben hat stets der Zufall die Hand im Spiel. Poole hatte die Anlage für die Wandprojektionen auf stummen Suchlauf geschaltet, als ihn eins der Bilder plötzlich stutzen ließ.

"Suchlauf stop! Ton an!" rief er lauter als nötig.

Die Musik klang vertraut, aber er brauchte ein paar Minuten, um sie einordnen zu können; daß seine Wand sich mit geflügelten Menschen füllte, die einander elegant umkreisten, half ihm endlich auf die Sprünge. Tschaikowsky wäre über diese Aufführung von *Schwanensee* sehr erstaunt gewesen — mit Tänzern, die tatsächlich fliegen konnten ...

Poole beobachtete die Szene minutenlang wie gebannt, bis er halbwegs überzeugt war, daß es sich um Realität und nicht um eine Simulation handelte: Das hatte sich schon zu seiner Zeit nicht mehr so genau auseinanderhalten lassen. Vermutlich wurde das Ballett in einer Umgebung mit niedriger Schwerkraft getanzt — nach einigen der Bilder zu schließen, mußte es ein riesengroßer Raum sein. Vielleicht lag er sogar hier, im Afrikaturm.

Das möchte ich probieren, beschloß Poole. Er hatte der Raumfahrtbehörde nie verziehen, daß sie ihm sein liebstes Hobby, Fallschirmformationsspringen, verboten hatte, obwohl er einsah, daß die Behörde nur darauf bedacht gewesen war, eine wertvolle Kapitalanlage vor Schaden zu bewahren. Die Ärzte hatten seinen Unfall beim Drachenfliegen damals mit großer Bestürzung aufgenommen; zum Glück waren seine jungen Knochen jedoch tadellos zusammengeheilt.

"Aber jetzt", dachte er, "kann mich niemand mehr abhalten ... höchstens Prof Anderson ..."

Zu Pooles Erleichterung fand der Arzt die Idee jedoch ausgezeichnet. Außerdem erfuhr er, daß jeder Turm auf der Ein-Zehntel-g-Etage ein eigenes 'Vogelhaus' hatte.

Die Flügel, die er sich wenige Tage später anmessen ließ, sahen längst nicht so elegant aus wie die Schwingen der Tänzer in *Schwanensee*. Anstelle von Federn hatten sie nur eine elastische Membran, und als Poole die Griffe an den Stützrippen umfaßte, war ihm klar, daß er damit eher einer Fledermaus glich. "Dann mal los, Dracula!" rief er, doch sein Fluglehrer hatte offenbar noch nie von Vampiren gehört und reagierte nicht.

In den ersten Stunden hing er noch an leichten Sicherheitsgurten, so daß er nicht davonschweben konnte, während er die Grundschwünge übte und vor allem lernte, die Flügel zu kontrollieren und das Gleichgewicht zu halten. Wie so vieles andere im Leben war auch das Fliegen nicht so einfach, wie es aussah.

Er fand das Gurtzeug ziemlich albern — was konnte bei einem Zehntel Schwerkraft schon groß passieren? — und war froh, daß er es nur ein paar Stunden zu tragen brauchte; das Astronautentraining kam ihm natürlich zugute. Der Fluglehrer behauptete, er hätte nie einen besseren Schüler gehabt; aber vielleicht sagte er das zu jedem.

Nachdem Poole ein Dutzend Flüge in einem Raum mit vierzig Metern Seitenlänge absolviert hatte und verschiedenen Hindernissen mühelos ausgewichen war, bekam er die Freigabe für seinen ersten Alleinflug — und war fast so nervös wie damals mit neunzehn Jahren, als er zum ersten Mal mit der uralten Cessna des Aeroklubs von Flagstaff starten sollte.

Sein Jungfernflug sollte im 'Vogelhaus' stattfinden. Der etwas phantasielose Name vermittelte keine Vorstellung von der Realität. Das 'Vogelhaus' war ebenso groß wie die Wald- und Parklandschaft auf der Etage mit Mondschwerkraft, beide füllten ein Geschoß des Turms, der sich nach oben hin nur sanft verjüngte. Aber der kreisrunde, einen halben Kilometer hohe, mehr als vier Kilometer breite Raum wirkte geradezu unermeßlich, denn hier gab es nichts, woran sich das Auge hätte festhalten können. Die einheitlich blauen Wände trugen noch mehr dazu bei, den Eindruck von Unendlichkeit zu vermitteln.

Poole hatte dem Fluglehrer nicht geglaubt, als der prahlte: "Sie können jede Landschaft haben, die Sie wollen", und sich deshalb vorgenommen, ihm eine geradezu unmögliche Aufgabe zu stellen. Doch bei diesem ersten Flug in schwindelnder Höhe von fünfzig Metern gab es keine visuellen Ablenkungen. Natürlich war es — die Höhe entsprach in der zehnmal größeren Erdschwerkraft immerhin fünf Metern — theoretisch möglich, sich das Genick zu brechen; praktisch waren jedoch nicht einmal kleinere Prellungen zu befürchten, denn über den gesamten Fußboden spannte sich ein Netz aus elastischen Seilen, das den Raum zu einem einzigen Trampolin machte. Hier könnte man sich, dachte Poole, auch ohne Flügel prächtig amüsieren.

Mit kräftigen Schwüngen hob er vom Boden ab. Im Handumdrehen hatte er das Gefühl, hundert Meter hoch zu sein. Und er stieg immer noch weiter.

"Langsam!" mahnte der Fluglehrer. "Ich komme nicht nach!"

Poole ging in die Horizontale und versuchte eine langsame Rolle vorwärts. Er fühlte sich nicht nur körperlich leicht (kein Wunder bei einem Gewicht von weniger als zehn Kilogramm!), auch sein Kopf war wie ein Luftballon, so daß er sich fragte, ob man wohl die Sauerstoffkonzentration erhöht hatte.

Es war ein großartiges Gefühl — ganz anders als die Schwerelosigkeit, bei der keinerlei physische Anstrengung erforderlich war. Am ehesten ließ es sich noch mit Sporttauchen vergleichen. Nur schade, daß es hier anstelle der bunten Korallenfische, die Poole so oft über die Riffe tropischer Meere begleitet hatten, keine Vögel gab.

Der Fluglehrer ließ ihn verschiedene Manöver durchführen, Rollen, Loopings, Sturzflug, Schwebeflug. Endlich sagte er: "Mehr kann ich Ihnen nicht beibringen. Lassen Sie uns jetzt die Aussicht genießen."

Im ersten Moment hätte Poole fast die Kontrolle verloren — was vermutlich beabsichtigt war. Denn plötzlich sah er sich, ohne jede Vorwarnung, von schneebedeckten Bergen umgeben und flog, nur wenige Meter von messerscharfen Felskanten entfernt, durch einen schmalen Paß.

Die Berge waren natürlich nicht echt, sondern so wenig greifbar wie Wolken. Er hätte sie ohne weiteres durchfliegen können. Trotzdem entfernte er sich von der Felswand (auf einem Sims befand sich ein Adlernest mit zwei Eiern, so echt und nahe, als brauche er nur die Hand auszustrecken, um sie zu berühren) und steuerte auf offeneres Gelände zu.

Die Berge verschwanden; mit einem Schlag war es Nacht. Und dann kamen die Sterne — nicht nur ein paar jämmerliche tausend wie am Himmel der Erde, sondern Legionen ohne Zahl. Und nicht nur Sterne, sondern die Strudelwirbel fremder Galaxien und die wimmelnden Sternenschwärme ferner Kugelhaufen.

Es war, als hätte ihn ein Zauberer auf eine fremde Welt versetzt, aber dieser Himmel konnte so niemals Wirklichkeit sein. Denn vor Pooles Augen zogen sich die Galaxien zusammen, Sterne verblaßten, explodierten, wurden in Globulen inmitten glühender Feuernebel geboren. Mit jeder Sekunde verging hier eine Million Jahre ...

Das überwältigende Schauspiel verschwand so schnell, wie es entstanden war. Er war wieder allein am leeren Himmel, allein bis auf seinen Fluglehrer, allein im leeren, blauen Zylinder des Vogelhauses.

"Ich glaube, das genügt für den ersten Tag", sagte der Fluglehrer, der ein paar Meter über ihm schwebte. "Was für eine Landschaft hätten Sie denn gern für Ihren nächsten Flug?"

Poole lächelte. Die Antwort hatte er bereits parat.

11. Hier wohnen Drachen

Er hätte es nie für möglich gehalten, nicht einmal mit den technischen Möglichkeiten dieser Zeit. Wieviele Terabyte — Petabyte — gab es für diese Größenordnung überhaupt noch ein Zahlwort? — an Informationen hatte man wohl im Lauf der Jahrhunderte angesammelt, und in welchem Speichermedium? Am besten dachte man nicht darüber nach, sondern folgte Indras Rat: "Vergiß, daß du Ingenieur bist — und genieße die Aussicht."

Und das tat er, obwohl er bei aller Begeisterung eine tiefe, schmerzliche Wehmut spürte. Er flog — jedenfalls schien es ihm so — in etwa zwei Kilometer Höhe über der grandiosen Landschaft seiner Heimat, einer Landschaft, die er nie hatte vergessen können. Natürlich stimmte die Perspektive nicht, das 'Vogelhaus' war ja nur einen halben Kilometer hoch, aber die Illusion war perfekt.

Er umkreiste den *Meteor Crater*, dessen Wände er damals beim Astronautentraining hatte erklimmen müssen. Unglaublich, daß man an der Entstehung dieses Berges, an der Richtigkeit seines Namens jemals gezweifelt hatte! Dennoch hatten namhafte Geologen bis weit ins 20. Jahrhundert hinein behauptet, er sei vulkanischen Ursprungs; erst mit Eintritt ins Raumfahrtzeitalter hatte man — widerstrebend — akzeptiert, daß die Planeten nach wie vor unter ständigem Beschuß aus dem Weltraum standen.

Poole flog sehr gemächlich mit einer Geschwindigkeit, die näher bei zwanzig als bei zweihundert Stundenkilometern lag, dennoch ließ man ihn Flagstaff in weniger als einer Viertelstunde erreichen. Da schimmerten schon die weißen Kuppeln des Lowell-Observatoriums, das er als Junge so oft besucht hatte. Das freundliche Personal war ohne Zweifel mit für seine Berufswahl verantwortlich gewesen. Er hatte sich oft gefragt, wofür er sich wohl entschieden hätte, wenn er nicht in Arizona geboren wäre, unweit der Stätte, wo die beständigsten und richtungweisendsten Marsphantasien gesponnen worden waren. Poole glaubte tatsächlich, dicht neben dem großen Teleskop, das ihn zu seinen Träumen beflügelt hatte, Lowells einzigartiges Grabmal ausmachen zu können.

Aus welchem Jahr und welcher Jahreszeit mochten diese Bilder wohl stammen? Vermutlich waren es Aufnahmen der Spionagesatelliten, die zu Anfang des 21. Jahrhunderts über die Welt gewacht hatten. Sehr lange nach seiner Zeit konnte es nicht gewesen sein, denn die Stadt sah noch genauso aus, wie er sie in Erinnerung hatte. Wenn er möglichst tief ging, könnte er sich vielleicht sogar selbst sehen.

Aber das war absurd; er hatte bereits festgestellt, daß er nicht näher herankam. Wenn er noch tiefer flog, begann sich das Bild in einzelne Pixel aufzulösen. Da war es schon besser, Abstand zu halten und den schönen Schein nicht zu zerstören.

Da — unglaublich! — das war doch der kleine Park, wo er mit seinen Freunden aus der Grundschule und der High School gespielt hatte. Als die Wasservorräte immer knapper wurden, hatten die Stadtväter Zweifel bekommen, ob sie ihn überhaupt bestehen lassen sollten. Zu diesem Zeitpunkt — wann immer das gewesen sein mochte — hatte es ihn also noch gegeben.

Eine neue Erinnerung trieb Poole die Tränen in die Augen. Auf diesen schmalen Pfaden war er jedesmal, wenn er von Houston oder vom Mond nach Hause kam, mit seinem geliebten Rikki, einem Rhodesian Ridgeback, spazierengegangen und hatte — das alte Spiel, das Mensch und Hund seit Ewigkeiten liebten — Stöckchen für ihn geworfen.

Er hatte Rikki vor dem Start zum Jupiter seinem jüngeren Bruder Martin anvertraut und von ganzem Herzen gehofft, der Hund würde ihn bei seiner Rückkehr noch begrüßen können. Nun kam er fast aus dem Rhythmus und sackte mehrere Meter ab, bevor er sich wieder fing. Die bittere Wahrheit, daß Rikki und Martin schon seit Jahrhunderten Staub waren, hatte ihn noch einmal mit voller Wucht getroffen.

Als sich sein Blick wieder klärte, bemerkte er, daß der Grand Canyon als schwarzer Streifen am fernen Horizont aufgetaucht war. Er überlegte, ob er noch hinfliegen sollte — er war schon etwas müde — als ihm bewußt wurde, daß er nicht allein am Himmel war. Irgend etwas kam auf ihn zugeflogen, und es war mit Sicherheit kein Mensch. Dafür war die Gestalt zu groß, auch wenn Entfernungen hier nur schwer zu schätzen waren.

"Eigentlich", dachte er, "braucht es mich nicht zu wundern, wenn ich einem Pterodaktylus begegne — was habe ich denn erwartet? Hoffentlich will er mir nichts Böses — sonst kann ich nur hoffen, daß ich schneller bin als er. Oh nein!"

Es wäre fast ein Volltreffer gewesen, vielleicht acht Punkte auf einer Zehnerskala, aber was da mit langsamen Schlägen seiner mächtigen Lederschwingen auf Poole zukam, war eben doch kein Pterodaktylus, sondern ein Drache direkt aus dem Märchen. Und der Vollständigkeit halber saß auch noch eine wunderschöne Prinzessin auf seinem Rücken.

Zumindest nahm Poole an, daß sie wunderschön war. Eine winzige Kleinigkeit störte nämlich das Bild: das Gesicht der vermeintlichen Prinzessin wurde fast völlig von einer großen Fliegerbrille verdeckt, die eher ins offene Cockpit eines Doppeldeckers aus dem Zweiten Weltkrieg gepaßt hätte.

Poole hielt unvermittelt an und trat Wasser wie ein Schwimmer, bis das Monster so nahe war, daß er das Klatschen der Riesenschwingen hören konnte. Auch aus knapp zwanzig Metern Entfernung war nicht zu unterscheiden, ob es sich um eine Maschine handelte oder um ein Biokonstrukt: wahrscheinlich von beidem etwas.

Dann nahm die Reiterin ihre Brille ab, und der Drache war vergessen.

Irgendein Philosoph hat einmal, vermutlich unter lautem Gähnen, bemerkt, Klischees seien deshalb so langweilig, weil sie immer wahr seien.

Aber 'Liebe auf den ersten Blick' dürfte zu keiner Zeit langweilig sein.

Danil konnte ihm nicht weiterhelfen, aber das hatte Poole auch nicht erwartet. Sein allgegenwärtiger Begleiter — denn zu einem Kammerdiener im klassischen Sinn reichte es wohl doch nicht ganz — zeigte sich in vieler Hinsicht so beschränkt, daß Poole manchmal den Verdacht hatte, er sei geistig behindert. Doch das war unwahrscheinlich. Danil konnte mit allen Haushaltsmaschinen umgehen, führte einfache Anweisungen rasch und geschickt aus und fand sich im Turm ohne Mühe zurecht. Aber das war auch schon alles. Eine intelligente Unterhaltung mit ihm war unmöglich, und auf höfliche Fragen nach seiner Familie erntete man lediglich einen verständnislosen Blick. Poole hatte sogar schon überlegt, ob er vielleicht ein Bioroboter sein könnte.

Erst Indra konnte ihm die gewünschte Antwort geben.

"Ach, du bist der Drachenreiterin begegnet!"

"So nennt ihr sie also? Wie heißt sie wirklich — kannst du mir ihren Identifikator beschaffen? Ein Handflächendruck war unter diesen Umständen nicht gut möglich."

"Natürlich — null Problemo."

"Wo hast du das denn aufgeschnappt?"

Indra schien verwirrt, eine Seltenheit bei ihr.

"Keine Ahnung — aus einem alten Buch oder einem Film. Ist das denn kein guter Ausspruch?"

"Nicht, wenn man älter als fünfzehn ist."

"Ich werde es mir merken. Und jetzt erzähle mir endlich, was passiert ist — sonst werde ich noch eifersüchtig."

Sie waren inzwischen so gute Freunde, daß sie über alles offen sprechen konnten. Sie hatten sich sogar schon lachend gestanden, keinerlei romantische Gefühle füreinander zu hegen — allerdings hatte Indra bei anderer Gelegenheit bemerkt: "Wenn wir beide auf einem Wüstenasteroiden strandeten und es keine Hoffnung auf Rettung gäbe, würde sich vermutlich schon etwas entwickeln."

"Zuerst will ich wissen, wer sie ist."

"Sie heißt Aurora McAuley und ist neben vielem anderem

Vorsitzende des 'Vereins zur Erschaffung von Anachronismen'. Wenn dich Draco schon so sehr beeindruckt hat, dann warte mal, bis du die anderen — äh — Geschöpfe dieser Gesellschaft zu sehen bekommst. Moby Dick zum Beispiel — oder den Zoo voller Dinosaurierarten, die Mutter Natur niemals eingefallen wären."

Das ist zu schön, um wahr zu sein, dachte Poole.

Schließlich bin ich der größte Anachronismus auf dem Planeten Erde.

12. Abgeblitzt

Bis zu diesem Moment hatte er nie mehr an das Gespräch mit dem Psychologen der Weltraumbehörde gedacht.
"Sie werden die Erde für mindestens drei Jahre nicht wiedersehen. Wenn Sie wollen, lasse ich Ihnen ein harmloses Anaphrodisiakum implantieren, dessen Wirkung für die Dauer der Mission anhält. Und nach Ihrer Rückkehr werden Sie großzügig entschädigt, das verspreche ich Ihnen."
"Nein, danke." Poole hatte keine Miene verzogen. "Ich glaube, ich komme schon klar."
Trotzdem war er — genau wie Dave Bowman — nach drei oder vier Wochen mißtrauisch geworden.
"Ich hab's auch schon gemerkt", sagte Dave. "Wetten, daß uns die verdammten Ärzte etwas ins Essen gemischt haben?"
Das Präparat — falls es nicht reine Einbildung gewesen war — hatte seine Kraft inzwischen sicher längst verloren. Aber Poole war bis jetzt für Liebesabenteuer zu beschäftigt gewesen und hatte deshalb verschiedene großzügige Angebote von jungen (und nicht mehr ganz jungen) Damen höflich abgelehnt. Er wußte nicht einmal, was sie eigentlich so anziehend an ihm fanden, sein Äußeres, oder seine Berühmtheit. Vielleicht war es auch nur Neugier auf einen Mann, der immerhin vor zwanzig oder dreißig Generationen ihr Vorfahre hätte gewesen sein können.
So war Poole sehr erfreut, als ihm Mrs. McAuleys Identifikator verriet, daß sie derzeit nicht gebunden war, und er nahm unverzüglich Kontakt zu ihr auf. Binnen vierundzwanzig Stunden saß er hinter ihr auf dem Drachen und legte ihr genießerisch die Arme um die Taille. Inzwischen hatte er auch erfahren, wozu die Fliegerbrille gut war: Draco war nämlich Vollroboter und erreichte mühelos hundert Stundenkilometer. Die echten Drachen hatten solche Geschwindigkeiten wohl kaum geschafft.
Es überraschte ihn nicht, daß die ständig wechselnden Landschaften unter ihnen alle der Welt der Märchen entstammten.

Als sie Ali Baba auf seinem fliegenden Teppich überholten, drohte er wütend mit der Faust und rief ihnen nach: "Könnt Ihr nicht aufpassen!" Er mußte sich allerdings sehr weit von seiner Heimatstadt Bagdad entfernt haben, denn die romantischen Türmchen, über denen sie jetzt kreisten, gehörten eindeutig zu Oxford.

Das bestätigte auch Aurora. Sie deutete nach unten: "Das ist die Kneipe — das Gasthaus — wo Lewis und Tolkien sich immer mit ihren Freunden, den Inklingen, getroffen haben. Und da, auf dem Fluß — das Boot, das eben unter der Brücke hervorkommt — siehst du die zwei kleinen Mädchen und den Geistlichen?"

"Ja", rief er über das leise Säuseln des Fahrtwinds hinweg. "Eine von beiden ist vermutlich Alice."

Aurora drehte sich um und lächelte ihn mit ehrlicher Begeisterung an.

"Ganz richtig: Sie ist eine exakte Kopie, hergestellt nach den Fotos des Reverend. Ich hatte schon befürchtet, du würdest sie am Ende nicht erkennen. Schon bald nach deiner Zeit haben so viele Menschen das Lesen aufgegeben."

Poole schwoll das Herz in der Brust.

Das war wohl eben der zweite Test, dachte er voller Genugtuung. Der erste war der Ritt auf Draco. Was sie wohl noch von mir erwartet? Einen Zweikampf mit Schwertern vielleicht?

Aber sie war zufrieden — und die Antwort auf die uralte Frage "Zu dir oder zu mir?" lautete: Zu Poole.

Am nächsten Morgen suchte Poole, beschämt und bis ins Innerste getroffen, Professor Anderson auf.

"Es war alles phantastisch gelaufen", klagte er. "Und dann ist sie auf einmal hysterisch geworden und hat mich von sich gestoßen. Ich dachte schon, ich hätte ihr wehgetan.

Als auf ihren Befehl das Licht anging — bis dahin waren wir im Dunkeln gewesen — sprang sie aus dem Bett. Ich muß sie

angestarrt haben wie ein Idiot ..." Er lachte selbstironisch.
"Der Anblick war ja auch wirklich sehenswert."
"Natürlich. Weiter."
"Nach ein paar Minuten wurde sie ruhiger, und dann hat sie etwas gesagt, das ich wohl nie mehr vergessen werde."
Professor Anderson wartete geduldig, bis Poole sich gefaßt hatte.
"Sie sagte: 'Es tut mir wirklich leid, Frank. Wir hätten uns sicher gut verstanden. Aber ich wußte nicht, daß du — verstümmelt bist.'"
Der Professor riß erstaunt die Augen auf, dann nickte er.
"Ach so — ich verstehe. Das ist wirklich bedauerlich, Frank — vielleicht hätte ich dich warnen sollen. Mir sind in dreißig Berufsjahren nur ein halbes Dutzend solcher Fälle untergekommen — und die hatten alle triftige, medizinische Gründe, was auf dich natürlich nicht zutrifft ...

Die Beschneidung hatte in primitiven Zeiten — sogar noch in deinem Jahrhundert — durchaus ihren Sinn. Sie verhinderte, daß man sich in unterentwickelten Ländern mit unzureichender Hygiene unangenehme, ja sogar tödliche Krankheiten holte. Davon abgesehen gab es kein Argument dafür — aber einige dagegen, wie du eben am eigenen Leibe erfahren mußtest!

Ich habe nachgeschlagen, nachdem ich dich zum ersten Mal untersucht hatte, und folgendes herausgefunden: Mitte des 21. Jahrhunderts nahmen die Kunstfehlerprozesse so stark überhand, daß die *American Medical Association* sich gezwungen sah, diese Operationen zu verbieten. Die Rechtfertigungen der zeitgenössischen Ärzte sind übrigens recht amüsant."

"Das kann ich mir denken", seufzte Poole.

"In manchen Ländern hielt man noch hundert Jahre an der Praxis fest. Dann hat ein unbekanntes Genie ein Schlagwort geprägt — du mußt die Vulgarität entschuldigen: 'So hat uns Gott geschaffen: Beschneidung ist Blasphemie.' Und damit war der Spuk mehr oder weniger vorbei. Aber wenn du willst, eine Transplantation läßt sich ohne weiteres arrangieren — jedenfalls gehst du damit sicher nicht in die Geschichte der Medizin ein."

"Ich glaube nicht, daß es etwas nützen würde. Ich müßte wahrscheinlich jedesmal wieder lachen."

"So gefällst du mir viel besser — du kommst bereits darüber hinweg."

Verwundert stellte Poole fest, daß Andersons Diagnose stimmte. Und schon prustete er tatsächlich los.

"Was hast du, Frank?"

"Auroras 'Verein zur Erschaffung von Anachronismen.' Ich hatte gehofft, er würde meine Chancen verbessern. Aber ich mußte natürlich genau den einen Anachronismus finden, der ihr nicht zusagt."

13. Fremd in einer fremden Zeit

Indra bewies nicht so viel Verständnis, wie Poole gehofft hatte. Vielleicht war ihre Beziehung doch nicht völlig frei von sexueller Eifersucht. Und — was sehr viel schlimmer war — das Drachendebakel, wie sie es spöttisch nannten, führte zu ihrem ersten richtigen Streit.

Es fing ganz harmlos an. Indra beklagte sich: "Ich werde unentwegt gefragt, warum ich mich gerade diesem gräßlichen Abschnitt der Geschichte verschrieben habe, und niemand gibt sich zufrieden, wenn ich sage, es hätte noch wüstere Zeiten gegeben."

"Was interessiert dich denn nun wirklich an meinem Jahrhundert?"

"Daß es eine Übergangsphase zwischen Barbarei und Zivilisation darstellt."

"Vielen Dank. Warum nennst du mich nicht einfach Conan?"

"Conan? Ich kenne nur einen Conan, und der hat Sherlock Holmes geschaffen."

"Schon gut — entschuldige, daß ich dich unterbrochen habe. Wir in den sogenannten hochentwickelten Ländern hielten uns natürlich für zivilisiert. Zumindest hatte der Krieg jedes Ansehen verloren, und die Vereinten Nationen taten, was sie konnten, um dennoch ausbrechende Konflikte rasch zu beenden."

"Mit mäßigem Erfolg: allenfalls eine Drei auf einer Zehnerskala. Was wir gar nicht fassen können, ist die Art, wie die Menschen — noch nach dem Jahr 2000! — Verhaltensweisen für selbstverständlich hielten, für die wir heute nur Abscheu empfinden. Und wie sie an die abersinnigsten — "

"Aberwitzigsten."

" — Dinge glaubten, die jeder vernünftige Mensch entrüstet von sich weisen würde."

"Beispiele, bitte."

"Nun, dein wirklich läppischer Verlust hat mich veranlaßt, ein paar Nachforschungen anzustellen, und ich muß gestehen, ich war entsetzt. Wußtest du, daß man in manchen Ländern die kleinen Mädchen alljährlich zu Tausenden aufs gräßlichste verstümmelt hat, nur um ihnen die Jungfräulichkeit zu bewahren? Viele von den Kindern sind daran gestorben — aber die Obrigkeit hat beide Augen zugedrückt."

"Zugegeben, das war entsetzlich — aber was hätte meine Regierung dagegen tun können?"

"Eine ganze Menge — wenn sie nur gewollt hätte. Aber damit hättet ihr die Leute vor den Kopf gestoßen, die euch mit Öl belieferten — und eure Waffen kauften, die Landminen zum Beispiel, durch die Tausende von Zivilisten getötet oder zu Krüppeln gemacht wurden."

"Das verstehst du nicht, Indra. Wir hatten oft keine andere Wahl: Wir konnten nicht die ganze Welt verbessern. Irgend jemand hat einmal gesagt: 'Politik ist die Kunst des Möglichen.'"

"Ganz richtig — deshalb beschäftigen sich auch nur zweitklassige Köpfe damit. Das Genie wagt sich an das Unmögliche."

"Nur gut, daß ihr genügend Genies habt, um alles wieder ins Lot zu bringen."

"Höre ich da eine Spur von Sarkasmus? Dank unserer Computer können wir politische Experimente erst einmal im Cyberspace durchspielen, bevor wir sie in die Praxis umsetzen. Lenin hatte Pech; er wurde hundert Jahre zu früh geboren. Mit Mikrochips und natürlich ohne Stalin hätte der russische Kommunismus — wenigstens eine Zeitlang — funktionieren können."

Poole war immer wieder überrascht, wie gut Indra über seine Zeit informiert war — und wieviel sie nicht wußte, was er für selbstverständlich hielt. Sein Problem war genau entgegengesetzt. Selbst wenn er noch hundert Jahre lebte, wie man es ihm so zuversichtlich versprochen hatte, und wenn er noch so viel Wissen in sich aufnahm, er würde sich hier niemals heimisch fühlen. In jedem Gespräch würde es Anspielungen geben, die er nicht verstand, oder Witze, die über seinen Kopf hinweggingen. Und was noch schlimmer war, er mußte immer befürchten, in irgendein Fettnäpfchen zu treten — sich in einer Weise gesellschaftlich unmöglich zu machen, daß er selbst die besten von seinen neuen Freunden in Verlegenheit brachte ...

... Wie etwa bei jenem Essen mit Indra und Professor Anderson, das zum Glück in seiner Wohnung stattgefunden hatte. Die Mahlzeiten aus der Autoküche waren immer genießbar, denn sie waren genau auf seine physiologischen Bedürfnisse abgestimmt. Aber zu Begeisterungsstürmen rissen sie nicht gerade hin, ganz im Gegenteil, sie hätten jeden Gourmet aus dem 21. Jahrhundert zum Weinen gebracht.

Doch eines Tages kam ein ausnehmend wohlschmeckendes Gericht auf den Tisch, das Poole lebhaft an die Hirschjagden und die nachfolgenden Grillfeste seiner Jugend erinnerte. Allerdings war die Speise vom Geschmack und von der Konsistenz her etwas merkwürdig, und so stellte er eine für ihn ganz natürliche Frage.

Anderson lächelte nur, aber Indra sah aus, als müsse sie sich gleich übergeben. Nach ein paar Sekunden hatte sie sich erholt und bat den Professor: "Erkläre du es ihm — aber bitte erst, wenn wir mit dem Essen fertig sind."

Was habe ich denn jetzt wieder angestellt? fragte sich Poole. Eine halbe Stunde später — Indra beschäftigte sich demonstrativ mit dem Videodisplay an der gegenüberliegenden Wand — tat er einen weiteren, großen Schritt auf seinem Weg ins dritte Jahrtausend.

"Schon zu deiner Zeit verzichtete man zunehmend auf Leichenkost", begann Anderson. "Tiere aufzuziehen, um sie — igitt! — zu essen, war wirtschaftlich irgendwann nicht mehr vertretbar. Ich weiß nicht, wieviele Hektar Land man brauchte, um eine Kuh zu ernähren, aber wenn man auf der gleichen

Fläche Pflanzen anbaute, konnten davon mindestens zehn Menschen leben. Und mit hydroponischen Verfahren wahrscheinlich hundert.

Nicht wirtschaftliche Erwägungen, sondern die Seuchen brachten jedoch endgültig die Wende. Ich glaube, es war ein Virus, das das Gehirn befiel und zu einem besonders schrecklichen Tod führte — es fing bei den Rindern an und griff auf andere Schlachttiere über. Irgendwann fand man zwar ein Mittel dagegen, doch da ließ sich die Uhr schon nicht mehr zurückdrehen — außerdem war synthetische Nahrung inzwischen nicht nur sehr viel billiger geworden, sondern auch in jeder gewünschten Geschmacksrichtung erhältlich."

In diesem Punkt war Poole etwas anderer Meinung. Er hatte zu viele Wochen von sättigenden, aber doch sehr eintönigen Mahlzeiten gelebt. Warum, dachte er, sollte ich sonst immer noch von Spareribs und Cordon Bleu träumen?

Andere Träume beunruhigten ihn freilich sehr viel mehr. Wenn es noch lange so weiterging, mußte er Anderson um seinen medizinischen Rat bitten. Man tat hier zwar alles, damit er sich zu Hause fühlte, aber die Fremdartigkeit und die schiere Vielfalt dieser neuen Welt drohten ihn zu überwältigen. Im Schlaf kehrte er — ein unbewußter Fluchtversuch? — oft in sein früheres Leben zurück; aber das machte alles nur noch schlimmer, wenn er wieder aufwachte.

Einmal war er zum Amerikaturm gefahren, um die Landschaft seiner Jugend nicht nur in einer Simulation, sondern in Wirklichkeit zu sehen. Es war kein Erfolg gewesen, obwohl er mit optischen Geräten bei klarem Wetter einzelne Menschen dabei beobachten konnte, wie sie ihren Geschäften nachgingen, und sogar etliche von den alten Straßen wiedererkannte ...

Denn in den Tiefen seines Bewußtseins wußte er, daß alle Menschen, die er wirklich liebte, einst da unten gelebt hatten. Mutter, Vater (bevor er mit dieser anderen Frau fortgegangen war), der liebe Onkel George, Tante Lil, sein Bruder Martin —

und nicht nur die Menschen, sondern auch seine vielen Hunde, von den niedlichen Welpen seiner frühesten Kindheit bis hin zu Rikki, dem besten Kameraden, den man sich wünschen konnte.

Am meisten beschäftigte ihn die Erinnerung an Helena — und das Rätsel, das er nicht lösen konnte.

Er hatte sie zu Beginn seines Astrotrainings kennengelernt. Zunächst war es nur eine flüchtige Affäre gewesen, doch im Lauf der Jahre war die Bindung immer fester geworden. Kurz vor seinem Start zum Jupiter hatten sie beschlossen, die Beziehung zu legalisieren — wenn er zurückkam.

Und wenn nicht, dann wollte Helena ein Kind von ihm. Er erinnerte sich noch gut, wie sie mit einer Mischung aus Feierlichkeit und Übermut die nötigen Vorbereitungen getroffen hatten.

Tausend Jahre später hatte Poole alle Hebel in Bewegung gesetzt, um herauszufinden, ob Helena ihr Versprechen gehalten hatte, aber es war ihm nicht gelungen. Nicht nur sein Gedächtnis wies Lücken auf, sondern auch die Archive der Menschheit. Die schlimmste Bresche hatte der Asteroideneinschlag von 2034 geschlagen. Dem dadurch ausgelösten elektromagnetischen Impuls waren trotz aller Backups und Sicherheitssysteme weltweit mehrere Prozent der Datenspeicher zum Opfer gefallen. Immer wieder grübelte Poole darüber nach, ob in den Exabytes, die damals unwiderruflich verlorengegangen waren, wohl auch die Informationen über seine eigenen Kinder steckten. Womöglich wandelten seine Nachkommen schon in der dreißigsten Generation auf Erden, und er würde es nie erfahren.

Ein wenig half ihm die Erfahrung, daß es doch einige Frauen gab, die ihn — anders als Aurora — nicht als beschädigte Ware betrachteten. Ganz im Gegenteil: Der kleine Unterschied wirkte bisweilen sogar stimulierend, doch diese etwas bizarre Reaktion machte es Poole erst recht unmöglich, tiefere Gefühle zu entwickeln. Er war auch gar nicht erpicht darauf; im Grunde suchte er nur hin und wieder eine gesunde, rein körperliche Befriedigung.

Rein körperlich — das war das Problem. Er hatte kein Ziel mehr. Zuviele Erinnerungen lasteten auf ihm. In Anlehnung an ein berühmtes Buch, das er in seiner Jugend gelesen hatte, bezeichnete er sich oft selbst als 'Fremd in einer fremden Zeit.'

Es kam sogar vor, daß er auf den schönen Planeten hinabschaute, den er — wenn er sich an die Anweisungen seines Arztes hielt — nie wieder betreten durfte, und sich ernsthaft überlegte, seine Bekanntschaft mit dem Vakuum des Weltalls zu erneuern. Man konnte zwar nicht so ohne weiteres durch die Luftschleusen gehen, ohne Alarm auszulösen, aber es war schon vorgekommen. Alle paar Jahre gab ein entschlossener Selbstmörder in der Erdatmosphäre ein kurzes Gastspiel als Meteor.

Doch die Rettung war nahe, und sie kam von einer Seite, mit der niemand gerechnet hätte.

"Freut mich, Ihre Bekanntschaft zu machen, Commander Poole — zum zweiten Mal."

"Sie müssen verzeihen — kann mich nicht erinnern — ich komme mit so vielen Menschen zusammen."

"Sie brauchen sich nicht zu entschuldigen. Das erste Mal war draußen beim Neptun."

"Captain Chandler — das ist aber eine Freude! Kann ich Ihnen etwas aus der Autoküche anbieten?"

"Was immer Sie wollen, solange es mehr als zwanzig Prozent hat."

"Was führt Sie denn auf die Erde? Man hatte mir gesagt, Sie wagten sich allenfalls bis zum Marsorbit, aber nicht näher."

"Das ist auch fast richtig — ich halte die Erde für einen schmutzigen, stinkenden Slum, obwohl ich hier geboren wurde — zuviele Menschen — wir pirschen uns schon wieder an die Milliardengrenze heran!"

"Zu meiner Zeit waren es über zehn Milliarden. Haben Sie übrigens meinen 'Dankesbrief' erhalten?"

"Ja — ich weiß, ich hätte mich melden sollen. Aber ich wollte abwarten, bis ich wieder mal in Richtung Sonne kam. Und nun bin ich da. Auf Ihr Wohl!"

Der Captain stürzte den Drink beeindruckend rasch hinunter. Poole betrachtete seinen Besucher interessiert. Bärte — sogar kleine Spitzbärte, wie Chandler einen trug — waren in dieser Gesellschaft sehr selten, und einen bärtigen Astronauten hatte er überhaupt noch nicht kennengelernt: Bärte und Raumanzughelme vertrugen sich nicht. Natürlich brauchte ein Raumschiffkapitän sein Schiff oft jahrelang nicht zu verlassen, und die meisten Außenarbeiten wurden ohnehin von Robotern erledigt; aber Notfälle waren nie ganz auszuschließen, und dann mußte man rasch in seinen Anzug steigen können. Chandler war also offensichtlich ein Sonderling, und das allein genügte, um ihm Pooles Herz zufliegen zu lassen.

"Sie haben meine Frage nicht beantwortet. Wenn Sie die Erde nicht leiden können, was machen Sie dann hier?"

"Ach, meistens treffe ich mich mit alten Freunden — ich finde es herrlich, sich in Realzeit unterhalten zu können, ohne stundenlange Verzögerungen! Aber das ist natürlich nicht der eigentliche Grund. Meine alte Rostmühle wird überholt, oben auf der Werft an der 'Felge'. Die Panzerung muß erneuert werden; wenn sie bis auf ein paar Zentimeter abgeschmolzen ist, kann ich nicht mehr ruhig schlafen."

"Panzerung?"

"Der Staubschild. Das war zu Ihrer Zeit wohl noch kein so großes Problem? Aber da draußen in der Jupitergegend fliegt eine Menge Dreck herum, und unsere normale Reisegeschwindigkeit beträgt mehrere tausend Kilometer — pro Sekunde! Es trommelt also ständig aufs Dach wie bei einem Dauerregen."

"Sie scherzen!"

"Natürlich. Wenn wir wirklich etwas hören könnten, wären wir schon tot. Zum Glück gibt es kaum Unannehmlichkeiten — der letzte schwere Unfall war vor zwanzig Jahren. Wir kennen die großen Kometenströme, die den meisten Schrott mitführen, und meiden sie — außer, wenn wir auf gleiche Geschwindigkeit gehen, um Eis einzufangen.

Hätten Sie nicht Lust, einmal an Bord zu kommen und sich umzusehen, bevor wir zum Jupiter starten?"

"Mit dem größten Vergnügen ... sagten Sie Jupiter?"

"Ich meine natürlich Ganymed — Anubis City. Wir haben dort oft zu tun, einige von meinen Leuten haben ihre Familie in der Stadt und warten schon seit Monaten darauf, sie wiederzusehen."

Poole hörte nur noch mit halbem Ohr zu.

Plötzlich — ganz unerwartet — und vielleicht keinen Augenblick zu früh, hatte sein Leben wieder einen Sinn bekommen.

Commander Frank Poole war ein Mensch, der es haßte, eine Aufgabe nicht zu Ende zu führen — und er würde sich, selbst bei einer Sekundengeschwindigkeit von tausend Kilometern, von ein paar kosmischen Stäubchen nicht abschrecken lassen.

Auf der Welt, die einst Jupiter hieß, wartete noch Arbeit auf ihn.

II.
Die *Goliath*

14. Abschied von der Erde

"Wir erfüllen Ihnen jeden Wunsch — in vernünftigen Grenzen", hatte man ihm gesagt. Frank Poole war nicht sicher, ob seine Gastgeber den Wunsch nach einer Rückkehr zum Jupiter für vernünftig halten würden; schließlich war er nicht einmal selbst so ganz davon überzeugt und hätte die Sache am liebsten wieder abgeblasen.

Er hatte bereits Wochen im voraus Dutzende von Verabredungen getroffen. Auf die meisten konnte er ohne weiteres verzichten, doch um einige tat es ihm leid. Besonders schwer fiel es ihm, die Abschlußklasse seiner alten High School — unglaublich, es gab sie immer noch! — zu enttäuschen, die ihm im nächsten Monat einen Besuch abstatten wollte.

Dennoch war er erleichtert — wenngleich ein wenig überrascht — als Indra und Professor Anderson die Idee einhellig unterstützten. Sie hatten sich, das wurde ihm erst jetzt klar, Sorgen um seinen Gemütszustand gemacht. Vielleicht war ein Urlaub von der Erde tatsächlich die beste Therapie für ihn.

Und, das wichtigste, Captain Chandler war hellauf begeistert. "Du kannst meine Kabine haben", versprach er. "Ich schmeiß' den Ersten Offizier aus ihrer raus." Manchmal fragte sich Poole, ob Chandler mit seinem Bart und seinem naßforschen Auftreten nicht selbst auch ein Anachronismus war. Er konnte sich den Mann ohne weiteres auf der Brücke eines heruntergekommenen Dreimasters vorstellen, während über ihm die Totenkopffahne im Winde flatterte.

Nachdem die Entscheidung einmal gefallen war, ging alles überraschend schnell. Besitz hatte er nur wenig angesammelt, und mitnehmen wollte er kaum etwas davon. Das wichtigste war Miss Pringle, sein elektronisches Alter Ego und seine Sekretärin, die seine beiden Leben in sich speicherte, sowie der dazugehörige Stapel Terabyte-Täfelchen.

Miss Pringle war nicht viel größer als die Taschencomputer seiner Zeit, und er trug sie gewöhnlich — wie die Pioniere im Wilden Westen den 45er Colt — in einem Halfter an der Hüfte. Sie konnte sich akustisch oder über Zerebralhelm mit ihm verständigen und hatte hauptsächlich die Aufgabe, Informationen zu filtern und ihn von der Außenwelt abzuschirmen. Wie jede gute Sekretärin wußte sie, wann und in welcher Form sie: "Ich stelle Sie jetzt durch" oder, häufiger: "Es tut mir leid — Mr. Poole ist beschäftigt. Bitte sprechen Sie Ihr Anliegen auf Band, er ruft baldmöglichst zurück", zu sagen hatte. Wobei 'baldmöglichst' im allgemeinen 'niemals' bedeutete.

Es gab nicht viele Menschen, denen er Lebewohl sagen mußte: Die trägen Radiowellen würden zwar Gespräche in Realzeit nicht zulassen, doch mit Indra und Joe — seinen einzigen, engen Freunden in dieser Welt — würde er ständigen Kontakt halten.

Etwas verwundert stellte Poole fest, daß er seinen undurchschaubaren 'Kammerdiener' vermissen würde. Der Mann war doch sehr nützlich gewesen, jetzt mußte er den ganzen Alltagskram allein bewältigen. Danil verneigte sich leicht, zeigte aber keine Gefühlsregung, als Poole sich auf der langen Fahrt zum Außenkreis des riesigen Rades um die Welt sechsunddreißigtausend Kilometer über Zentralafrika von ihm verabschiedete.

"Mag sein, daß du mit dem Vergleich nichts anfangen kannst, Dim. Aber weißt du, woran mich die *Goliath* erinnert?"

Sie waren inzwischen so gute Freunde geworden, daß Poole den Captain mit seinem Spitznamen anreden durfte — allerdings nur, wenn niemand in der Nähe war.

"Sicher an etwas wenig Schmeichelhaftes."

"Nicht unbedingt. Ich habe als Junge einmal einen ganzen Stapel alter Science-Fiction-Heftchen bekommen, die mein Onkel George nicht mehr haben wollte — sie wurden damals 'Pulps' genannt, weil sie auf so billigem Papier gedruckt waren ... die meisten fielen bereits auseinander. Aber sie hatten herrlich schreiende Titelbilder mit fremden Planeten und Monstern — und natürlich mit Raumschiffen!

Als ich älter wurde, begriff ich, wie lächerlich diese Raumschiffe gewesen waren. Sie wurden im allgemeinen von Raketen angetrieben — aber von einem Treibstofftank war nie etwas zu sehen! Einige hatten Fenster vom Bug bis zum Heck — wie ein Ozeandampfer. Mein Lieblingsmodell wurde von einer riesigen Glaskuppel gekrönt — es sah aus wie ein weltraumtüchtiges Treibhaus ...

Und nun haben die alten Künstler letztlich doch recht behalten; schade, daß sie es nicht mehr erleben durften. Die *Goliath* hat mehr Ähnlichkeit mit ihren Träumen als mit den fliegenden Treibstofftanks, mit denen wir vom Cape gestartet sind. Euer Inertialantrieb erscheint mir zwar immer noch zu schön, um wahr zu sein — keine sichtbaren Kraftstoffvorräte, unbegrenzte Reichweite, unbegrenzte Geschwindigkeit ... manchmal kommt es mir so vor, als wäre ich der Träumer!"

Chandler deutete lachend nach draußen.

"Sieht das etwa wie ein Traum aus?"

Zum ersten Mal, seit Poole nach Star City gekommen war, sah er einen richtigen Horizont, doch der war nicht so weit entfernt, wie er erwartet hatte. Immerhin befand man sich am äußeren Rand eines Rades vom siebenfachen Durchmesser der Erde, der Blick über das Dach dieser künstlichen Welt hätte also über Hunderte von Kilometern gehen müssen ...

Poole war früher einmal gut im Kopfrechnen gewesen —

schon damals eine Ausnahme, heute wahrscheinlich noch sehr viel seltener. Die Entfernung des Horizonts errechnete sich nach einer einfachen Formel: die Wurzel aus dem Doppelten der eigenen Höhe mal dem Radius — so etwas vergaß man sein Leben lang nicht ...

Mal sehen — wir sind etwa acht Meter hoch — also Wurzel aus sechzehn — das geht sogar auf! — sagen wir, groß R ist vierzigtausend — die drei Nullen streichen wir, dann haben wir nur noch Kilometer — vier mal Wurzel aus vierzig — hmm — etwas mehr als fünfundzwanzig ...

Fünfundzwanzig Kilometer waren eine schöne Entfernung. Und kein Raumhafen auf der Erde war ihm jemals so riesig vorgekommen. Obwohl er genau wußte, was ihn erwartete, war es ihm unheimlich, daß Schiffe, die die Größe seiner seligen *Discovery* um ein Vielfaches übertrafen, nicht nur lautlos abhoben, sondern auch, ohne daß vom Antrieb irgend etwas zu sehen war. Poole vermißte den Feuerstrahl, die heftigen Böen früherer Countdowns, obwohl er zugeben mußte, daß heute alles sauberer, rationeller — und sehr viel sicherer ablief.

Das seltsamste war jedoch, hier oben auf der 'Felge', also im geostationären Orbit zu stehen — und nicht schwerelos zu sein! Nur wenige Meter entfernt glitten Wartungsroboter und ein paar Menschen in Raumanzügen langsam vor dem Fenster des winzigen Aussichtssalons vorbei und verrichteten ihre Arbeit; doch hier, im Inneren der *Goliath* herrschte dank des Inertialfeldes die Standardschwerkraft des Mars.

"Und du willst es dir bestimmt nicht noch mal überlegen, Frank?" scherzte Captain Chandler. "Du hast noch zehn Minuten Zeit bis zum Start."

"Glaubst du, ich will mich mit allen Mitteln unbeliebt machen? Nein, die Würfel sind gefallen, wie man früher sagte. Hier stehe ich, ich kann nicht anders."

Als sich der Antrieb einschaltete, hatte Poole das Bedürfnis, allein zu sein, und die kleine Crew — vier Männer und drei

Frauen, nicht mehr — respektierte seinen Wunsch. Vielleicht konnten sie nachfühlen, was es bedeutete, zum zweiten Mal in tausend Jahren die Erde zu verlassen — um sich abermals einem unbekannten Schicksal auszuliefern.

Jupiter-Luzifer befand sich jenseits der Sonne, und die *Goliath* würde auf ihrer nahezu geradlinigen Flugbahn dicht an der Venus vorbeikommen. Poole freute sich darauf, endlich mit bloßem Auge sehen zu können, ob der Schwesterplanet der Erde nach jahrhundertelangen Terraformierungsbemühungen dieser Beschreibung wenigstens etwas nähergekommen war.

Aus tausend Kilometern Höhe zog sich Star City mit seinen Montagetürmen, den Druckluftkuppeln, den Gerüsten mit halbfertigen Schiffen, den Antennen und vielen anderen rätselhaften Gebilden wie ein riesiges Metallband um den Äquator der Erde. Als die *Goliath* weiter sonnenwärts strebte, wurde es rasch kleiner, und bald konnte Poole erkennen, wie unfertig das Ganze noch war: es gab riesige, nur durch spinnwebfeine Gerüste überbrückte Lücken, die man wahrscheinlich nie vollends verkleiden würde.

Dann stürzten sie von der Ringebene weg. Auf der nördlichen Halbkugel herrschte tiefer Winter, Star Citys schmales Lichtrad war etwas mehr als zwanzig Grad zur Sonne geneigt. Poole konnte bereits den Amerika- und den Asienturm erkennen, die sich wie leuchtende Fäden durch den blaßblauen Schleier der Atmosphäre nach draußen zogen.

Er hatte kaum gemerkt, wie lange die *Goliath* schon beschleunigte und schneller als jemals ein Komet aus dem interstellaren Raum auf die Sonne zuraste. Die Erde war fast voll, sie füllte sein Blickfeld immer noch aus, und nun war auch der Afrikaturm, seine Heimat in dem Leben, von dem er soeben — und, der Gedanke ließ sich nicht unterdrücken, vielleicht für immer — Abschied genommen hatte, in voller Länge zu sehen.

Aus fünfzigtausend Kilometern Entfernung zog sich Star City als schmale Ellipse um die Erde. Die gegenüberliegende

Seite zeichnete sich, ein haarfeiner Lichtstreifen, kaum vor den Sternen ab, dennoch fand Poole es beeindruckend, daß die Menschheit dem Himmel nun doch ihren Stempel aufgedrückt hatte.

Dann fielen ihm die ungleich prächtigeren Ringe des Saturn ein. Die Weltraumingenieure hatten noch einen weiten Weg zurückzulegen, wenn sie mit den Wunderwerken der Natur konkurrieren wollten.

Oder, falls dies der bessere Ausdruck sein sollte, mit Deus.

15. An der Venus vorbei

Als Poole am nächsten Morgen erwachte, hatten sie die Venus bereits erreicht. Die riesige, grelle, immer noch wolkenverhüllte Planetensichel war freilich nicht das auffallendste Objekt am Himmel: Die *Goliath* trieb über einer endlosen Fläche aus zerknittertem Silberpapier, auf der sich das Sonnenlicht spiegelte und immer neue, funkelnde Muster erzeugte.

Poole mußte an einen Künstler seiner Zeit denken, der ganze Gebäude in Plastikbahnen verpackt hatte: Der Mann wäre begeistert gewesen, wenn er die Chance gehabt hätte, milliarden Tonnen von Eis in eine Glitzerhülle zu stecken! Dies war nämlich die einzige Möglichkeit, die Kometenkerne auf ihrer langen Reise sonnenwärts vor Verdunstung zu schützen.

"Du hast Glück, Frank", hatte Chandler gesagt. "Ich habe das selbst noch nie miterlebt. Müßte ein tolles Schauspiel sein. Das Ding soll in etwas mehr als einer Stunde aufprallen. Wir haben ihm noch einen kleinen Schubs gegeben, damit es auch bestimmt an der richtigen Stelle 'runterkommt. Wir wollen doch nicht, daß am Ende noch jemand verletzt wird."

Poole sah ihn erstaunt an.

"Heißt das — daß auf der Venus bereits Menschen leben?"

"An die fünfzig verrückte Wissenschaftler in der Nähe des Südpols. Sie haben sich natürlich tief eingegraben, aber ein wenig durchschütteln werden wir sie vermutlich doch — auch wenn sich die Einschlagstelle auf der anderen Seite des Planeten befindet. Genauer gesagt, der Punkt des Eintritts in die Atmosphäre — es wird nämlich noch Tage dauern, bis außer der Druckwelle etwas bis zur Oberfläche gelangt."

Als sich der kosmische Eisberg in seiner blitzenden, funkelnden Schutzhülle in Richtung auf die Venus entfernte, wurde Poole jäh von einer schmerzlichen Erinnerung heimgesucht. Die Weihnachtsbäume seiner Kindheit mit ihren zarten, bunten Glaskugeln hatten ganz ähnlich ausgesehen. Der

Vergleich war nicht völlig absurd: In vielen Familien auf der Erde war Weihnachten noch immer das Fest der Geschenke, und die *Goliath* brachte dieser Welt ein Geschenk von unschätzbarem Wert.

Das Radarbild der geschundenen Venuslandschaft — bizarre Vulkane, flache Kuppen und schmale, gewundene Schluchten — füllte den Hauptbildschirm im Cockpit der *Goliath*, aber Poole verließ sich lieber auf seine eigenen Augen. Die lückenlose Wolkenhülle um den Planeten verbarg zwar das Inferno darunter, dennoch wollte er sehen, was passierte, wenn der gestohlene Komet aufschlug. Wenn die unzähligen Tonnen gefrorener Hydrate, die mit wachsender Geschwindigkeit auf der langen Bahn vom Neptun herabgerast waren, binnen weniger Sekunden ihre gesamte Energie abgaben ...

Der erste Blitz war noch heller, als er erwartet hatte. Unglaublich, daß ein Geschoß aus Eis Temperaturen im Bereich von mehreren zehntausend Grad erzeugen konnte. Die Filter des Bullauges hatten zwar die gefährliche Kurzwellenstrahlung absorbiert, aber das grelle Blau der Feuerkugel verriet doch, daß sie heißer war als die Sonne.

Die Kugel blähte sich auf, kühlte rasch ab — färbte sich gelb, orange, rot ... Jetzt breitete sich mit Schallgeschwindigkeit — was mochte das für ein Getöse geben! — die Druckwelle aus. In wenigen Minuten müßte man sehen können, wie sie sich über die Oberfläche der Venus bewegte.

Da war sie schon! Nur ein kleiner, schwarzer Ring — unbedeutend wie ein Rauchwölkchen — kein Hinweis auf den gewaltigen Zyklon, der vom Einschlagspunkt nach außen raste. Der Ring wurde langsam größer, obwohl man aus dieser Entfernung an sich keine Bewegungen unterscheiden konnte: Poole mußte eine volle Minute warten, um ganz sicher zu sein.

Doch nach einer Viertelstunde war der Ring das beherrschende Merkmal des Planeten. Sehr viel blasser geworden — nicht mehr schwarz, sondern schmutziggrau — erschien die

Druckwelle jetzt wie ein ausgefranster Kreis von mehr als tausend Kilometern Durchmesser. Ihre anfängliche Symmetrie hatte sie vermutlich beim Überqueren der riesigen Gebirgsketten verloren.

Captain Chandlers energische Stimme drang aus den Schiffslautsprechern.

"Stelle jetzt durch zum Stützpunkt Aphrodite. Immerhin schreien sie nicht um Hilfe — "

" — sind ein wenig durchgeschüttelt worden, aber das war nicht anders zu erwarten. Monitore zeigen bereits etwas Regen über den Nokomis-Bergen — wird bald verdunsten, ist aber jedenfalls ein Anfang. Und im Hekate-Graben hat es offenbar eine Überschwemmung gegeben — zu schön, um wahr zu sein, aber wir werden nachsehen. Nach der letzten Lieferung hatten wir dort vorübergehend einen See mit kochendem Wasser — "

Sie sind nicht zu beneiden, dachte Poole, aber ich habe großen Respekt vor ihnen. Sie sind der Beweis dafür, daß auch in dieser vielleicht allzu verweichlichten, allzu gleichgeschalteten Gesellschaft noch Unternehmungsgeist existiert.

" — noch einmal vielen Dank, daß Sie das Paket so exakt plaziert haben. Wenn wir Glück haben — und den Sonnenschutz in einen Synchronorbit bringen können — werden schon bald einige Meere entstehen. Dann können wir Korallen ansiedeln, aus den Riffs gewinnen wir Kalk, und der zieht das überschüssige CO_2 aus der Atmosphäre ... ich hoffe nur, daß ich das noch erlebe!"

Ich wünsche es dir von Herzen, dachte Poole in stummer Bewunderung. Er hatte oft genug in den tropischen Meeren der Erde getaucht und die bunten Geschöpfe mit ihren bizarren Formen bewundert. Konnte es, selbst auf den Planeten anderer Sonnen, etwas Exotischeres geben?

"Paket pünktlich abgeliefert, Empfang wurde quittiert", erklärte Captain Chandler mit unüberhörbarer Befriedigung. "Leb wohl, Venus — Ganymed, wir kommen."

MISS PRINGLE
DATEI — WALLACE
Hallo, Indra. Du hattest ganz recht. Ich vermisse unsere kleinen Kabbeleien tatsächlich. Mit Chandler komme ich gut zurecht, und die Crew hat mich zunächst — jetzt wirst du lachen — wie eine Reliquie behandelt. Aber allmählich fangen die Leute an, mich zu akzeptieren. Hin und wieder nehmen sie mich sogar schon auf den Arm (kennst du diese Wendung?).

Ärgerlich, daß man sich nicht normal unterhalten kann — wir befinden uns jenseits des Marsorbits, die Funkwellen brauchen also hin und zurück bereits mehr als eine Stunde. Aber das hat auch sein Gutes — du kannst mir nicht ins Wort fallen ...

Wir brauchen bis zum Jupiter zwar nur eine Woche, aber ich dachte, ich könnte mich in dieser Zeit einfach erholen. Kein Gedanke: Es hat mich in den Fingern gejuckt, bis ich nicht mehr widerstehen konnte. Jetzt gehe ich wieder zur Schule und absolviere mit einem der Minishuttles der *Goliath* das Anfängertraining. Vielleicht erlaubt mir Dim sogar einen Soloflug ...

Das Shuttle ist kaum größer als die Kapseln der *Discovery* — aber die Unterschiede sind gewaltig! Erstens gibt es natürlich keine Raketen: Euer Inertialantrieb und die unbegrenzte Reichweite sind ein Luxus, den ich immer noch nicht fassen kann. Wenn ich wollte, könnte ich mit dem Schiffchen zur Erde fliegen, obwohl ich — weißt du noch, wie ich den Ausdruck zum ersten Mal gebrauchte und du seine Bedeutung sofort erraten hast? — dabei wohl dem 'Gefängniskoller' verfallen würde.

Am einschneidendsten sind jedoch die Veränderungen bei der Steuerung. Es ist mir sehr schwer gefallen, einfach die Finger von den Bedienungselementen zu lassen — und der Computer mußte erst lernen, meine gesprochenen Kommandos zu erkennen. Anfangs fragte er alle fünf Minuten: "Ist das wirklich so gemeint?" Natürlich sollte ich besser den Zerebralhelm einsetzen — aber so richtig vertraut bin ich mit dem Ding noch immer nicht. Ich werde mich wohl nie mehr daran gewöhnen, daß eine Maschine meine Gedanken liest —...

Das Shuttle heißt übrigens *Falcon*. Ein hübscher Name — ich war enttäuscht, als niemand an Bord wußte, daß er auf die Apollo-Missionen zurückgeht, die ersten Landungen auf dem Mond ...

Hm, ja — ich wollte noch sehr viel mehr sagen, aber der Skipper ruft. Ich muß zurück ins Klassenzimmer. Alles Liebe. Ende.

SPEICHERN
SENDEN

Hallo Frank — hier spricht Indra — wenn man das so sagen kann! — ich habe einen neuen Denkschreiber — der alte hatte einen Nervenzusammenbruch, ha, ha — wahrscheinlich jede Menge Fehler — und keine Zeit, den Text zu korrigieren, bevor ich ihn abschicke. Wirst schon schlau daraus werden.

KOMGERÄT! Kanal eins null drei — aufzeichnen ab zwölf dreißig — Korrektur — dreizehn dreißig. Tut mir leid ...

Hoffentlich läßt sich der alte Apparat reparieren — er hatte meine sämtlichen Kürzel und Akronyme drauf — vielleicht braucht er einen Analytiker, wie es zu deiner Zeit Mode war — habe nie verstanden, wie sich dieser fraudianische — meine natürlich freudianische, ha, ha — Unsinn so lange halten konnte —

Dabei fällt mir ein — bin neulich über eine Definition aus dem späten 20. gestolpert — könnte dir gefallen — etwa so — Anführungszeichen — Psychoanalyse — ansteckende Krankheit, ausgehend von Wien, ca. 1900 — heute in Europa ausgestorben, gelegentliche Ausbrüche bei reichen Amerikanern nach wie vor möglich. Anführungszeichen Ende. Komisch?

Muß mich schon wieder entschuldigen — altes Problem bei Denkschreibern — man bleibt nicht bei der Sache —

xy 12O w888 8***** js9812zebdc VERDAMMT ... HALT ... SICHERN

Was habe ich denn jetzt wieder falsch gemacht? Neuer Versuch.

Du hast Danil erwähnt — sind deinen Fragen nach ihm immer ausgewichen — wußten, daß du neugierig warst, hatten aber gute Gründe — weißt du noch, wie du ihn einmal als Unperson bezeichnet hast? ... nicht schlecht getroffen ...!

Du hast mich einmal nach unserer Kriminalitätsrate gefragt — habe dein Interesse als pathologisch bezeichnet — vielleicht ausgelöst durch die zahllosen, widerlichen Kriminalfilme deiner Zeit — konnte nie länger als ein paar Minuten zusehen ... abstoßend!

TÜR — ÖFFNEN! — OH, HALLO, MELINDA — ENTSCHULDIGE — SETZ DICH — BIN FAST FERTIG ...

Ja, zurück zur Kriminalität. Immer noch vorhanden ... Nicht abzustellende Störgeräusche jeder Gesellschaft. Was tun?

Eure Lösung — Gefängnisse. Staatlich geförderte Perversionsfabriken — Kosten für einen einzigen Insassen so hoch wie das Durchschnittseinkommen von zehn Familien! Vollkommen verrückt ... Leute, die am lautesten nach mehr Gefängnissen schrien, müssen selbst ziemlich krank gewesen sein — hätten Psychoanalyse gebraucht! Aber bleiben wir fair — vor der Entwicklung perfekter elektronischer Überwachungs- und Kontrollgeräte gab es wirklich keine Alternative — du hättest sehen sollen, wie die begeisterten Massen die Gefängnismauern niederrissen — so etwas hatte es seit Berlin fünfzig Jahre zuvor nicht mehr gegeben!

Ach ja — Danil. Ich weiß nicht, was er verbrochen hat — und wenn, würde ich es dir nicht sagen — aber wahrscheinlich ergab sein Psychoprofil, daß er einen guten — wie war das Wort noch — Kammerdiener? — abgeben würde. Für bestimmte Tätigkeiten findet man kaum Leute — weiß nicht, was wir bei einer Kriminalitätsrate von Null anfangen sollten! Hoffe jedenfalls, daß die Kontrolle bald aufgehoben wird und

er in die normale Gesellschaft zurückkehren kann.
ENTSCHULDIGE, MELINDA — BIN FAST FERTIG.

Das war's, Frank — grüße Dimitri von mir — ihr seid jetzt sicher schon auf halbem Weg nach Ganymed — ob Einstein wohl irgendwann widerlegt wird und wir quer durch das Weltall in Realzeit miteinander sprechen können?

Hoffentlich gewöhnt sich diese Maschine bald an mich. Sonst sehe ich mich nach einem echt antiken Textcomputer aus dem 20. Jahrhundert um ... Kannst du dir vorstellen, daß ich sogar einmal dieses blödsinnige QWERTZUIOP-System beherrscht habe, von dem ihr euch zweihundert Jahre lang nicht trennen konntet?

Alles Liebe, leb wohl.

Hallo, Frank — da bin ich wieder. Habe immer noch keine Antwort auf meinen letzten ...

Seltsam, daß du ausgerechnet nach Ganymed fliegst, wo mein alter Freund Ted Khan lebt. Aber vielleicht ist es ja gar kein Zufall; er ist hinter dem gleichen Rätsel her wie du ...

Ich muß dir etwas über ihn erzählen. Seine Eltern waren so gemein, ihm den Namen Theodor zu geben. Die Kurzform — aber wage es ja nicht, ihn jemals so anzusprechen! — lautet Theo. Verstehst du, was ich meine?

Habe mich immer gefragt, ob es das ist, was ihn umtreibt. Kenne sonst niemanden, der sich so brennend für Religion interessiert — nein, das ist kein Interesse mehr, das ist eine fixe Idee. Ich muß dich warnen; er kann einen damit zu Tode langweilen.

Übrigens, was sagst du zu meinen Fortschritten? Ich trauere meinem alten Denkschreiber immer noch nach, aber allmählich komme ich auch mit dieser Maschine klar. Habe jedenfalls bisher keine schweren — wie nennst du das? — Patzer — Schnitzer — Versprecher — reingebracht —

Sollte dir das vielleicht nicht sagen — am Ende rutscht es dir noch versehentlich raus — aber ich habe Ted den Spitznamen

'Der letzte Jesuit' gegeben. Du müßtest den Orden eigentlich kennen — er war zu deiner Zeit noch sehr aktiv.

Erstaunliche Leute — oft berühmte Wissenschaftler — große Gelehrte — haben sehr viel Gutes getan, aber auch eine Menge Schaden angerichtet. Eine der größten Ironien der Geschichte — hochbegabte Menschen, die aufrichtig nach Wissen und Wahrheit strebten, aber deren Weltanschauung dennoch hoffnungslos von Aberglauben durchsetzt war ...

Xuedn2k3jn deer 21 eidj dwopp

Verdammt. Habe mich von meinen Gefühlen hinreißen lassen. Eins, zwei, drei, vier — es ist an der Zeit, daß alle wohlgesinnten Menschen der Partei zu Hilfe kommen ... so ist cs besser.

Jedenfalls verfolgt Ted die gleichen, hohen Ideale; laß dich auf keine Diskussion mit ihm ein — er macht dich nieder wie eine Dampfwalze.

Was waren eigentlich Dampfwalzen? Hat man damit Kleider gebügelt? Dann kann ich mir vorstellen, daß das ziemlich unangenehm wäre ...

Eine Schwäche von Denkschreibern ... die Gedanken schweifen einfach ab, auch wenn man sich noch so sehr um Disziplin bemüht ... Tastaturen haben doch etwas für sich ... habe ich sicher schon öfter festgestellt ...

Ted Khan ... Ted Khan ... Ted Khan

Mindestens zwei seiner Aussprüche sind auf der Erde nach wie vor berühmt: 'Zivilisation und Religion schließen sich aus' und: 'Glauben heißt, für wahr halten, was man als unwahr erkannt hat.' Den zweiten hat er meiner Ansicht nach nicht selbst geprägt; andernfalls hätte er zum ersten Mal in seinem Leben so etwas wie einen Witz produziert. Er hat nie eine Miene verzogen, wenn ich einen meiner Lieblingswitze auf ihn losgelassen habe — hoffentlich kennst du ihn noch nicht ... er stammt eindeutig aus deiner Zeit ...

Der Dekan beklagt sich bei seinem Lehrkörper: 'Warum braucht ihr Naturwissenschaftler immer so sündhaft teure

Geräte? Nehmt euch ein Beispiel an den Mathematikern, die kommen mit einer Tafel und einem Papierkorb aus. Oder noch besser, an den Philosophen. Die verzichten sogar auf den Papierkorb ...' Na schön, vielleicht hatte Ted ihn schon gehört ... Die meisten Philosophen kennen ihn wahrscheinlich ...

Grüße ihn jedenfalls schön von mir und laß dich ja nicht, ich wiederhole, ja nicht, auf eine Diskussion mit ihm ein!

Alles Liebe und die besten Wünsche aus dem Afrikaturm.

TRANSKRIBIEREN. SPEICHERN.

SENDEN — POOLE

16. Am Kapitänstisch

Die Ankunft eines so berühmten Passagiers hatte in der festgefügten kleinen Welt der *Goliath* für eine gewisse Unruhe gesorgt, aber die Crew hatte sich mit Anstand darein gefügt. Jeden Abend um sechs Uhr versammelte man sich zum Essen in der Messe, wo bei Schwerelosigkeit mindestens dreißig Personen bequem Platz fanden, wenn sie sich gleichmäßig an den Wänden verteilten. Meistens wurden die Arbeitsräume des Schiffes jedoch auf Mondschwerkraft gehalten, so daß es einen Fußboden gab — und dann wurde es für mehr als acht Personen ziemlich eng.

Der halbrunde Tisch, der zu den Mahlzeiten um die Autoküche herum ausgeklappt wurde, war gerade groß genug für die siebenköpfige Besatzung, wobei der Captain den Ehrenplatz innehatte. Ein weiterer Gast schuf so unüberwindliche Probleme, daß bei jeder Mahlzeit ein Mitglied alleine essen mußte. Nach vielen gutmütigen Diskussionen hatte man sich darauf geeinigt, die Auswahl in alphabetischer Reihenfolge zu treffen — allerdings nicht nach Eigennamen — die wurden so gut wie nie verwendet — sondern nach Spitznamen. Poole hatte einige Zeit gebraucht, um sie sich einzuprägen: 'Chip' (Computer und Kommunikationsanlagen); 'Eins' (der Erste Offizier); 'Leben' (medizinische Geräte und Lebenserhaltungssysteme); 'Motor' (Antrieb und Energieversorgung); 'Schraube' (Bautechnik); und 'Stern' (Umlaufbahnen und Navigation).

Im Laufe des zehntägigen Flugs erfuhr Poole aus den Geschichten, den Witzen und den Klagen seiner Schiffskameraden mehr über das Sonnensystem als in den Monaten auf der Erde. Alle waren natürlich begeistert, mit diesem neuen und vielleicht sogar etwas naiven Zuhörer ein dankbares Ein-Mann-Publikum zu bekommen, aber auf allzu plumpes Jägerlatein fiel Poole nur selten herein.

Manchmal war die Grenze allerdings nicht leicht zu ziehen. Niemand glaubte wirklich an den legendären Goldasteroiden, ein weitverbreitetes Lügenmärchen aus dem vierundzwanzigsten Jahrhundert. Aber was war mit den Merkurplasmoiden, die während der letzten fünfhundert Jahre von mindestens einem Dutzend vertrauenswürdiger Zeugen gesichtet worden sein sollten?

Die einfachste Erklärung lautete, es handle sich um eine ähnliche Erscheinung wie die Kugelblitze, die für so viele UFO-Berichte auf Erde und Mars verantwortlich waren. Aber einige Beobachter schworen, aus nächster Nähe hätten die Gebilde eine gewisse Zielstrebigkeit — ja, sogar Wißbegier — an den Tag gelegt. Unsinn, wehrten die Skeptiker ab — elektrostatische Anziehung und nichts sonst!

Das führte unweigerlich zu Diskussionen über das Leben im Universum, und Poole sah sich — nicht zum ersten Mal — gezwungen, seine eigene Zeit gegen den Vorwurf extremer Leichtgläubigkeit wie extremer Skepsis zu verteidigen. Die 'Aliens-unter-uns'-Manie war bereits abgeflaut, als er noch ein kleiner Junge war, doch noch 2020 und später wurde die Weltraumbehörde immer wieder von Verrückten belästigt, die behaupteten, von Besuchern von anderen Welten kontaktiert — oder gar entführt — worden zu sein. Die Medien mit ihrer Sensationsberichterstattung bestärkten solche Leute noch in ihren Wahnvorstellungen. Das ganze Syndrom ging später unter dem Namen 'Morbus Adamski' in die medizinische Literatur ein.

Paradoxerweise hatte ausgerechnet die Entdeckung von TMA-1 diesem Unsinn ein Ende gemacht. Nun war der Beweis erbracht, daß es tatsächlich irgendwo intelligente Lebewesen gab, die sich aber offenbar seit Jahrmillionen nicht mehr für die Menschheit interessierten. Zugleich hatte TMA-1 die Handvoll Wissenschaftler, die immer noch behaupteten, die Entwicklung von Leben oberhalb des bakteriellen Stadiums sei so unwahrscheinlich, daß die Menschheit in dieser Galaxis — wenn nicht im ganzen Kosmos — allein sei, überzeugend widerlegt.

Die Besatzung der *Goliath* interessierte sich mehr für die technischen Gegebenheiten als für die politischen und wirtschaftlichen Verhältnisse zu Pooles Zeit. Besonders faszinierend fand sie eine Revolution, die er selbst noch miterlebt hatte: die Nutzbarmachung der Vakuumenergie und, als Folge davon, das Ende der Ära der fossilen Brennstoffe. Den Smog in den Städten des 20. Jahrhunderts, die Verschwendung, die Habgier, die verheerenden Umweltkatastrophen des Erdölzeitalters waren für diese Menschen kaum vorstellbar.

"Warum geht ihr alle auf mich los?" Poole hatte Mühe, sich gegen den Chor kritischer Stimmen zu behaupten. "Denkt bloß daran, wie das 21. Jahrhundert gewirtschaftet hat."

"Was soll das heißen?" rief der ganze Tisch wie aus einem Munde.

"Ihr wißt doch, was passiert ist, als die 'Epoche unbegrenzter Energie' angebrochen war und jedermann mit Tausenden von Kilowatt billigen, sauberen Stroms spielen durfte?"

"Ach so, du meinst die Thermokrise. Aber das hat man doch in den Griff bekommen."

"Irgendwann schon — nachdem man den halben Globus mit Reflektoren vollgestellt hatte, um die Sonnenwärme wieder ins All zurückzustrahlen. Sonst wäre die Erde heute genauso überhitzt wie die Venus."

Die Besatzung wußte erstaunlich wenig über die Geschichte des dritten Jahrtausends, so daß Poole — der in Star City sozusagen einen Schnellkurs bekommen hatte — sie mit seinen Kenntnissen über Ereignisse nach seiner Zeit oft überraschte. Schmeichelhaft fand er freilich, wie genau sie alle das Logs der *Discovery* kannten; es war zu einem der klassischen Zeugnisse des Raumfahrtzeitalters geworden. Seine Mitreisenden betrachteten es wie eine Wikingersaga; Poole mußte sich immer wieder in Erinnerung rufen, daß er selbst zeitlich irgendwo zwischen der *Goliath* und den ersten Schiffen stand, die über das Meer nach Westen gesegelt waren.

"An eurem Tag 86", erinnerte ihn Stern am fünften Abend beim Dinner, "seid ihr in zweitausend Kilometern Entfernung an Asteroid 7 794 vorbeigekommen — und habt eine Aufschlagsonde abgesetzt. Erinnerst du dich?"

"Natürlich", gab Poole ziemlich schroff zurück. "Für mich liegt das doch kaum ein Jahr zurück."

"Hm, Verzeihung. Morgen kommen wir noch näher an 13 445 heran. Willst du ihn dir nicht ansehen? Mit Autosteuerung und Standbild müßten wir ein Fenster von vollen zehn Millisekunden bekommen."

Eine Hundertstelsekunde! Die wenigen Minuten auf der *Discovery* waren schon hektisch genug gewesen, jetzt sollte alles noch fünfzig Mal schneller gehen ...

"Wie groß ist der Asteroid?" fragte Poole.

"Dreißig mal zwanzig mal fünfzehn Meter", antwortete Stern. "Sieht aus wie ein Ziegelbrocken."

"Schade, daß wir ihn nicht mit einer Sonde beschießen können", sagte Motor. "Hast du dich eigentlich nie gefragt, ob 7 794 zurückschlagen könnte?"

"Auf die Idee sind wir gar nicht gekommen. Die Sonde hat den Astronomen jede Menge Informationen geliefert, das Risiko hat sich also ausgezahlt ... Wie auch immer, für eine Hundertstelsekunde lohnt sich die Mühe wohl nicht. Trotzdem vielen Dank."

"Ich verstehe. Wenn man einen Asteroiden gesehen hat, hat man sie alle gesehen — "

"Das ist nicht wahr, Chip. Als ich auf Eros war — "

"Das hast du uns schon hundertmal erzählt — "

Pooles Gedanken schweiften ab, bis er die Diskussion nur noch am Rande wahrnahm. Jetzt war er wieder tausend Jahre in der Vergangenheit, durchlebte noch einmal die einzige Sensation auf der *Discovery*-Mission vor der letzten Katastrophe. Er und Bowman wußten zwar genau, daß 7 794 nur ein toter Felsbrocken ohne Atmosphäre war, doch das tat ihrer Erregung keinen Abbruch. Der Asteroid war das einzige Stück fester Materie, dem sie diesseits des Jupiter begegnen würden, und so beobachteten sie ihn mit den Gefühlen eines Seemanns auf großer Fahrt, der eine Küste erspäht, an der er nicht landen kann.

Der Asteroid drehte sich langsam um sich selbst, Licht und Schatten waren in unregelmäßigen Flecken über seine Oberfläche verteilt. Wenn die Sonne auf eine Kristallfläche fiel, blitzte sie auf wie eine Fensterscheibe in der Ferne ...

Mit wachsender Spannung hatten sie abgewartet, ob die Sonde auch wirklich treffen würde. Es war kein Kinderspiel, aus zweitausend Kilometer Entfernung auf ein so kleines Ziel zu schießen, das sich mit einer relativen Geschwindigkeit von zwanzig Kilometern pro Sekunde bewegte.

Dann hatte es auf der dunklen Seite des Asteroiden plötzlich einen grellen Blitz gegeben. Die winzige Sonde — reines Uran 238 — war mit der Wucht eines Meteors aufgeschlagen und hatte in Sekundenbruchteilen ihre gesamte kinetische Energie als Wärme abgegeben und eine weißglühende Gasfontäne ins Weltall gejagt. Die Kameras der *Discovery* hatten die schnell verblassenden Spektrallinien mit den verräterischen Spuren verglühender Atome aufgezeichnet. Wenige Stunden später hatten die Astronomen auf der Erde erstmals die Zusammensetzung einer Asteroidenkruste bestimmen können. Obwohl es dabei keine größeren Überraschungen gab, hatten mehrere Champagnerflaschen den Besitzer gewechselt.

Captain Chandler hielt sich aus den sehr demokratisch geführten Diskussionen an seinem halbrunden Tisch weitgehend heraus: Er hatte nichts dagegen, wenn seine Crew sich in zwangloser Atmosphäre entspannen und ihren Gefühlen freien Lauf lassen konnte. Es gab nur ein ungeschriebenes Gesetz: keine Fachsimpeleien beim Essen. Alle technischen oder navigatorischen Probleme mußten in anderem Rahmen gelöst werden.

Poole war überrascht, ja sogar ein wenig schockiert gewesen, als er feststellte, daß die Besatzung mit den Systemen der

Goliath nur sehr oberflächlich vertraut war. Jedesmal, wenn er eine im Grunde simple Frage stellte, war er an die Datenspeicher des Schiffes verwiesen worden. Irgendwann hatte er begriffen, daß eine so gründliche Ausbildung, wie er sie einst erhalten hatte, nicht mehr möglich war: Die Systeme waren zu zahlreich und zu kompliziert, als daß eine einzige Person sie noch vollständig beherrschen konnte. Die verschiedenen Spezialisten brauchten nur zu wissen, was ihre Geräte konnten, nicht, wie sie funktionierten. Die Zuverlässigkeit gründete sich auf Redundanz und automatische Kontrollen, menschliche Eingriffe gereichten meist eher zum Schaden als zum Nutzen.

Zum Glück brauchte auf dieser Reise niemand einzugreifen: Alles lief so reibungslos, wie der Kapitän es sich nur wünschen konnte. Und irgendwann beherrschte die neue Sonne Luzifer den Himmel.

III.
Die Welten des Galilei

(Auszug, NurText, Reiseführer für das *Äußere Sonnensystem*, 219.3)

Noch heute stellen uns die Riesensatelliten des einstigen Planeten Jupiter vor große Rätsel. Wie können Welten, die um denselben Primärkörper kreisen und sich von der Größe her so ähnlich sind, sich in nahezu jeder anderen Hinsicht derart radikal voneinander unterscheiden?

Lediglich für Io, den innersten Satelliten, gibt es eine befriedigende Erklärung. Er ist dem Jupiter so nahe, daß die Gezeitenkräfte, die sein Innerstes beständig kneten, kolossale Wärmemengen erzeugen - und damit die Oberfläche teilweise zum Schmelzen bringen. Io weist die stärkste vulkanische Aktivität im ganzen Sonnensystem auf; Landkarten des Satelliten sind binnen weniger Jahrzehnte überholt.

Die Menschheit hat auf dieser instabilen Welt nie einen festen Stützpunkt errichtet, allerdings sind zahlreiche Expeditionen dort gelandet, und Io wird ständig automatisch überwacht (zum tragischen Schicksal der Expedition von 2571 vgl. *Beagle 5*).

Europa, dem Jupiter am zweitnächsten, war ursprünglich völlig mit Eis bedeckt, und seine Oberfläche war bis auf ein kompliziertes Netz von Rissen und Spalten kaum gegliedert. Die Gezeitenkräfte, denen Io ausgeliefert ist, entfalteten hier keine vergleichbar starke Wirkung, erzeugten aber doch genügend Wärme, um Europa einen globalen Ozean aus flüssigem Wasser zu bescheren, in dem sich viele fremdartige Lebensformen entwickeln konnten (vgl. hierzu Raumschiff *Tsien, Galaxis, Universum*). Seit der Planet Jupiter zur Mikrosonne Lucifer wurde, ist praktisch die gesamte Eisdecke von Europa geschmolzen; die Vulkantätigkeit nahm zu und sorgte für die Entstehung mehrerer kleiner Inseln.

Es dürfte bekannt sein, daß auf Europa seit fast tausend Jahren kein Raumschiff mehr gelandet ist, der Satellit jedoch unter ständiger Beobachtung steht.

Ganymed, der größte Mond im Sonnensystem (Durchmesser: 5 260 km), wurde durch die Entstehung der neuen Sonne ebenfalls maßgeblich beeinflußt. Seine Äquatoriallinien haben sich inzwischen soweit erwärmt, daß terrestrische Lebensformen dort existieren können. Eine atembare Atmosphäre besitzt Ganymed allerdings noch nicht. Der größte Teil der Bevölkerung ist aktiv mit Terraformierung und Forschungsprojekten beschäftigt; die größte Ansiedlung ist Anubis City (41 000 Einw.) nahe dem Südpol.

Callisto ist mit keinem der drei anderen Satelliten zu vergleichen. Seine gesamte Oberfläche ist übersät mit unzähligen Einschlagkratern in allen Größen, die sich z.T. sogar überlappen. Dieser Mond muß Millionen von Jahren unter Dauerbeschuß gestanden haben, denn die neuen Krater haben die früheren vollständig ausgelöscht. Auch auf Callisto gibt es keinen festen Stützpunkt; allerdings wurden hier mehrere automatische Stationen abgesetzt.

17. Ganymed

Frank Poole verschlief selten, aber in dieser Nacht war er immer wieder aus merkwürdigen Träumen aufgeschreckt, die Vergangenheit und Gegenwart zu einem wirren Durcheinander verquickten. Manchmal war er auf der *Discovery*, zeitweise im Afrikaturm — und dazwischen war er wieder ein kleiner Junge und spielte mit längst vergessenen Freunden.

Wo bin ich? fragte er sich, als er sich wie ein Schwimmer an die Oberfläche des Bewußtseins zurückgekämpft hatte. Über seinem Bett war ein kleines Fenster mit einem Vorhang, der aber nicht dick genug war, um das Licht von draußen völlig abzuhalten. Irgendwann Mitte des 20. Jahrhunderts waren die Flugzeuge so langsam gewesen, daß man in der Ersten Klasse Schlafgelegenheiten vorgesehen hatte. Poole hatte diesen Luxus aus der guten alten Zeit selbst nicht erlebt, obwohl einige Reisegesellschaften ihn noch angeboten hatten, aber er konnte sich durchaus vorstellen, jetzt in einer solchen Maschine zu liegen.

Er zog den Vorhang auf und schaute hinaus. Nein, er war nicht irgendwo am Himmel der Erde aufgewacht, obwohl die Landschaft, die unter ihm vorbeizog, durchaus Ähnlichkeit mit der Antarktis hatte. Aber am Südpol hatte es nie zwei gleichzeitig aufgehende Sonnen gegeben, wie sie der *Goliath* jetzt entgegenrasten.

Das Schiff schwebte knapp hundert Kilometer über einer riesigen Fläche, die aussah wie frisch gepflügt und leicht mit Schnee überzuckert war. Aber entweder war der Bauer betrunken gewesen — oder das Leitsystem hatte verrückt gespielt — denn die Furchen schlängelten sich nach allen Richtungen, überschnitten sich oder machten einfach mittendrin kehrt. Hier und da zeigten sich schwache Kreise — Kraterschatten, wo vor einer Ewigkeit Meteore eingeschlagen hatten.

Das ist also Ganymed, dachte Poole schläfrig. Der letzte Außenposten der Menschheit! Was zieht einen vernünftigen

Menschen hierher? Aber das habe ich mich oft auch gefragt, wenn ich im Winter über Grönland oder Island weggeflogen bin ...

Es klopfte an der Tür, jemand rief: "Kann ich reinkommen?", und bevor Poole antworten konnte, stand Captain Chandler auch schon im Raum.

"Ich dachte, wir lassen dich bis zur Landung schlafen — die Abschiedsparty gestern hat länger gedauert als vorgesehen, aber wenn ich sie vorzeitig beendet hätte, wäre womöglich eine Meuterei ausgebrochen."

Poole lachte.

"Hat denn jemals eine Raumschiffbesatzung gemeutert?"

"Ach, es gab etliche Fälle — aber das war vor meiner Zeit. Wenn wir schon dabei sind, könnte man auch sagen, daß HAL die Tradition begründet hat ... Entschuldige — vielleicht hätte ich — schau mal — da ist Ganymed City."

Ein mehr oder weniger rechtwinkliges Straßengitter mit leichten Unregelmäßigkeiten, wie sie für gewachsene Siedlungen ohne zentrale Planung typisch waren, schob sich über den Horizont. Ein breiter Fluß durchschnitt die Stadt — Poole fiel wieder ein, daß Ganymeds Äquatorialregionen inzwischen warm genug für flüssiges Wasser waren. Er fühlte sich an einen Holzschnitt des mittelalterlichen London erinnert, den er einmal gesehen hatte.

Dann bemerkte er Chandlers belustigten Blick ... registrierte die Größe der 'Stadt', und es fiel ihm wie Schuppen von den Augen.

"Die Ganymeder", sagte er trocken, "müssen ganz schöne Kolosse gewesen sein, um fünf bis zehn Kilometer breite Straßen zu bauen."

"Stellenweise bis zu zwanzig Kilometer. Beeindruckend, nicht wahr? Und alles nur, weil das Eis sich ausdehnte und wieder zusammenzog. Mutter Natur ist sehr erfinderisch ... ich könnte dir Muster zeigen, die noch künstlicher aussehen, auch wenn sie nicht so gigantisch sind."

"Als ich noch ein Kind war, machte man ein großes Tamtam um ein Gesicht auf dem Mars. Natürlich stellte sich heraus, daß es sich um einen Hügel handelte, den die Sandstürme entsprechend zugeschliffen hatten ... in den Wüsten der Erde gab es viele ähnliche Formationen."

"Hat nicht irgendein berühmter Mann gesagt, daß die Geschichte sich stets wiederholt? Mit Ganymed City gab es das gleiche Theater — ein paar Verrückte behaupteten, die Stadt sei von Aliens gebaut worden. Leider wird sie uns nicht mehr lange erhalten bleiben."

"Warum nicht?" fragte Poole überrascht.

"Sie bricht allmählich zusammen, weil Luzifer den Permafrostboden systematisch aufweicht. In hundert Jahren erkennst du Ganymed nicht wieder ... Da ist das Ufer des Gilgamesch-Sees — sieh nur genau hin — da drüben rechts."

"Aha. Was ist da los — das Wasser kann doch wohl nicht kochen, auch wenn der Druck sehr niedrig ist?"

"Elektrolyseanlage. Millionen Kilogramm Sauerstoff pro Tag. Der Wasserstoff steigt natürlich auf und verteilt sich — hoffentlich."

Chandler schwieg eine Weile. Als er weitersprach, klang seine Stimme ungewöhnlich zaghaft. "Sieh dir nur das viele, schöne Wasser an — Ganymed braucht nicht einmal die Hälfte davon! Du darfst es niemandem verraten, aber ich habe mir überlegt, wie man einen Teil davon zur Venus schaffen könnte."

"Wäre das einfacher, als Kometen durchs All zu schieben?"

"Vom Energieaufwand her bestimmt. Ganymed hat eine Fluchtgeschwindigkeit von nur drei Kilometern pro Sekunde. Außerdem ginge es sehr, sehr viel schneller — Jahre anstatt Jahrzehnte. Allerdings gibt es einige technische Probleme ..."

"Das kann ich mir vorstellen. Möchtest du es mit einem Massenkatapult wegschießen?"

"Oh nein — ich denke an Türme durch die Atmosphäre wie auf der Erde, nur sehr viel kleiner. Wir würden das Wasser bis an die Spitze pumpen und es herunterkühlen bis knapp über dem absoluten Nullpunkt. Dann könnte Ganymeds Eigenrotation es in die gewünschte Richtung schleudern. Ein gewisser Schwund durch Verdunstung wäre nicht zu vermeiden, aber der größte Teil käme doch ans Ziel — was ist daran so komisch?"

"Entschuldige — ich lache nicht über deine Idee — die klingt durchaus vernünftig. Aber du hast mich eben ganz lebhaft an etwas erinnert. Wir hatten zu Hause einen Rasensprenger, der von seinen eigenen Wasserdüsen immer rundherum gedreht wurde. Dein Plan basiert auf dem gleichen Prinzip — nur die Größenordnung ist eine andere ... du nimmst gleich eine ganze Welt ..."

Plötzlich stieg ein zweites Bild aus der Vergangenheit auf und überdeckte alles andere. Poole sah sich und Rikki an jenen heißen Tagen in Arizona ausgelassen durch den Sprühnebel laufen, den der langsam rotierende Rasensprenger erzeugte.

Captain Chandler besaß sehr viel mehr Einfühlungsvermögen, als man ihm zutraute: Er spürte, wann es Zeit war, sich zu verabschieden.

"Ich muß zurück auf die Brücke", brummte er. "Wir sehen uns nach der Landung in Anubis."

18. Im Grandhotel

Das Grandhotel Ganymed — im ganzen Sonnensystem als 'Hotel Grannymed' bekannt — war alles andere als eine Fürstenherberge und hätte auf der Erde nur mit viel Glück anderthalb Sterne bekommen. Doch da es auf etliche hundert Millionen Kilometer keinerlei Konkurrenz gab, sah die Leitung auch keinen Anlaß, sich übermäßig anzustrengen.

Poole hatte keine Klagen, er wünschte sich nur, Danil wäre noch bei ihm und würde ihm helfen, mit dem täglichen Kleinkram zurechtzukommen. Er hätte sich bestimmt besser mit den halbintelligenten Maschinen verständigen können, von denen man hier umgeben war. Poole war zunächst in helle Panik geraten, als die Tür sich hinter dem (menschlichen) Pagen schloß. Der Junge war von dem berühmten Gast offenbar so beeindruckt gewesen, daß er ganz vergessen hatte, ihm die Zimmerfunktionen zu erklären. Nachdem Poole fünf Minuten lang vergeblich auf die stummen Wände eingeredet hatte, bekam er endlich Verbindung mit einem System, das seinen Akzent und seine Befehle verstand. Das hätte eine Schlagzeile für die 'All Worlds' gegeben: HISTORISCHER ASTRONAUT IN GANYMEDISCHEM HOTELZIMMER EINGESPERRT — ELENDIGLICH VERHUNGERT!

Der Fall hatte noch eine zweite, pikante Komponente. Es mochte unvermeidlich sein, daß die einzige Luxussuite des Grannymed gerade diesen Namen trug, trotzdem war Poole zutiefst erschrocken, als man ihn in — die Bowman-Suite führte und er sich einem uralten, lebensgroßen Hologramm seines alten Schiffsgenossen in voller Paradeuniform gegenübersah. Er hatte das Bild sogar wiedererkannt: Von ihm hatte man zur gleichen Zeit, nur wenige Tage vor Beginn der Mission, eine offizielle Aufnahme gemacht.

Rasch wurde offenbar, daß die meisten Besatzungsmitglieder der *Goliath* in Anubis so etwas wie eine Familie hatten und es kaum erwarten konnten, ihm während des geplanten, zwanzigtägigen Aufenthalts ihre Besseren Hälften vorzustellen. Damit geriet er sofort in die gesellschaftlichen und beruflichen Mühlen dieser Grenzsiedlung, und der Afrikaturm kam ihm schon bald vor wie ein ferner Traum.

Wie viele Amerikaner hatte Poole in tiefster Seele eine sentimentale Schwäche für kleine Gemeinden, wo jeder jeden kannte — und zwar persönlich, nicht im virtuellen Umfeld des Cyberspace. Anubis, das weniger Einwohner hatte als das Flagstaff seiner Erinnerung, kam diesem Ideal schon ziemlich nahe.

Die drei größten Druckkuppeln, jede zwei Kilometer im Durchmesser, standen auf einem Plateau über einem Eisfeld, das sich lückenlos bis zum Horizont erstreckte. Ganymeds zweite Sonne — einst unter dem Namen Jupiter bekannt — würde niemals genügend Wärme spenden, um die Polkappen abzuschmelzen. Das war der Hauptgrund, warum man Anubis in dieser unwirtlichen Gegend errichtet hatte: Hier würden die Fundamente der Stadt wenigstens einige Jahrhunderte überdauern.

Innerhalb der Kuppeln fiel es nicht schwer, die Außenwelt vollkommen zu vergessen. Als Poole mit der Technik der Bowman-Suite zu Rande gekommen war, stellte er fest, daß er die Wahl unter einer begrenzten Anzahl aber dafür umso eindrucksvollerer Landschaftsdisplays hatte. Er konnte am Pazifikstrand unter Palmen sitzen und dem sanften Plätschern der Wellen oder nach Belieben auch dem Tosen eines tropischen Hurrikans lauschen. Er konnte langsam über die Gipfel des Himalaya oder durch die gewaltigen Schluchten des Mariner Valley fliegen. Er konnte in verschiedenen, historisch weit auseinanderliegenden Epochen durch den Park von Versailles oder durch die Straßen eines halben Dutzends großer Städte schlendern. Das Hotel Grannymed mochte nicht die mondänste Urlaubsadresse im Sonnensystem sein, doch vor diesem Angebot wären seine berühmteren Vorgänger auf der Erde ausnahmslos vor Neid erblaßt.

Aber wenn man durch das halbe Sonnensystem gereist war, um eine fremde, neue Welt kennenzulernen, war es lächerlich, sich in Sehnsucht nach der Erde zu verzehren. Nach einigen Experimenten fand Poole zu einem Kompromiß, der ihm in seiner ständig knapper werdenden Freizeit Genuß — und geistige Anregung — versprach.

Er hatte stets bedauert, nie in Ägypten gewesen zu sein, deshalb fand er es herrlich, unter dem Blick der Sphinx — vor der umstrittenen 'Restaurierung' — entspannt auf dem Bett zu liegen und zuzusehen, wie die Touristen die massiven Steinblöcke der Cheopspyramide erklommen. Bis auf einen Streifen Niemandsland, wo die Wüste an den (etwas abgetretenen) Teppich der Bowman-Suite grenzte, war die Illusion perfekt.

Einen Himmel wie diesen hatten menschliche Augen freilich erst fünftausend Jahre, nachdem in Gizeh der letzte Stein eingefügt worden war, zu sehen bekommen. Denn er war keine Illusion; er war Realität, vielschichtig und wandelbar wie alles auf Ganymed.

Diese Welt hatte nämlich — wie die anderen Monde — schon vor Ewigkeiten durch Jupiters Gezeitensog ihre Eigendrehung verloren, und so hing die neue, aus dem Riesenplaneten entstandene Sonne reglos am Himmel. Ganymeds eine Seite wurde ständig von Luzifer beschienen, die andere Hemisphäre wurde oft als 'Nachtland' bezeichnet, was jedoch ebenso irreführend war wie einst der Ausdruck 'die dunkle Seite des Mondes'. Denn wie die Rückseite des Mondes, so lag auch Ganymeds 'Nachtland' während einer Hälfte seines langen Tages im gleißenden Licht der guten alten Sol.

Es war ein eher verwirrender als hilfreicher Zufall, daß Ganymed fast genau eine Woche — sieben Tage und drei Stunden — brauchte, um seinen Primärkörper zu umrunden. Versuche, einen Kalender auf der Basis 'Ein Med-Tag = eine Erdenwoche' zu erstellen, hatten ein solches Chaos heraufbeschworen, daß man sie schon vor Jahrhunderten aufgegeben hatte. Ganymed richtete sich wie alle Bewohner des Sonnensystems nach Universalzeit und bezeichnete seine vierundzwanzigstündigen Standardtage mit Zahlen anstatt mit Namen.

Da Ganymeds neue Atmosphäre noch immer sehr dünn und nahezu wolkenlos war, bot die Parade der Himmelskörper ein endlos faszinierendes Schauspiel. Bei größter Annäherung erschienen Io und Callisto etwa halb so groß wie der Mond von der Erde aus gesehen — aber das war auch die einzige Gemeinsamkeit. Io war Luzifer so nahe, daß er in knapp zwei Tagen um ihn herumraste und man seine Bewegung schon innerhalb von Minuten wahrnehmen konnte. Callisto, mehr als viermal so weit von Luzifer entfernt, zog in zwei Med-Tagen — oder sechzehn Erdentagen — gemächlich seine Bahn.

Noch auffallender waren die physikalischen Unterschiede zwischen beiden. Callisto, eine reine Eiswelt, hatte sich durch Jupiters Verwandlung in eine Minisonne kaum verändert: Es war immer noch eine Wüste voller flacher Eiskrater. Auf dem ganzen Satelliten fand man keinen Fleck, der damals, als die starken Schwerefelder des Jupiter und des Saturn noch um die Wette den Schutt aus dem äußeren Sonnensystem einsammelten, nicht mehrfach bombardiert worden wäre. Nun gab es schon seit etlichen Jahrmilliarden nur noch vereinzelte Treffer.

Auf Io war jede Woche etwas los. Ein ganymedischer Spötter hatte einmal gesagt, Io sei schon vor Luzifers Erschaffung die Hölle gewesen — Luzifer habe nur noch die Öfen geschürt.

Oft vergrößerte Poole diese brennende Landschaft und schaute den Vulkanen, die Gebiete von mehr als der Größe Afrikas beständig umgestalteten, in den schwefliggelben Rachen. Manchmal schossen weißglühende Fontänen Hunderte von Kilometern hoch ins All, als wüchsen gigantische Feuerbäume aus dieser leblosen Welt.

Wenn Vulkane und Schlote Ströme flüssigen Schwefels ausspien und sich das unstete Element nach Art eines Chamäleons in seine verschiedenfarbigen Allotrope verwandelte, durchlief es das ganze Spektrum von Rot-, Orange- und Gelbtönen. Vor dem Beginn der Raumfahrt hätte niemand eine solche Welt für möglich gehalten. Poole fand es faszinierend, sie aus sicherer Entfernung zu betrachten, doch er konnte es kaum fassen, daß jemals Menschen gelandet sein sollten, wo nicht einmal Roboter sich hinwagten ...

In erster Linie galt sein Interesse jedoch Europa, das bei größter Annäherung fast genauso groß erschien wie der Mond der Erde, aber seine Phasen in nur vier Tagen durcheilte. Poole war sich der Symbolik nicht bewußt gewesen, als er sich seine Privatlandschaft zusammenstellte, doch im Nachhinein erschien es ihm sehr passend, daß Europa über einem zweiten großen Rätsel — der Sphinx — am Himmel hing.

Selbst wenn Poole auf jede Vergrößerung verzichtete und sich Europa wie mit bloßem Auge ansah, konnte er erkennen, wie sehr es sich in den tausend Jahren seit dem Start der *Discovery* zum Jupiter verändert hatte. Das Netz aus schmalen Streifen und Linien, das den kleinsten der vier Galileischen Monde einst vollkommen eingesponnen hatte, war verschwunden. Nur an den Polen war die kilometerdicke Eiskruste, die einst die ganze Welt bedeckt hatte, noch intakt. Europas neue Sonne hatte sie nicht schmelzen können. Anderswo brodelten und zischten jungfräuliche Ozeane in der dünnen Atmosphäre, und es herrschten Temperaturen, die man selbst auf der Erde als angenehm empfunden hätte.

Und so empfanden sie auch die Wesen, die an die Oberfläche gekommen waren, seit es die Eisschicht, die ihnen Schutz und Gefängnis zugleich gewesen war, nicht mehr gab. Spionagesatelliten, die selbst zentimetergroße Details zeigten, hatten aus dem Orbit mitverfolgt, wie eine europanische Spezies das Amphibienstadium erreichte. Die 'Europs' hielten sich immer noch viel unter Wasser auf, aber inzwischen hatten sie begonnen, einfache Gebäude zu errichten.

Eine solche Entwicklung innerhalb von tausend Jahren war erstaunlich, und niemand zweifelte daran, daß die Erklärung dafür im letzten und größten Monolithen, der kilometerlangen 'Großen Mauer' am Gestade des Galileischen Meers zu finden war.

Und niemand zweifelte daran, daß der Monolith auf seine unergründliche Weise über das Experiment wachte, das er auf dieser Welt eingeleitet hatte — wie vier Millionen Jahre zuvor auf der Erde.

19. Der Wahn der Menschheit

MISS PRINGLE
DATEI-INDRA
Meine liebe Indra — verzeih, daß ich mich noch nicht einmal per Voicemail gemeldet habe — die Entschuldigung ist natürlich die übliche, ich kann sie mir also sparen.

Um deine Frage zu beantworten — ja, ich fühle mich im Grannymed inzwischen wie zu Hause, allerdings bin ich immer seltener hier, obwohl mir das Himmelsdisplay, das ich mir in meine Suite habe legen lassen, nach wie vor sehr gut gefällt. Letzte Nacht hat Ios Strömungsröhre eine tolle Schau abgezogen. Die Strömungsröhre ist so etwas wie eine Blitzfabrik zwischen Io und Jupiter — ich meine Luzifer. Ähnlich wie die Nordlichter der Erde, aber viel spektakulärer. Wurde schon vor meiner Geburt von Radioastronomen entdeckt.

Da wir gerade von alten Zeiten sprechen — hast du gewußt, daß Anubis einen Sheriff hat? Für meinen Geschmack kehrt man das Grenzland hier etwas zu sehr heraus. Erinnert mich an die Geschichten von Arizona, die mir mein Großvater immer erzählt hat ... Mal sehen, ob sie den Modern gefallen ...

Klingt vielleicht albern — aber ich habe mich an die Bowman-Suite noch immer nicht gewöhnt. Schaue ständig über die Schulter ...

Wie ich meine Zeit verbringe? Nicht sehr viel anders als im Afrikaturm. Ich treffe mich mit der hiesigen Intelligenzia, die allerdings — wie zu erwarten — nicht gerade üppig sprießt (hoffentlich hört das niemand ab). Und ich habe — real und virtuell — Kontakt zum hiesigen Schulsystem aufgenommen — scheint ausgezeichnet zu sein, wenn auch stärker technikorientiert als dir lieb sein dürfte. Aber das ist in einer derart lebensfeindlichen Umgebung wohl unvermeidlich ...

Jedenfalls verstehe ich jetzt besser, warum sich die Menschen hier ansiedeln. Man sieht eine Aufgabe — einen Sinn im Leben, wenn du so willst — wie es auf der Erde nur selten der Fall ist.

Es stimmt übrigens, daß die meisten Meder hier geboren wurden und deshalb keine andere Heimat kennen. Sie sind zwar — im allgemeinen — zu höflich, um es auszusprechen, aber sie finden, daß der Mutterplanet immer weiter degeneriert. Findest du das auch? Und wenn ja, was wollt ihr Terries — so nennt man euch hier — dagegen tun? Eine von den Schulklassen, die ich kennengelernt habe, hat die feste Absicht, euch aus eurem Schlaf zu reißen. Die Jugendlichen sind eifrig dabei, höchst raffinierte und natürlich streng geheime Pläne für eine Invasion der Erde zu schmieden. Ich habe euch gewarnt ...

Einmal habe ich Anubis verlassen und das sogenannte Nachtland besucht, wo Luzifer nie zu sehen ist. Wir sind zu zehnt — Chandler, zwei Leute von der *Goliath* und sechs Meder — auf die Rückseite gefahren und haben die Sonne so lange verfolgt, bis sie hinter dem Horizont verschwand und es wirklich Nacht wurde. Beängstigend — ähnlich wie die Polarwinter auf der Erde, nur war der Himmel hier vollkommen schwarz — ich kam mir fast vor wie im All.

Alle Galileischen Welten waren wunderbar zu sehen, wir konnten auch beobachten, wie Io von Europa verfinstert — Verzeihung, verdeckt wurde. Natürlich hatte man den Ausflug bewußt so gelegt, damit wir das erleben konnten ...

Auch mehrere von den kleineren Satelliten waren sichtbar, aber das Duo Erde-Mond lief ihnen den Rang ab. Ob ich Heimweh hatte? Offen gestanden, nein — obwohl mir meine neuen Freunde da unten sehr fehlen ...

So leid es mir tut — ich habe Dr. Khan immer noch nicht kennengelernt, obwohl er mehrmals eine Nachricht für mich hinterlassen hatte. Ich verspreche dir, ihn in den nächsten Tagen aufzusuchen — Erdentage, nicht medische Tage!

Viele Grüße an Joe — und an Danil, falls du weißt, was aus ihm geworden ist — ist er jetzt wieder ein richtiger Mensch? — und für dich alles Liebe ...

SPEICHERN
SENDEN

In Pooles Jahrhundert hatte der Name eines Menschen oft noch einen Hinweis auf sein Äußeres gegeben, aber dreißig Generationen später galt das nicht mehr. Dr. Theodor Khan erwies sich als blonder, nordischer Typ, der besser in ein Wikingerlangboot gepaßt hätte als in die Steppen Zentralasiens — wobei er mit seiner Körpergröße von nur knapp einhundertundfünfzig Zentimetern in keiner der beiden Rollen sehr überzeugend gewesen wäre. Poole konnte es sich nicht verkneifen, den Amateurpsychologen zu spielen: Klein gewachsene Menschen waren oft von einer geradezu aggressiven Leistungsbereitschaft — und das schien nach Indra Wallaces Andeutungen auch auf Ganymeds einzigen Philosophen zuzutreffen. Wahrscheinlich konnte ein Mann wie Khan in einer derart praktisch denkenden Gesellschaft nur mit dieser Einstellung überleben.

Anubis City war viel zu klein, um sich wie manche andere Welten den Luxus eines Universitätscampus zu leisten — wobei auch dort vielfach die Ansicht vertreten wurde, dergleichen habe sich durch die Revolution der Telekommunikation überholt. Statt dessen gab es hier eine Einrichtung, die nicht nur sehr viel stilgerechter, sondern auch Jahrhunderte älter war: eine Akademie samt zugehörigem Olivenhain. Letzteren hätte selbst Plato für echt gehalten, bis er tatsächlich versucht hätte, darin zu wandeln. Indras Witz über philosophische Fakultäten, die sich mit einer Tafel als Lehrmittel begnügten, traf auf diese kultivierte Umgebung ganz sicher nicht zu.

"Wir haben für sieben Personen gebaut", erklärte Dr. Khan stolz, nachdem sie auf Stühlen Platz genommen hatten, bei denen auf Bequemlichkeit wohl bewußt verzichtet worden war. "Wenn die Gruppe größer ist, wird eine fruchtbare Interaktion unmöglich. Und wenn Sie Sokrates' Geist mitrechnen, waren genau so viele anwesend, als Phaidon seine berühmte Rede hielt ..."

"Die über die Unsterblichkeit der Seele?"

Khan machte ein so verdutztes Gesicht, daß Poole lachen mußte.

"Ich hatte kurz vor meinem Examen einen Schnellkurs in Philosophie belegt — bei der Aufstellung des Lehrplans hatte wohl irgend jemand die Meinung vertreten, auch rauhbeinigen Ingenieuren würde ein Hauch von Kultur nichts schaden."

"Freut mich zu hören. Das macht alles sehr viel einfacher. Ich kann mein Glück noch immer nicht fassen. Ihre Ankunft hier läßt mich beinahe wieder an Wunder glauben! Ich hatte schon überlegt, zur Erde zu fliegen, um Sie kennenzulernen — hat Ihnen die gute Indra von meiner — äh — fixen Idee erzählt?"

"Nein", antwortete Poole nicht ganz wahrheitsgemäß.

Dr. Khan lächelte zufrieden; er war hocherfreut, ein neues Publikum zu finden.

"Vielleicht hat man Ihnen gesagt, ich sei Atheist, aber das stimmt nicht ganz. Atheismus ist nicht zu beweisen und deshalb herzlich uninteressant. So unwahrscheinlich es auch sein mag, wir wissen nicht mit Sicherheit, ob Gott nicht irgendwann einmal existiert — und sich dann in die Unendlichkeit verzogen hat, wo er nicht mehr zu finden ist ... Ich halte es wie Buddha und lehne es ab, dazu Stellung zu beziehen. Mein Augenmerk gilt vielmehr der Psychopathie, die sich Religion nennt."

"Psychopathie? Das ist hart."

"Wird aber durch die Geschichte hinreichend bewiesen. Stellen Sie sich vor, Sie seien ein intelligenter Extraterrestrier und befaßten sich nur mit verifizierbaren Tatsachen. Nun entdecken Sie eine Spezies, die sich in Tausende — nein, inzwischen Millionen — von Stammesgruppen aufgespalten hat. Jede dieser Gruppen vertritt ihre eigenen Vorstellungen über den Ursprung des Universums und die richtige Art, darin zu leben. Die Ideen mögen sich oft gleichen, doch selbst bei einer Übereinstimmung von neunundneunzig Prozent nimmt man das restliche Prozent zum Anlaß, um sich wegen kleinster Differenzen in der Lehre — Bagatellen, die jedem Außenstehenden vollkommen unverständlich sind — gegenseitig zu foltern und zu töten.

Wie läßt sich dieses irrationale Verhalten nun erklären? Lucrez hat den Nagel auf den Kopf getroffen, als er sagte, die Religion sei ein Nebenprodukt der Angst — eine Reaktion auf ein unergründliches und oft genug feindseliges Universum. Über lange Strecken der menschlichen Vor- und Frühgeschichte mag sie ein notwendiges Übel gewesen sein — aber warum soviel übler als nötig? Und warum konnte sich das Übel auch noch halten, als die Notwendigkeit längst nicht mehr gegeben war?

Ich sagte Übel — und das ist mein Ernst, denn Angst führt zu Grausamkeit. Wer nur ein wenig über die Inquisition Bescheid weiß, schämt sich, der menschlichen Rasse anzugehören ... Eines der abscheulichsten Bücher, die jemals veröffentlicht wurden, war der *Hexenhammer*. Er wurde von zwei perversen Sadisten verfaßt und beschreibt die von der Kirche genehmigten — ja, empfohlenen! — Foltermethoden, mit denen man Tausenden von unschuldigen, alten Frauen sogenannte 'Geständnisse' entriß, um die Ärmsten dann bei lebendigem Leib zu verbrennen. Der Papst höchstpersönlich hat im Vorwort seine Billigung zum Ausdruck gebracht!

Die meisten anderen Religionen standen, mit wenigen, rühmlichen Ausnahmen, dem Christentum in nichts nach ... Noch in Ihrem Jahrhundert wurden kleine Jungen so lange angekettet und ausgepeitscht, bis sie bändeweise frommes Gefasel auswendig gelernt hatten, man beraubte sie ihrer Kindheit und ihrer Männlichkeit, um sie zu Mönchen zu machen ...

Am unbegreiflichsten finde ich, daß in jedem Jahrhundert wieder etliche Wahnsinnige auftraten und verkündeten, Gott habe zu ihnen gesprochen — und nur zu ihnen allein! Wenn alle diese göttlichen Botschaften übereingestimmt hätten, wäre die Sache rasch erledigt gewesen. Aber sie mußten sich natürlich eklatant widersprechen — was die selbsternannten Messiasse natürlich nicht daran hinderte, Hunderte — manchmal Millionen — von Anhängern um sich zu scharen. Und die kämpften wiederum mit allen Mitteln gegen die gleichermaßen verblendeten Jünger einer minimal abweichenden Glaubensrichtung."

Poole nützte die Gelegenheit, um endlich auch einmal zu Wort zu kommen.

"Das erinnert mich an einen Vorfall in meiner Heimatstadt, ich war damals noch ein Kind. Ein heiliger Mann — in Anführungszeichen — tauchte bei uns auf, behauptete, er könne Wunder wirken — und hatte in kürzester Zeit eine Schar von Gläubigen um sich gesammelt. Es waren keine dummen oder ungebildeten Menschen; oft kamen sie aus den besten Familien. Jeden Sonntag standen vor seinem — äh — Tempel die teuersten Automodelle."

"Das 'Rasputin-Syndrom', wie es früher genannt wurde: Diese Fälle gibt es zu Millionen, in jeder Epoche, in jedem Land. Und eine von Tausend dieser Sekten hält sich sogar über Generationen. Wie ging es in diesem Fall weiter?"

"Nun, die anderen Gemeinschaften waren von der Konkurrenz nicht sehr erbaut und taten, was sie konnten, um den Neuen in Verruf zu bringen. Ich weiß leider nicht mehr, wie er hieß — er trat unter einem sehr langen, indischen Namen auf — Swami Sowieso — aber wie sich später herausstellte, stammte er aus Alabama. Bei seinen Veranstaltungen zauberte er unter anderem geweihte Gegenstände aus dem Nichts herbei und verteilte sie an seine Getreuen. Nun war unser Rabbi zufällig Amateurzauberer, und er trat an die Öffentlichkeit und demonstrierte, wie man so etwas macht. Aber das hat überhaupt nichts bewirkt; die Gläubigen behaupteten, ihr Held verfüge wirklich über magische Kräfte, und der Rabbi sei lediglich eifersüchtig.

Bedauerlicherweise fiel auch meine Mutter eine Zeitlang auf den Schurken herein — Dad hatte uns kurz vorher verlassen, das mag seinen Teil dazu beigetragen haben — jedenfalls hat sie mich zu einer der Versammlungen mitgeschleift. Ich war damals erst zehn, aber ein so unsympathischer Mensch war mir noch nie begegnet. Sein Bart war so lang und wirr, daß die Vögel darin hätten nisten können — und es wahrscheinlich auch taten."

"Klingt wie das Standardmodell. Wie lange konnte er sich halten?"

"Drei oder vier Jahre. Dann mußte er Hals über Kopf die Stadt verlassen: Man war dahintergekommen, daß er Orgien mit Jugendlichen feierte. Er behauptete natürlich, es handle sich um Geheimrituale zur Rettung der Seelen. Und Sie werden es nicht für möglich halten — "

"Warten Sie's ab."

"Auch dann hielten ihm viele seiner Opfer weiter die Treue. Ihr Gott war schließlich unfehlbar, also mußte man ihm die Sache wohl angehängt haben."

"Angehängt?"

"Verzeihung — ihn mit falschen Beweisen überführt — die Polizei tat das manchmal, wenn sich ein Verbrecher auf andere Weise nicht fassen ließ."

"Hmm. Ihr Swami war ein ganz gewöhnlicher Vertreter der Gattung: Ich bin etwas enttäuscht. Aber er stützt meine Behauptung — ein großer Teil der Menschheit neigte schon immer dazu, zeitweise dem Wahnsinn zu verfallen."

"Ein kleiner Vorort von Flagstaff stellt aber keine repräsentative Stichprobe dar."

"Richtig, aber ich könnte Ihnen tausend weitere Beispiele nennen — nicht nur aus Ihrem Jahrhundert, das geht zurück bis zu den Anfängen. Für jeden Unsinn, ganz gleich wie absurd, fanden sich unzählige Menschen, die daran glaubten, manchmal mit solcher Inbrunst, daß sie sich lieber töten ließen, als ihre Illusionen aufzugeben. Für mich ist das eine recht brauchbare Definition von Wahnsinn."

"Sie würden also jeden als wahnsinnig bezeichnen, der starke, religiöse Überzeugungen hat?"

"Strenggenommen ja — wenn er wirklich aufrichtig und kein Heuchler wäre. Was ich in neunzig Prozent der Fälle vermute."

"Rabbi Berenstein war sicher aufrichtig gläubig — und er war nicht nur einer der vernünftigsten Männer, die ich kenne, sondern auch ein wirklich feiner Kerl. Und wie erklären Sie sich folgendes? Das einzige echte Genie, dem ich je begegnet bin, war Dr. Chandra, der Leiter des HAL-Projekts. Einmal ließ er mich in sein Büro kommen — ich klopfte an, und als sich niemand meldete, dachte ich, es sei leer.

Er kniete vor einer Gruppe bizarrer kleiner, mit Blumen geschmückter Bronzestatuen und betete. Eine Statue sah aus wie ein Elefant ... eine zweite hatte eine Unmenge von Armen ... Es war eine peinliche Situation, aber zum Glück hatte er mich nicht bemerkt, und ich konnte mich auf Zehenspitzen davonschleichen. Würden Sie sagen, er sei wahnsinnig gewesen?"

"Sie haben ein schlechtes Beispiel gewählt: Viele Genies sind verrückt! Aber präzisieren wir: nicht wahnsinnig, sondern auf Grund von Kindheitserlebnissen psychisch geschädigt. Die Jesuiten haben einst gesagt: 'Gebt uns einen Jungen für sechs Jahre, und er gehört uns für immer.' Wenn sie Klein-Chandra rechtzeitig in die Finger bekommen hätten, wäre er ein frommer Katholik geworden — und kein Hindu."

"Möglich. Aber eins begreife ich nicht — warum wollten Sie mich denn unbedingt kennenlernen? Ich war nie besonders fromm. Was habe ich mit alledem zu tun?"

Und nun gab Dr. Khan langsam und genüßlich sein großes, lange gehütetes Geheimnis preis.

20. Der Ketzer

AUFZEICHNUNG — POOLE

Hallo, Frank ... Nun hast du Ted also endlich kennengelernt. Ja, man könnte ihn als schrullig bezeichnen — wenn das die richtige Definition für einen Enthusiasten ohne jeden Humor ist. Aber so werden die Leute mit der Zeit, wenn sie im Besitz einer Großen Wahrheit sind — hörst du die Großbuchstaben? — und ihnen niemand zuhört ... Ich bin froh, daß du ihm zugehört hast — und ich kann dir nur raten, ihn ernstzunehmen.

Du sagst, du seist überrascht gewesen, in Teds Wohnung an exponierter Stelle das Portrait eines Papstes hängen zu sehen. Das muß sein Held gewesen sein, Pius XX. — ich habe ihn sicher schon einmal erwähnt. Schlag nach — man nennt ihn meist den Impius! Es ist eine faszinierende Geschichte, und sie weist verblüffende Parallelen mit Ereignissen auf, die kurz vor deiner Geburt stattfanden. Sicher ist dir bekannt, daß Michail Gorbatschow, Präsident der Sowjetunion, am Ende des 20. Jahrhunderts den Sturz seines eigenen Regimes herbeiführte, indem er dessen Verbrechen und Exzesse aufdeckte.

Der Mann wollte gar nicht so weit gehen — er hatte gehofft, das System reformieren zu können, aber das war nicht mehr möglich. Ob Pius XX. die gleichen Motive bewegten, werden wir nie erfahren, denn bald, nachdem er die geheimen Akten der Inquisition freigegeben und damit in aller Welt Entsetzen ausgelöst hatte, wurde er von einem geisteskranken Kardinal ermordet ...

Die Gläubigen hatten den Schock über die Entdeckung von TMA-0 wenige Jahrzehnte zuvor noch nicht überwunden — Pius XX. war davon sehr beeindruckt, es hatte sicher Einfluß auf sein Verhalten ...

Aber du hast mir immer noch nicht gesagt, wieso Ted, dieser alte Krypto-Deist, meint, du könntest ihm bei seiner Suche nach Gott behilflich sein. Ich glaube, er ist IHM immer noch böse, weil ER sich so erfolgreich versteckt. Aber verrate ihm lieber nicht, daß ich das gesagt habe.

Warum eigentlich nicht?
Alles Liebe — Indra.
SPEICHERN
SENDEN

MISS PRINGLE
AUFZEICHNEN
Hallo — Indra — komme eben von meinem zweiten Treffen mit Dr. Ted. Habe ihm nicht verraten, warum du glaubst, daß er auf Gott so sauer ist!
Aber wir hatten einige sehr interessante Streit-, nein, Zwiegespräche, wobei er natürlich das große Wort führt. Wer hätte gedacht, daß ich mich nach so vielen Jahren als Ingenieur noch einmal mit Philosophie beschäftigen würde? Vielleicht mußte ich das eine erst durchleben, um das andere schätzen zu können. Wie er mich wohl beurteilen würde, wenn ich sein Schüler wäre?
Gestern habe ich folgenden Ansatz ausprobiert, nur um zu sehen, wie er reagierte. Vielleicht ist die Argumentation sogar neu, obwohl ich das eher bezweifle. Ich dachte, es interessiert dich vielleicht — würde gerne hören, was du dazu zu sagen hast. Hier nun unsere Diskussion —
MISS PRINGLE — KOPIE AUDIO 94.
"Ted, Sie werden mir gewiß nicht abstreiten, daß die großen Kunstwerke der Menschheit in den meisten Fällen von religiöser Frömmigkeit inspiriert wurden. Ist das kein Beweis?"
"Sicher — aber ein Beweis, an dem ein wahrer Gläubiger nicht viel Freude hätte! Von Zeit zu Zeit stellen die Menschen Listen der größten, wichtigsten und besten Dinge auf — das war sicher auch zu Ihrer Zeit schon sehr beliebt."
"Selbstverständlich."
"Nun, man hat das auch mit Kunstwerken versucht, und einige dieser Listen haben eine gewisse Berühmtheit erlangt. Natürlich können sie keine absoluten — ewigen — Wertmaßstäbe setzen, aber sie sind doch interessant und zeigen, wie

sich der Geschmack von Epoche zu Epoche wandelt ..

Die letzte Liste, die ich gesehen habe — sie kam erst vor wenigen Jahren über das *Earth Artnet* — unterteilte sich in Architektur, Musik und Bildende Künste ... Einige Beispiele habe ich mir gemerkt ... das Parthenon, das Tadsch Mahal ... Bachs *Toccata und Fuge* an erster Stelle in der Spalte Musik, gefolgt von Verdis *Requiem*. In der bildenden Kunst — natürlich die *Mona Lisa*. Dann — ich weiß nicht, ob die Reihenfolge stimmt — eine Gruppe von Buddha-Statuen irgendwo in Ceylon und die goldene Totenmaske des jungen Königs Tut.

Selbst wenn ich mich an alle anderen Positionen erinnern könnte — ich kann es natürlich nicht, aber das ist nicht weiter schlimm: Wichtig ist der kulturelle und religiöse Hintergrund, vor dem die Werke entstanden sind. Insgesamt hat keine einzelne Religion dominiert — außer in der Musik. Und das ist möglicherweise auf eine rein technische Besonderheit zurückzuführen: Die Orgel und alle anderen präelektronischen Musikinstrumente erlebten ihre Blüte im Christlichen Abendland. Es hätte auch anders kommen können ... wenn etwa die Griechen oder die Chinesen Maschinen nicht nur als Spielerei betrachtet hätten.

Doch der jedenfalls für mich entscheidende Punkt ist das erstaunliche Einvernehmen darüber, was nun das größte Einzelkunstwerk der Menschheit ist. Immer und immer wieder erscheint in fast jeder Liste — Angkor Wat an erster Stelle. Dabei ist die Religion, die es hervorgebracht hat, seit Jahrhunderten ausgestorben; man weiß nicht einmal mehr genau, was sie vertrat, außer, daß sie hunderte von Göttern hatte anstatt eines einzigen!"

"Das hätte ich gern dem guten, alten Rabbi Berenstein um die Ohren geschlagen — ihm wäre sicher eine gute Antwort eingefallen."

"Daran zweifle ich nicht. Ich hätte ihn gern kennengelernt. Nur gut, daß er nicht mehr erlebt hat, was aus Israel wurde."
AUDIO ENDE

Da hast du's, Indra. Schade, daß das Grannymed kein Display von Angkor Wat anbietet — ich habe die Anlage nie gesehen — aber man kann nicht alles haben ...

Doch nun zu der Frage, die dich am brennendsten interessiert ... warum Dr. Ted so begeistert ist, daß ich hier bin.

Du weißt ja, er ist überzeugt davon, daß der Schlüssel zu vielen Rätseln auf Europa zu finden ist, der Welt, auf der seit tausend Jahren niemand landen durfte.

Er glaubt, ich könnte eine Ausnahme sein, denn ich hätte dort möglicherweise einen Freund. Ja, er meint Dave Bowman, oder was aus ihm geworden ist ...

Wir wissen, daß er nicht starb, als ihn der Große Bruder-Monolith verschluckte — denn er hat hinterher in irgendeiner Gestalt die Erde besucht. Aber es gibt noch mehr, wovon ich nichts wußte. Nur sehr wenige Menschen sind eingeweiht, weil die Meder sich schämen, darüber zu sprechen ...

Ted Khan hat jahrelang Beweise gesammelt, die Fakten sind jetzt mehr oder weniger gesichert — auch wenn er sie nicht erklären kann. In mindestens sechs Fällen haben sich in Abständen von etwa hundert Jahren vertrauenswürdige Zeugen gemeldet, die behaupten, hier in Anubis eine — Erscheinung — gesehen zu haben, ähnlich wie Heywood Floyd damals an Bord der *Discovery*. Keiner der Zeugen wußte von diesem Vorfall, doch alle konnten Dave identifizieren, wenn man ihnen sein Hologramm zeigte. Daneben gab es noch eine Begegnung auf einem Erkundungsschiff, das vor sechshundert Jahren nahe an Europa heranflog ...

Einzeln betrachtet würde man keinen dieser Fälle ernstnehmen, aber zusammen ergeben sie ein Muster. Ted ist ziemlich sicher, daß Dave Bowman in irgendeiner Form noch lebt und vermutlich in Verbindung mit dem Monolithen steht, den wir die Große Mauer nennen. Und daß er noch immer ein gewisses Interesse für uns hegt.

Er hat bisher keinen Versuch gemacht, mit uns in Verbindung zu treten, dennoch hofft Ted, daß ein Kontakt möglich ist. Und er glaubt, daß ich als einziger Mensch dafür in Frage komme ...

Noch habe ich mich nicht entschieden. Morgen will ich mit Captain Chandler darüber sprechen. Ich lasse dich wissen, was dabei herauskommt. Alles Liebe, Frank.
SPEICHERN
SENDEN — INDRA

21. Quarantäne

"Glaubst du an Gespenster, Dim?"

"Natürlich nicht; aber ich fürchte mich davor wie jeder vernünftige Mensch. Warum fragst du?"

"Wenn es kein Gespenst war, dann war es der lebhafteste Traum, den ich jemals hatte. Ich habe vergangene Nacht mit David Bowman gesprochen."

Poole wußte, daß Captain Chandler ihn ernstnehmen würde, wenn es darauf ankam; und er wurde nicht enttäuscht.

"Interessant — aber dafür gibt es eine naheliegende Erklärung. Du lebst die ganze Zeit hier in der Bowman-Suite, um Deus' willen! Und du hast mir selbst erzählt, daß du das Gefühl hast, es würde hier spuken."

"Ich bin — zu neunundneunzig Prozent — sicher, daß du recht hast und die ganze Sache nur durch die Diskussionen mit Prof Ted ausgelöst wurde. Hast du gehört, daß Dave Bowman gelegentlich in Anubis erscheinen soll? So alle hundert Jahre einmal? Genau wie er damals nach der Reaktivierung der *Discovery* Dr. Floyd erschienen ist."

"Was ist dort eigentlich passiert? Ich habe vage Gerüchte gehört, sie aber nie ernstgenommen."

"Dr. Khan nimmt sie ernst, und ich auch — ich habe die Originalaufzeichnung gesehen. Floyd sitzt in meinem alten Sessel, als sich hinter ihm eine Staubwolke bildet und die Züge von Davids Gesicht annimmt. Dann folgt die berühmte Warnung, in der Floyd zur Abreise gedrängt wird."

"Wer wüßte das nicht? Aber das war vor tausend Jahren. Jede Menge Zeit für eine Fälschung."

"Aber zu welchem Zweck? Khan und ich haben uns die Aufzeichnung gestern erst angesehen. Ich will tot umfallen, wenn sie nicht echt ist."

"Ich will dir ja gar nicht widersprechen. Außerdem habe ich von den Erscheinungen auch gehört ..."

Chandler brach ab, er wirkte ein wenig verlegen.

"Vor langer Zeit hatte ich hier in Anubis mal ein Mädchen. Sie hat mir erzählt, ihr Großvater hätte Bowman gesehen. Ich habe sie ausgelacht."

"Ob Ted diesen Fall wohl auf seiner Liste hat? Vielleicht könntest du ihn mit deiner Freundin bekanntmachen?"

"Äh — lieber nicht. Wir stehen seit Jahren nicht mehr in Verbindung. Wer weiß, vielleicht ist sie inzwischen auf dem Mond oder auf dem Mars ... Wie auch immer, was findet Professor Ted daran denn nun so interessant?"

"Darüber wollte ich eigentlich mit dir sprechen."

"Klingt bedrohlich. Raus damit."

"Ted glaubt, Dave Bowman, oder was immer aus ihm geworden sein mag, könnte womöglich noch existieren — da oben auf Europa."

"Nach tausend Jahren?"

"Sieh mich an."

"Ein Beispiel reicht nicht für eine Statistik, wie mein alter Matheprofessor zu sagen pflegte. Aber sprich weiter."

"Es ist eine komplizierte Geschichte — eher wie ein Puzzle, bei dem die meisten Teile fehlen. Aber es herrscht Einigkeit darüber, daß vor vier Millionen Jahren, als der Monolith in Afrika auftauchte, mit unseren Vorfahren etwas Wichtiges passiert ist. Es war ein Wendepunkt in der Geschichte — erstmals tauchten Werkzeuge auf — Waffen — Religion ... Das kann kein Zufall sein. Der Monolith muß etwas mit uns angestellt haben — er ist bestimmt nicht nur passiv in der Gegend herumgestanden und hat sich anbeten lassen ...

Ted zitiert gerne den Ausspruch eines berühmten Paläontologen: 'TMA-0 hat uns einen Tritt in den evolutionären Hintern versetzt.' Und er behauptet, der Tritt sei nicht ganz in die gewünschte Richtung gegangen. Mußten wir so fies und gemein werden, um zu überleben? Vielleicht ... Wenn ich Ted recht verstehe, glaubt er, daß in unseren Gehirnen ein paar Drähte falsch angeschlossen wurden und wir deshalb unfähig sind, zuverlässig logisch zu denken. Und was noch schlimmer ist, alle Lebewesen brauchen ein gewisses Maß an Aggression zum Überleben, aber wir haben offenbar viel mehr als das erforderliche Minimum mitbekommen. Kein anderes Lebewesen foltert seine Artgenossen. Sind wir eine Panne der Evolution — eine genetische Katastrophe?

Man ist sich auch weitgehend einig, daß TMA-1 auf dem Mond postiert wurde, um das Projekt — das Experiment — was auch immer — zu überwachen und seine Berichte zum Jupiter — dem besten Standort für ein Kontrollzentrum des Sonnensystems — zu schicken. Deshalb befand sich dort ein weiterer Monolith — der Große Bruder. Beim Eintreffen der *Discovery* wartete er seit vier Millionen Jahren. Soweit einverstanden?"

"Ja. Für mich war das immer die plausibelste Erklärung."

"Jetzt wird es etwas spekulativer. Bowman wurde offenbar vom Großen Bruder verschlungen, dennoch scheint sich ein Teil seiner Persönlichkeit erhalten zu haben. Zwanzig Jahre nach der besagten Begegnung mit Heywood Floyd auf der zweiten Jupiter-Expedition gab es einen weiteren Kontakt an Bord der *Universe*. Floyd war mit diesem Schiff 2061 zum Halley'schen Kometen geflogen. So steht es jedenfalls in seinen Memoiren — er war allerdings weit über hundert Jahre alt, als er sie diktierte."

"Möglicherweise senil."

"Den zeitgenössischen Berichten zufolge nicht! Außerdem — und das zählt vielleicht noch mehr — hatte sein Enkel Chris ähnlich unheimliche Erlebnisse, als die *Galaxy* auf Europa notlanden mußte. Und genau dort steht der Monolith — oder ein Monolith — natürlich noch jetzt! Inmitten von Europanern ..."

"Allmählich wird mir klar, worauf Dr. Ted hinauswill. Wir haben auch so angefangen — der ganze Kreislauf beginnt von vorn. Jetzt sollen die Europs hochgepäppelt werden."

"Genau — es paßt alles. Jupiter explodierte, damit sie eine Sonne bekamen, die ihre Eiswelt auftaute. Dann wurden wir gewarnt, uns fernzuhalten — vermutlich, um die Entwicklung nicht zu stören ..."

"Wo habe ich das schon einmal gehört? Natürlich, Frank — das geht tausend Jahre zurück — in deine Zeit! 'Die Oberste Direktive'! Die alten *Star Trek*-Filme sind immer noch sehr amüsant."

"Habe ich dir je erzählt, daß ich ein paar von den Schauspielern persönlich kennengelernt habe? Die würden sich wundern, wenn sie mich jetzt sehen könnten ... Was das Prinzip der Nichteinmischung angeht, war ich übrigens immer gespalten. Der Monolith hat damals in Afrika sicher dagegen verstoßen. Man könnte sagen, mit verheerenden Folgen ..."

"Also ein neuer Versuch — auf Europa!"

Pooles Lachen klang nicht echt.

"Genau so hat Khan sich ausgedrückt."

"Und was sollen wir seiner Meinung nach tun? Vor allem — wo kommst du ins Bild?"

"Zuallererst müssen wir herausfinden, was auf Europa wirklich passiert — und warum. Es genügt nicht, die Welt nur aus dem All zu beobachten."

"Was können wir denn sonst tun? Die Meder haben immer wieder Sonden abgesetzt, aber die wurden alle kurz vor dem Auftreffen gesprengt."

"Und seit jener Rettungsmission für die *Galaxy* wurden alle bemannten Schiffe durch ein Kraftfeld abgelenkt, das bisher niemand analysieren konnte. An sich hochinteressant, denn es beweist, daß man da unten nicht bösartig ist, sondern sich nur schützen will. Und — das ist das wichtigste — daß man fähig ist zu erkennen, was da geflogen kommt. Wer oder was da unten ist, kann zwischen Robotern und Menschen unterscheiden."

"Was selbst mir manchmal schwerfällt. Weiter."

"Ted glaubt, es gibt einen Menschen, der es schaffen könnte, auf Europas Oberfläche zu gelangen — weil er dort nämlich einen alten Freund hat, der sich bei 'denen da oben' für ihn verwenden könnte.""

Captain Dimitri Chandler pfiff leise durch die Zähne.
"Und das würdest du riskieren?"
"Warum nicht? Was habe ich schon zu verlieren?"
"Ein wertvolles Shuttle, wenn ich deine Absichten richtig deute. Wolltest du deshalb lernen, die *Falcon* zu fliegen?"
"Wenn du schon davon anfängst ... der Gedanke war mir tatsächlich durch den Kopf gegangen."
"Das muß ich mir noch überlegen — zugegeben, die Sache reizt mich, aber sie hat jede Menge Haken."
"Wie ich dich kenne, wird dich das nicht hindern — wenn du dich erst dazu durchgerungen hast, mir zu helfen."

22. Wer nicht wagt ...

MISS PRINGLE — MELDUNGEN VON DER ERDE NACH DRINGLICHKEIT AUFLISTEN
AUFZEICHNUNG

Liebe Indra — ohne dramatisch werden zu wollen, dies könnte meine letzte Nachricht von Ganymed sein. Wenn du sie erhältst, bin ich schon auf dem Weg nach Europa.

Die Entscheidung kam sehr plötzlich — niemand ist überraschter als ich — dennoch habe ich sie mir gründlich überlegt. Wie du dir vielleicht denken kannst, ist Ted Khan in hohem Maße dafür verantwortlich ... sollte ich nicht zurückkommen, dann kann er dir ja alles erklären.

Bitte verstehe mich nicht falsch — ich betrachte dieses Unternehmen keineswegs als Himmelfahrtskommando! Aber Teds Argumente haben mich zu neunzig Prozent überzeugt, und er hat meine Neugier geweckt. Eine solche Chance bekommt man nur einmal im Leben — vielleicht sollte ich eher sagen, einmal in zwei Leben — und ich könnte mir nie verzeihen, nicht zugegriffen zu haben.

Ich fliege die *Falcon*, das kleine Ein-Mann-Shuttle der *Goliath* — ich hätte sie meinen früheren Kollegen in der Raumfahrtbehörde zu gern einmal vorgeführt! Nach allen bisherigen Erfahrungen ist wohl am ehesten damit zu rechnen, daß ich von Europa abgelenkt werde, bevor ich landen kann. Doch auch das wäre schon lehrreich ...

Und falls es — 'es' ist vermutlich der dortige Monolith, die Große Mauer — mich einfach abschießen sollte wie alle bisherigen Robotsonden, dann werde ich nichts davon spüren. Das Risiko gehe ich ein.

Ich danke dir für alles, bitte übermittle Joe meine herzlichsten Grüße. Alles Liebe von Ganymed — und hoffentlich bald von Europa.
SPEICHERN
SENDEN

IV.
Das Königreich des Schwefels

23. Die *FALCON*

"Europa ist im Moment etwa vierhunderttausend Kilometer von Ganymed entfernt", erklärte Captain Chandler. "Wenn du aufs Gas trittst — der Ausdruck ist übrigens eine echte Bereicherung! — kannst du mit der *Falcon* in einer Stunde dort sein. Aber das würde ich dir nicht empfehlen: Wenn du zu schnell angerauscht kommst, erschreckst du unseren rätselhaften Freund womöglich noch."

"Zugegeben — außerdem muß ich nachdenken. Ich nehme mir auf jeden Fall mehrere Stunden Zeit. Und ich hoffe immer noch ..." Poole verstummte.

"Was hoffst du?"

"Daß ich irgendwie mit Dave oder was immer da unten ist, Kontakt aufnehmen kann, bevor ich mich an eine Landung wage."

"Ja, es schickt sich wirklich nicht, den Leuten ungebeten ins Haus zu fallen — das macht man noch nicht einmal bei guten Bekannten und erst recht nicht bei völlig Fremden wie den Europs. Vielleicht solltest du Geschenke mitnehmen — was hatten denn die alten Forschungsreisenden immer so dabei? Spiegel und Glasperlen waren einmal sehr beliebt, wenn ich mich recht erinnere."

Chandlers Spötteleien konnten nicht darüber hinwegtäuschen, daß er sich aufrichtig Sorgen machte, nicht nur um

Poole, sondern auch um das wertvolle Raumschiff, das er ihm leihen wollte — und für das er als Skipper der *Goliath* letztlich verantwortlich war.

"Ich überlege immer noch, wie wir die Sache am besten darstellen. Wenn du als Held zurückkommst, will ich mich natürlich in deinem Ruhm sonnen. Aber was sage ich, wenn du nicht nur die *Falcon* verlierst, sondern auch selbst ums Leben kommst? Du hättest das Shuttle gestohlen, als wir grade mal nicht hingesehen haben? Das kauft mir doch kein Mensch ab. Die Flugsicherungskontrolle Ganymed arbeitet sehr gründlich — und das ist auch gut so! Wenn du starten würdest, ohne dich vorher abzumelden, wären sie in einer Mikro-, na ja, in einer Millisekunde hinter dir her. Du kommst hier nicht weg, wenn ich deinen Flugplan nicht vorher einreiche.

Solange mir nichts Besseres einfällt, schlage ich also folgendes vor:

Du brichst mit der *Falcon* zu einem letzten Testflug auf — jedermann weiß ja, daß du schon solo geflogen bist. Dann gehst du in einen zweitausend Kilometer hohen Orbit um Europa — das ist ganz normal — es wird andauernd gemacht, und die hiesigen Behörden haben offenbar nichts dagegen.

Deine Gesamtflugzeit beträgt voraussichtlich fünf Stunden plus oder minus zehn Minuten. Wenn du plötzlich deine Meinung änderst und nicht zurückkommen willst, kann dich daran niemand hindern — jedenfalls niemand auf Ganymed. Ich werde mich natürlich lauthals empören und nicht hinter dem Berg halten mit meinem Erstaunen über derart grobe Navigationsfehler etc. etc. Was vor dem Untersuchungsausschuß eben den besten Eindruck macht."

"Würde man tatsächlich einen Untersuchungsausschuß einsetzen? Ich möchte dich wirklich nicht gern in Schwierigkeiten bringen."

"Keine Sorge — höchste Zeit, daß hier mal etwas Leben in die Bude kommt. Aber über dieses Komplott wissen nur du und ich Bescheid. Sieh zu, daß die Crew nichts davon erfährt

— ich möchte, daß die Leute — wie war der andere Ausdruck, den du mir beigebracht hast? — 'in gutem Glauben' alles abstreiten können."

"Danke, Dim — du bist wirklich ein guter Freund. Hoffentlich brauchst du es nie zu bedauern, mich draußen beim Neptun eingefangen und an Bord der *Goliath* gezogen zu haben."

Es fiel Poole schwer, seine neuen Schiffskameraden nicht mißtrauisch zu machen, als sie die *Falcon* für den vermeintlich kurzen Routineflug vorbereiteten. Aber außer Chandler erfuhr niemand, daß in Wirklichkeit etwas ganz anderes geplant war.

Immerhin betrat er nicht, wie vor tausend Jahren zusammen mit Bowman, völliges Neuland. Im Computer des Shuttle waren hochauflösende Karten von Europa gespeichert, auf denen Einzelheiten von wenigen Metern Durchmesser zu erkennen waren. Er wußte genau, wohin er wollte; abzuwarten blieb nur noch, ob man ihm gestatten würde, die jahrhundertelange Quarantäne zu durchbrechen.

24. Fluchtmanöver

"Manuelle Steuerung, bitte."
"Ist das dein Ernst, Frank?"
"Natürlich, *Falcon* ... Vielen Dank."
So absurd es sich auch anhörte, der größte Teil der Menschheit brachte es nicht übers Herz, selbst die einfältigsten unter ihren künstlichen Kindern unfreundlich zu behandeln. Zum Thema Umgangsformen zwischen Mensch und Maschine waren bändeweise psychologische Untersuchungen, aber auch allgemeinverständliche Ratgeber (*So schont man die Gefühle seines Computers; Künstliche Intelligenz — echte Irritation* waren die bekanntesten Titel) verfaßt worden. Man war sich längst darüber einig, daß ein rauher Ton gegenüber Robotern nicht erwünscht war, auch wenn er zunächst folgenlos blieb. Er konnte nur allzu schnell auf zwischenmenschliche Beziehungen übergreifen.

Die *Falcon* war, wie im Flugplan vorgesehen, in den Orbit um Europa gegangen und umkreiste es in sicherer Entfernung von zweitausend Kilometern. Die Sichel des Riesenmondes beherrschte den Himmel, und auch der Bereich, der nicht von Luzifer beschienen wurde, erstrahlte im Licht der fernen Sonne so hell, daß jede Einzelheit deutlich zu erkennen war. Poole brauchte keine optischen Instrumente, um sein Zielgebiet an den immer noch vereisten Gestaden des Galileischen Meeres zu finden, nicht weit vom Gerippe des ersten Raumschiffs, das je auf dieser Welt gelandet war. Die Europaner hatten das chinesische Unglücksschiff längst ausgeschlachtet und alle Metallteile entfernt, doch es diente immer noch als Denkmal für seine Besatzung; auch hatte man pietätshalber die einzige 'Stadt' auf der ganzen Welt — auch wenn sie von Außerirdischen erbaut war — 'Tsienville' genannt.

Poole hatte sich vorgenommen, über dem Meer herunterzukommen und dann ganz langsam Tsienville anzusteuern — in der Hoffnung, man würde diese Form der Annäherung als freundlich, oder wenigstens nicht als feindselig interpretieren.

Ein ziemlich naiver Gedanke, wie er sich selbst eingestand, aber eine bessere Alternative war ihm nicht eingefallen.

Plötzlich, er hatte soeben die Tausend-Kilometer-Marke unterschritten, gab es eine Störung — nicht die erhoffte, aber doch eine, die nicht unerwartet kam.

"Hier Flugsicherungskontrolle Ganymed, wir rufen die *Falcon*. Sie sind von Ihrem Flugplan abgewichen. Bitte nennen Sie uns sofort die Gründe dafür."

Es fiel ihm nicht leicht, eine so dringende Aufforderung zu ignorieren, aber es war unter diesen Umständen doch wohl das beste.

Genau dreißig Sekunden und hundert Kilometer später wiederholte Ganymed seine Aufforderung. Wieder schwieg Poole — nicht aber die *Falcon*.

"Hast du dir das auch gut überlegt, Frank?" fragte das Shuttle. Poole hätte schwören können, daß die Computerstimme beunruhigt klang, obwohl er genau wußte, daß er sich das nur einbildete.

"Natürlich, *Falcon*. Ich weiß genau, was ich tue."

Das traf nun ganz gewiß nicht zu, und die nächste Lüge — diesmal vor einem sehr viel anspruchsvolleren Publikum — war jeden Augenblick fällig.

Am Rand des Armaturenbretts blinkten Lämpchen auf, die nur ganz selten aktiviert wurden. Poole lächelte zufrieden: Alles lief nach Plan.

"Hier Flugsicherungskontrolle Ganymed! *Falcon*, können Sie mich hören? Sie fliegen manuell, deshalb kann ich Ihnen nicht behilflich sein. Was ist los? Sie stürzen weiter auf Europa zu. Erbitte umgehend Meldung."

Poole wurde von leichten Gewissensbissen geplagt. Er war ziemlich sicher, die Stimme der Fluglotsin zu erkennen, es handelte sich um eine sehr charmante Dame, die er kurz nach seiner Ankunft in Anubis bei einem Empfang des Bürgermeisters kennengelernt hatte. Man hörte deutlich, wie aufgeregt sie war.

Plötzlich fiel ihm ein, wie er sie beruhigen — und zugleich eine Idee verfolgen konnte, die er bis dahin als komplett verrückt abgetan hatte. Vielleicht lohnte sich der Versuch, jedenfalls konnte er nichts schaden.

"Hier Frank Poole auf der *Falcon*. Mit mir ist alles in Ordnung — aber irgend etwas hat offenbar die Steuerung übernommen, das Shuttle wird von Europa angezogen. Ich hoffe, Sie können mich hören — ich werde die Verbindung halten, so lange es geht."

Er hatte die besorgte Fluglotsin wenigstens nicht direkt angelogen und konnte ihr, wenn er sie — hoffentlich — eines Tages wiedersah, mit reinem Gewissen gegenübertreten.

Jetzt mußte er nur immer weiterreden und möglichst überzeugend klingen, damit niemand merkte, wie er sich um die Wahrheit herumdrückte.

"Ich wiederhole, hier spricht Frank Poole an Bord des Shuttle *Falcon*. Wir stürzen auf Europa zu. Offenbar hat eine fremde Kraft die Kontrolle über mein Raumschiff übernommen. Ich rechne mit einer sicheren Landung.

Dave — hier spricht dein alter Schiffskamerad Frank. Bist du es, der mein Shuttle steuert? Ich habe Grund zu der Annahme, daß du dich auf Europa befindest."

Er hätte nicht im Traum mit einer Antwort gerechnet: Selbst der Flugsicherungskontrolle hatte es vor Schreck die Sprache verschlagen.

Und doch bekam er so etwas wie eine Reaktion. Die *Falcon* sank ungehindert weiter dem Galileischen Meer entgegen.

Europa lag nur fünfzig Kilometer unter ihm. Jetzt konnte Poole schon mit bloßem Auge den schmalen, schwarzen Streifen am Rand von Tsienville erkennen, wo der größte Monolith von allen Wache hielt — falls es tatsächlich das war, was er tat.

So nahe war dieser Welt seit tausend Jahren kein Mensch mehr gekommen.

25. Feuer in der Tiefe

Über Jahrmillionen war Europa eine Meereswelt gewesen. Eine Eiskruste hatte die verborgenen Wasser vor dem Vakuum des Weltraums geschützt. Zumeist war das Eis kilometerdick, doch an verschiedenen Schwachstellen war es aufgerissen und klaffte auseinander. Dort hatte ein kurzer Kampf zwischen zwei unversöhnlichen Elementen stattgefunden, die auf keiner anderen Welt im Sonnensystem direkt miteinander in Berührung kamen. Der Krieg zwischen Meer und Weltraum endete stets mit dem gleichen Patt; das freiliegende Wasser kochte und gefror zugleich und stellte den Eispanzer wieder her.

Ohne den Einfluß des nahegelegenen Jupiter wären Europas Meere schon vor langer Zeit bis auf den Grund zugefroren. Doch seine Schwerkraft knetete den Kern der kleinen Welt ununterbrochen; die gleichen Kräfte, die Io in Krämpfe versetzten, waren, freilich viel weniger heftig, auch hier am Werk. Überall in der Tiefe waren Spuren des Tauziehens zwischen dem Planeten und seinem Satelliten zu erkennen, das ständige Brüllen und Donnern submariner Erdbeben, das Zischen entweichender Gase aus dem Inneren, die Druckwellen von Lawinen, die mit Infraschallfrequenzen durch die Tiefseebecken fegten. Verglichen mit dem stürmischen Ozean, der Europa bedeckte, waren sogar die Meere der Erde still.

Hier und dort gab es in den Wüsten der Tiefe Oasen, die jeden terrestrischen Biologen in helle Begeisterung versetzt hätten. Sie erstreckten sich kilometerweit um ein Gewirr von Rohren und Kaminen, Ablagerungen von Mineralsolen, die aus dem Inneren hervorsprudelten. Oft bildeten sie natürliche Parodien auf gotische Schlösser, aus deren Mitte in langsamem Rhythmus wie von einem mächtigen Herzen schwarze, siedend heiße Flüssigkeiten emporgepumpt wurden. Genau wie Blut waren auch diese brodelnden Flüssigkeiten ein untrügliches Zeichen für das Vorhandensein von Leben.

Sie drängten die tödliche Kälte zurück, die von oben herabsickerte, und ließen auf dem Meeresboden Inseln der Wärme entstehen. Und sie förderten, was nicht minder wichtig war, aus Europas Innerem alle chemischen Zutaten des Lebens zutage. Solch fruchtbare Oasen, die Nahrung und Energie im Überfluß boten, hatte man im 20. Jahrhundert auch in den Ozeanen der Erde entdeckt. Doch hier waren sie in ungleich größerem Ausmaß und größerer Vielfalt vorhanden.

Zarte, spinnwebfeine Gebilde, die an Pflanzen erinnerten, gediehen in den 'tropischen' Zonen ganz nahe an den Wärmequellen. Dazwischen krochen bizarre Schnecken und Würmer umher, manche ernährten sich von den Pflanzen, andere bezogen ihre Nahrung direkt aus dem mineralgesättigten Wasser. In größerem Abstand vom submarinen Feuer, an dem sich alle Geschöpfe wärmten, gab es gedrungenere, robustere Organismen, vielleicht mit Krebsen oder Spinnen zu vergleichen.

Ganze Heerscharen von Biologen hätten ihr Leben damit zubringen können, eine einzige, kleine Oase zu studieren. Anders als die irdischen Meere des Paläozoikums war diese Umgebung nämlich nicht stabil, daher hatte die Evolution hier erstaunlich rasche Fortschritte gemacht und eine Unzahl der phantastischsten Formen hervorgebracht. Und alle existierten sie nur auf Widerruf; früher oder später, wenn die energiespendenden Kräfte sich verlagerten, würde jede dieser Lebensquellen schwächer werden und schließlich versiegen. Anzeichen solcher Tragödien fanden sich allenthalben auf Europas Meeresgrund. Zahllose kreisrunde Flecken waren übersät mit Skeletten und mineralverkrusteten Rückständen toter Lebewesen. Ganze Kapitel der Evolution waren hier aus dem Buch des Lebens getilgt worden. Einige hatten als einziges Andenken eine leere Schale hinterlassen, trompetenförmig gewunden und größer als ein Mensch. Muscheln gab es in vielen Formen — zweischalige und sogar dreischalige, aber auch metergroße, versteinerte Spiralen — genaue Abbilder der herrlichen Ammonshörner, die gegen Ende der Kreidezeit unter so rätselhaften Umständen aus den Meeren der Erde verschwunden waren.

Zu den größten Wundern der europanischen Tiefe gehörten die Ströme weißglühender Lava, die aus dem Innersten submariner Vulkane quollen. In dieser Tiefe war der Druck so hoch, daß das Wasser, wenn es mit dem rotglühenden Magma in Berührung kam, nicht zischend verdampfen konnte und die beiden Flüssigkeiten zu einem unruhigen Burgfrieden gezwungen waren.

Hier hatte sich auf einer anderen Welt und mit fremden Akteuren lange vor dem Erscheinen des Menschen ein ähnliches Drama abgespielt wie in Ägypten. Wie der Nil einem schmalen Wüstenstreifen Leben bringt, so hatte dieser Wärmestrom Europas Tiefen mit Leben erfüllt. An seinen Ufern war auf einem höchstens zwei Kilometer breiten Band eine Gattung nach der anderen entstanden, aufgeblüht und wieder verschwunden. Und einige hatten ein Denkmal hinterlassen.

Oft waren diese Denkmäler nur schwer von den natürlich entstandenen Formationen um die Thermalschächte zu unterscheiden, und selbst wo sie nicht auf chemische Prozesse zurückzuführen waren, konnte man nicht mit Sicherheit sagen, ob sie durch Instinkt oder durch Intelligenz entstanden waren. Die Termitenbauten auf der Erde waren nicht weniger imposant als die Gebilde im Inneren des einzigen, riesigen Ozeans, der diese Eiswelt bedeckte.

Entlang dieses schmalen, fruchtbaren Streifens in den Wüsten der Tiefe mochten ganze Kulturen, ja, Zivilisationen entstanden und wieder verschwunden sein, waren womöglich gewaltige Heerscharen unter dem Oberbefehl eines europanischen Tamerlan oder Napoleon marschiert — oder vielmehr geschwommen. Und der Rest der Welt hätte es nie erfahren, denn alle diese Wärmeoasen waren so isoliert voneinander wie die Planeten im Sonnensystem. Die Geschöpfe, die sich im Schein des Lavaflusses sonnten und rings um die Thermalschächte ihre Nahrung fanden, konnten die lebensfeindliche Wildnis zwischen den einsamen Inseln nicht überwinden. Jede dieser Kulturen — hätte sie jemals Historiker oder Philosophen hervorgebracht — wäre überzeugt gewesen, allein im Universum zu sein.

Und doch war nicht einmal der Raum zwischen den Oasen völlig ohne Leben; es gab Geschöpfe von solcher Zähigkeit, daß sie sogar den dort herrschenden Bedingungen getrotzt hatten. Häufig fanden sich die europanischen Gegenstücke zu den Fischen der Erde — stromlinienförmige Torpedos, angetrieben von vertikal stehenden Schwänzen, gesteuert von Flossen am Körper. Die Ähnlichkeit mit den erfolgreichsten Meeresbewohnern der Erde war unvermeidlich; wenn die Evolution vor den gleichen technischen Problemen steht, wird sie zwangsläufig auf sehr ähnliche Lösungen verfallen. Man denke an den Delphin und den Hai, die äußerlich fast identisch sind, obwohl sie von weit entfernten Ästen des Lebensbaumes abstammen.

Dennoch gab es einen sehr deutlichen Unterschied zwischen den Fischen der europanischen Meere und denen in irdischen Ozeanen: Die Fische auf Europa hatten keine Kiemen, denn die Gewässer, in denen sie schwammen, enthielten kaum eine Spur von Sauerstoff. Wie bei den Geschöpfen, die um die geothermischen Schächte der Erde lebten, basierte ihr Metabolismus daher auf Schwefelverbindungen, die in dieser vulkanischen Umgebung im Überfluß vorhanden waren.

Und nur sehr wenige besaßen Augen, denn abgesehen vom Flackerschein der Lavaergüsse und von der Biolumineszenz, die gelegentlich das Wasser erhellte, wenn ein Geschöpf auf Partnersuche war oder seine Beute jagte, war dies eine Welt ohne Licht.

Und eine Welt, die dem Untergang geweiht war. Nicht allein, weil ihre Kraftquellen nur sporadisch Energie abgaben und sich ständig verlagerten, auch die Gezeitenkräfte, die sie antrieben, wurden stetig schwächer. Selbst wenn die Europaner wirklich Intelligenz entwickelten, waren sie gefangen zwischen Feuer und Eis.

Und nur ein Wunder konnte sie vor dem Untergang retten, wenn ihre kleine Welt endgültig zufror.

Dieses Wunder hatte Luzifer bewirkt.

26. Tsienville

Mit gemächlichen hundert Stundenkilometern kam Poole über der Küste herein. Bis zum letzten Augenblick wartete er darauf, daß irgend jemand eingriff, aber nichts geschah, nicht einmal, als er langsam an der schwarzen, abweisenden Fassade der Großen Mauer entlangschwebte.

Der Name für den Europa-Monolithen war wie von selbst entstanden, denn im Gegensatz zu seinen kleinen Brüdern auf der Erde und auf dem Mond war er waagerecht aufgestellt, und seine Länge betrug mehr als zwanzig Kilometer. Doch obwohl er vom Volumen her buchstäblich milliardenmal größer war als TMA-0 und TMA-1, wies er genau die gleichen Proportionen auf — jenes faszinierende Verhältnis von 1:4:9, das im Lauf der Jahrhunderte zu so vielen numerologischen Spinnereien Anlaß gegeben hatte.

Da die Große Mauer fast zehn Kilometer hoch aufragte, klang die Theorie, sie diene unter anderem als Windschutz, um Tsienville vor den verheerenden Stürmen zu bewahren, die gelegentlich vom Galileischen Meer herüberfegten, durchaus einleuchtend. Seit sich das Klima stabilisiert hatte, waren diese Stürme zwar sehr viel seltener geworden, doch tausend Jahre zuvor hätten sie wohl alle Lebewesen davon abgehalten, den Ozean verlassen zu wollen.

Poole hätte den Tycho-Monolithen — den man ihm auf dem Flug zum Jupiter so sorgsam verheimlicht hatte — zu gern einmal besucht, aber nie die Zeit dazu gefunden. Und das zweite Exemplar in der Olduvai-Schlucht war infolge der Erdschwerkraft für ihn unerreichbar. Aber er hatte die beiden so oft auf Bildern gesehen, daß sie ihm vertrauter waren als die sprichwörtliche Westentasche (wobei sich ihm immer wieder die Frage aufdrängte, wieviele Leute ihre Westentasche im Zweifelsfall wohl tatsächlich erkennen würden). Bis auf ihre ungeheure Größe unterschied sich die Große Mauer in nichts von TMA-1 und TMA-0 — oder von dem 'Großen Bruder', dem die *Leonow* im Orbit um Jupiter begegnet war.

Wenn man einigen Theorien glaubte, die womöglich verrückt genug waren, um wahr zu sein, gab es nur einen archetypischen Monolithen, und alle anderen — ob groß oder klein — waren lediglich Projektionen oder Abbilder davon. Daran mußte Poole unwillkürlich denken, als sich die makellose, vollkommen glatte, ebenholzschwarze Fassade der Großen Mauer vor ihm auftürmte. Nach so vielen Jahrhunderten in diesem mehr als rauhen Klima müßte sie doch zumindest den einen oder anderen Schmutzflecken abbekommen haben! Aber sie war so blitzblank, als habe eben erst ein Heer von Fensterputzern jeden Zentimeter frisch gewienert.

Bisher hatte noch jeder Besucher von TMA-0 und TMA-1 den unwiderstehlichen Drang verspürt, diese scheinbar unberührte Oberfläche anzukratzen, aber gelungen war es noch keinem. Finger, Diamantbohrer oder Laserklingen — alles glitt von den Monolithen ab, als wären sie mit einem undurchdringlichen Schutzfilm überzogen. Oder — auch das eine populäre Theorie — als stünden sie nicht ganz in diesem Universum, sondern seien durch einen Millimeterbruchteil davon getrennt und damit unerreichbar.

Poole umkreiste die Große Mauer in aller Ruhe einmal, ohne daß sie irgendwie Notiz von ihm genommen hätte. Dann flog er das Shuttle — immer noch manuell, um sich vor weiteren 'Rettungsversuchen' der Flugsicherungskontrolle Ganymed zu schützen — bis an den Rand von Tsienville und schwebte auf der Suche nach einem Landeplatz reglos über dem Boden.

Der Blick durch das kleine Panoramafenster der *Falcon* war ihm vollkommen vertraut; er hatte die ganymedischen Aufzeichnungen oft genug studiert, ohne sich träumen zu lassen, daß er die Szene auch einmal in Wirklichkeit sehen würde. Von Stadtplanung hatten die Europaner offenbar noch nichts gehört; auf einem Quadratkilometer Fläche waren scheinbar wahllos Hunderte von halbkugelförmigen Gebäuden verteilt. Manche waren so klein, daß sogar menschliche Kinder nur mit Mühe darin Platz gefunden hätten, andere boten genügend Wohnraum

für eine Großfamilie, doch keines war höher als fünf Meter.
Und alle schimmerten sie gespenstisch im zweifachen Tageslicht, denn sie bestanden ausnahmslos aus ein- und demselben Material. Die Eskimos auf der Erde hatten, von ihrer kalten, werkstoffarmen Umgebung vor die gleiche Aufgabe gestellt, die gleiche Lösung gefunden; auch Tsienvilles Iglus waren aus Eis gebaut.

Anstelle von Straßen gab es Kanäle — sehr viel zweckmäßiger für Lebewesen, die das Amphibienstadium noch nicht ganz hinter sich gelassen hatten. Die Europaner kehrten offenbar nach wie vor zum Schlafen und auch, so glaubte man wenigstens, ohne es jedoch beweisen zu können, zur Nahrungsaufnahme und zur Paarung ins Wasser zurück.

Tsienville wurde bisweilen auch als 'Venedig aus Eis' bezeichnet, und Poole mußte zugeben, daß die Beschreibung paßte. Nur waren nirgendwo Venezianer zu sehen; die Stadt schien seit Jahren verlassen.

Noch etwas war rätselhaft: Obwohl Luzifer fünfzigmal heller schien als die ferne Sonne und immer am Himmel stand, hatten die Europaner ihren uralten Tag- und Nachtrhythmus beibehalten. Bei Sonnenuntergang kehrten sie ins Meer zurück, und bei Sonnenaufgang tauchten sie wieder auf — obwohl sich der Helligkeitspegel nur um wenige Prozent verändert hatte. Vielleicht gab es auf der Erde, wo der matte Mond das Verhalten vieler Lebewesen ebenso stark beeinflußte wie die sehr viel hellere Sonne, eine Parallele dazu.

In einer Stunde, wenn die Sonne aufging, würden Tsienvilles Bewohner an Land kommen und — für menschliche Verhältnisse sehr geruhsam — ihr Tagewerk beginnen. Die Biochemie der Europs basierte auf Schwefel und war nicht so energieintensiv wie die Sauerstoffverbrennung, die dem größten Teil der terrestrischen Lebewesen einheizte. Selbst ein Faultier lief schneller als ein Europ, wie also sollte man ein solches Lebewesen als potentielle Gefahr betrachten? Das war freilich nur die eine Seite der Medaille. Zum Ausgleich dafür würden alle

Kommunikationsversuche selbst bei bestem Willen beider Parteien notgedrungen zu einer langwierigen und entsetzlich mühsamen Angelegenheit werden.

Es wurde allmählich Zeit, dachte Poole, für die nächste Mitteilung an die Flugsicherungskontrolle Ganymed. Die Leute wurden sicher schon nervös. Wie mochte wohl Captain Chandler, sein heimlicher Bundesgenosse, die Lage meistern?

"*Falcon* ruft Ganymed. Wie Sie sehen, hält man mich — äh — direkt über Tsienville fest. Ich kann keinerlei Anzeichen von Feindseligkeit erkennen, und da hier noch Solarnacht herrscht, befinden sich alle Europs unter Wasser. Melde mich wieder, sobald ich gelandet bin."

Dim wäre stolz auf mich gewesen, dachte Poole, als er die *Falcon* sanft wie eine Schneeflocke auf einer glatten Eisfläche absetzte. Er verließ sich jedoch nicht auf die Tragfähigkeit des Eises, sondern stellte den Inertialantrieb so ein, daß das Shuttle nur einen Bruchteil seines Gewichts behielt — hoffentlich genug, um nicht vom nächsten Windstoß mitgenommen zu werden.

Nun war er also auf Europa — als erster Mensch seit tausend Jahren. Ob Armstrong und Aldrin wohl auch dieses Glücksgefühl verspürt hatten, als die *Eagle* damals die Mondoberfläche berührte? Wahrscheinlich waren sie viel zu sehr damit beschäftigt gewesen, die primitiven, völlig unintelligenten Systeme ihrer Mondfähre zu überprüfen.

Bei der *Falcon* ging das natürlich automatisch. Es war sehr still geworden in der kleinen Kabine, nur das unvermeidliche — beruhigende — Summen der wohltemperierten Elektronik war zu hören, und so erschrak Poole zu Tode, als ihn Chandlers Stimme — offensichtlich eine Aufzeichnung — aus seinen Gedanken riß.

"Du hast es also geschafft! Glückwunsch! Du weißt, daß für übernächste Woche der Rückflug zum 'Gürtel' angesetzt ist, aber bis dahin hast du ja wohl genügend Zeit.

Die *Falcon* wird fünf Tage warten, dann weiß sie, was sie zu tun hat und fliegt nach Hause, mit dir, oder ohne dich. Viel Glück!"

MISS PRINGLE
KRYPTO-PROGRAMM AKTIVIEREN
SPEICHERN
Hallo, Dim — vielen Dank für die Aufmunterung! Ich komme mir mit diesem Programm ziemlich albern vor — wie ein Geheimagent aus einem von den Spionagefilmen, die vor meiner Geburt so beliebt waren. Immerhin sind wir damit abhörsicher, und das ist vielleicht gut so. Hoffentlich hat Miss Pringle es auch richtig heruntergeladen ... natürlich, Miss P., das war nur ein Scherz.

Übrigens bombardieren mich alle Nachrichtenagenturen im Sonnensystem mit ihren Fragen. Bitte versuche, sie abzuwimmeln — oder verweise sie an Dr. Ted. Er wird sich ihrer mit Vergnügen annehmen ...

Nachdem Ganymeds Kamera mich ständig im Visier hat, brauche ich meine Zeit nicht damit zu verschwenden, dir zu erzählen, was ich sehe. Wenn alles gutgeht, müßte in wenigen Minuten etwas passieren — und dann wissen wir auch, ob es sinnvoll war, hier friedlich zu warten und die Europs zu begrüßen, wenn sie an die Oberfläche kommen ...

Was auch immer geschieht, es wird mich nicht so unerwartet treffen wie Dr. Chang und seine Kollegen damals vor tausend Jahren! Ich habe mir seine berühmten Letzten Worte kurz vor dem Start von Ganymed noch einmal angehört und muß gestehen, daß mir ein kalter Schauer über den Rücken gelaufen ist — man fragt sich unwillkürlich, ob sich etwas dergleichen wiederholen könnte ... so wie der arme Chang möchte ich jedenfalls nicht in die Unsterblichkeit eingehen!

Natürlich kann ich jederzeit starten, wenn etwas schiefgeht ... und eben ist mir noch eine interessante Idee gekommen ... Glaubst du, die Europs kennen so etwas wie Geschichtsschreibung — Aufzeichnungen irgendwelcher Art ... etwas, das sie daran erinnert, was sich vor tausend Jahren nur wenige Kilometer von hier ereignet hat?

27. Eis und Vakuum

"... Hier spricht Professor Chang. Ich bin auf Europa. Ich hoffe, Sie können mich hören, besonders Dr. Floyd — ich weiß, daß Sie an Bord der *Leonow* sind ... habe vielleicht nicht viel Zeit ... richte meine Raumanzugsantenne dorthin, wo ich glaube ... bitte Sie, diese Information zur Erde zu senden. *Tsien* vor drei Stunden zerstört. Ich bin der einzige Überlebende. Benütze das Funkgerät in meinem Raumanzug — keine Ahnung, ob es genügend Reichweite hat, aber es ist die einzige Chance. Bitte hören Sie genau zu ...
ES GIBT LEBEN AUF EUROPA. Ich wiederhole: ES GIBT LEBEN AUF EUROPA ...

Wir waren sicher gelandet, überprüften alle Systeme und legten die Schläuche aus, um möglichst schnell Wasser in unsere Treibstofftanks zu pumpen ... für den Fall, daß wir rasch wieder starten müßten.

Alles lief nach Plan ... fast zu schön, um wahr zu sein. Die Tanks waren beinahe zur Hälfte voll, als Dr. Lee und ich hinausgingen, um die Isolierung der Rohre zu überprüfen. Die *Tsien* steht — stand — etwa dreißig Meter vom Rand des Großen Kanals entfernt. Die Rohre führten direkt von ihr weg und durch das Eis nach unten. Es ist sehr dünn — man kann sich nicht verlassen, daß es trägt.

Jupiter war zu einem Viertel voll, und wir hatten fünf Kilowatt Beleuchtung auf dem Schiff aufgereiht. Sah aus wie ein Weihnachtsbaum — spiegelte sich im Eis, prachtvolle Farben ...

Lee sah es als erster — eine riesige, dunkle Masse, die aus den Tiefen aufstieg. Dachten zuerst, es sei ein Schwarm Fische — zu groß für einen einzigen Organismus — dann fing es an, das Eis zu durchbrechen, und kam auf uns zu.

Es sah aus wie riesige Strähnen nassen Seetangs, die über den Boden krochen. Lee rannte zum Schiff zurück, um eine Kamera zu holen — ich blieb stehen, beobachtete es und berichtete über Funk. Das Wesen bewegte sich so langsam, daß ich ihm mühelos entkommen konnte. Ich war eher aufgeregt als erschrocken. Dachte, ich wüßte, um was für eine Art von Geschöpf es sich handelte — ich habe Bilder von Seetangwäldern vor Kalifornien gesehen — aber ich lag völlig falsch.

... ich erkannte, daß es in Schwierigkeiten war. Es konnte unmöglich eine Temperatur überstehen, die einhundert Grad unter der seines normalen Lebensraums lag. Es gefror durch und durch, während es vorwärtskroch — einzelne Stücke brachen ab wie Glas — aber es näherte sich dem Schiff unaufhaltsam, eine schwarze Flutwelle, die langsamer und langsamer wurde.

Ich war immer noch so überrascht, daß ich nicht klar denken konnte, und so kam ich auch nicht darauf, was es eigentlich vorhatte. Obwohl es weiter auf die *Tsien* zusteuerte, erschien es mir völlig harmlos, wie — wie ein wanderndes Wäldchen. Ich lächelte noch — weil es mich an den Wald von Burnham in *Macbeth* erinnerte ...

Dann kam mir plötzlich die Gefahr zu Bewußtsein. Selbst wenn es völlig harmlos sein sollte — es war doch schwer — mitsamt dem Eis muß es selbst bei der niedrigen Schwerkraft hier mehrere Tonnen gewogen haben. Und nun erkletterte es langsam und mit sichtlicher Mühe unser Fahrgestell ... die Landestelzen knickten langsam ein — alles in Zeitlupe, wie in einem Traum — einem Alptraum ...

Erst als das Schiff sich seitwärts neigte, erkannte ich, was das Wesen wollte — aber da war es schon zu spät. Wir hätten uns retten können — wenn wir nur diese Lichter ausgeschaltet hätten!

Vielleicht ist es ein Phototrop, und sein biologischer Zyklus wird durch das Sonnenlicht ausgelöst, das durch das Eis einsickert. Oder es wurde vom Licht angezogen wie eine Motte. Unsere Scheinwerfer müssen viel heller gewesen sein als alles, was es auf Europa jemals gegeben hat, heller sogar als die Sonne ...

Dann brach das Schiff auseinander. Ich sah, wie sich der Rumpf spaltete, wie sich eine Wolke von Schneeflocken bildete, als die Feuchtigkeit kondensierte. Alle Scheinwerfer gingen aus, nur einer schwang noch ein paar Meter über dem Boden an einem Kabel hin- und her.

Ich weiß nicht mehr, was unmittelbar danach geschah. Als nächstes erinnere ich mich, daß ich neben dem Schiffswrack unter dem Licht stand. Ringsum war alles mit feinem Schnee überpudert. Meine Fußstapfen waren deutlich zu erkennen. Ich muß wohl hingelaufen sein; vielleicht waren nicht mehr als ein oder zwei Minuten vergangen ...

Die Pflanze — ich hielt es immer noch für eine Pflanze — regte sich nicht. Vielleicht hatte sie beim Aufprall Schaden gelitten; große Teile, so dick wie der Arm eines Mannes, waren abgebrochen wie Äste von einem Baum.

Dann setzte sich der Hauptstamm wieder in Bewegung. Er zog sich vom Schiffsrumpf zurück und kroch auf mich zu. Jetzt wußte ich mit Sicherheit, daß das Wesen lichtempfindlich war: Ich stand direkt unter der Tausendwattlampe, die inzwischen zu schwingen aufgehört hatte.

Stellen Sie sich eine Eiche vor — noch besser, einen Banyan mit seinen vielen Stämmen und Luftwurzeln, der durch die Schwerkraft flachgepreßt ist und versucht, über den Boden zu kriechen. Das Wesen kam bis auf fünf Meter an das Licht heran, dann begann es, sich auszubreiten, bis es einen vollständigen Kreis um mich gebildet hatte. Vermutlich war damit seine Toleranzgrenze erreicht — der Punkt, an dem sich die Photoanziehung in Abstoßung verkehrte.

Danach geschah mehrere Minuten lang nichts. Ich fragte mich, ob es endlich tot war — steifgefroren.

Dann begannen sich auf vielen Ästen große Knospen zu bilden. Es war, als sähe man in einem Zeitrafferfilm Blumen aufblühen. Ich dachte tatsächlich, es seien Blumen — jede etwa so groß wie der Kopf eines Menschen.

Zarte Membranen in wundervollen Farben entfalteten sich.

Selbst jetzt schoß mir noch durch den Sinn, daß niemand —
kein *lebendes* Wesen, diese Farben je gesehen haben konnte,
bevor wir mit unseren Lichtern — unseren tödlichen Lichtern
— auf diese Welt kamen.

Ranken, Staubfäden, die sanft hin- und herschwankten ...
Ich ging hinüber zu der lebenden Wand, die mich umgab, um
mir genauer anzusehen, was da passierte. Angst hatte ich
nicht vor dem Geschöpf, weder zu diesem, noch zu irgendeinem anderem Zeitpunkt. Ich war überzeugt davon, daß es
nicht bösartig war — falls es überhaupt so etwas wie ein Bewußtsein besaß.

Es gab Dutzende von diesen großen Blüten in verschiedenen
Stadien der Entfaltung. Jetzt erinnerten sie mich an Schmetterlinge, die gerade aus der Puppe schlüpfen — mit zerknitterten Flügeln und noch geschwächt — ich kam der Wahrheit
immer näher.

Aber sie erfroren, starben so schnell, wie sie entstanden waren, und fielen, eine nach der anderen, von den Mutterknospen ab. Ein paarmal warfen sie sich noch herum wie Fische auf
dem Trockenen — und dabei kam mir endlich die Erleuchtung: Die Membranen waren keine Blütenblätter — sondern
Flossen oder etwas Entsprechendes, und dies war das freischwimmende Larvenstadium des Geschöpfs. Wahrscheinlich verbringt es den größten Teil seines Daseins fest
verwurzelt auf dem Meeresgrund und schickt nur irgendwann
seine bewegliche Nachkommenschaft auf die Suche nach neuen Lebensräumen aus. Wie die Korallen in den Ozeanen der
Erde.

Ich kniete nieder, um eines der kleinen Geschöpfe genauer
zu untersuchen. Die herrlichen Farben verblaßten jetzt zu einem stumpfen Braun. Einige der Blütenblatt-Flossen waren
abgebrochen und gefroren zu spröden, harten Scherben. Aber
das Wesen bewegte sich immer noch ein wenig, und als ich näherkam, versuchte es, mir auszuweichen. Ich fragte mich, wie
es mich überhaupt wahrnehmen konnte.

Dann fiel mir auf, daß die *Staubfäden* — wie ich sie genannt hatte — an den Spitzen leuchtendblaue Punkte trugen. Sie sahen aus wie winzige Sternsaphire — oder wie die blauen Augen auf der Schale einer Kammuschel — lichtempfindlich, aber nicht fähig, Bilder zu formen. Vor meinen Augen verblaßte das lebhafte Blau, die Saphire wurden zu matten, gewöhnlichen Steinen ...

Dr. Floyd — oder wer mich sonst hört — ich habe nicht mehr viel Zeit; soeben hat mein Lebenserhaltungssystem erstmals Alarm gegeben. Aber ich bin fast fertig.

Ich wußte jetzt, was ich zu tun hatte. Das Kabel des Tausendwattscheinwerfers hing beinahe bis auf den Boden. Ich zog ein paarmal daran, es gab einen Funkenregen, und das Licht erlosch.

Vielleicht war es schon zu spät gewesen. Minutenlang geschah gar nichts. Da ging ich auf den Ring aus verschlungenen Zweigen zu, der mich einschloß, und trat mit dem Fuß dagegen.

Das Geschöpf begann sich langsam zu entflechten und zog sich zum Kanal zurück. Ich folgte ihm und spornte es mit weiteren Fußtritten an, wenn es langsamer wurde. Bei jedem Schritt knirschten die gefrorenen Bruchstücke unter meinen Stiefeln ... Je näher es dem Kanal kam, desto mehr Kraft und Energie schien es zu gewinnen, als wisse es, daß es in seinen natürlichen Lebensraum zurückkehrte. Vielleicht würde es überleben und neue Knospen treiben.

Dann tauchte es unter. Nur ein paar letzte, tote Larven blieben auf dem für sie fremden Land zurück. Das offene Wasser sprudelte ein paar Minuten lang, bis sich eine Eiskruste gebildet hatte und es vor dem Vakuum schützte. Ich kehrte zum Schiff zurück, um nachzusehen, ob es etwas zu bergen gab — aber darüber möchte ich nicht sprechen.

Zwei Wünsche habe ich noch, Doktor. Wenn die Taxonomen dieses Geschöpf klassifizieren, wäre es schön, wenn sie es nach mir benennen würden.

Und — wenn das nächste Schiff nach Hause fliegt — bitten Sie es, unsere sterblichen Überreste nach China zurückzubringen.

Meine Energiereserven werden in wenigen Minuten erschöpft sein — ich wüßte gerne, ob jemand mich gehört hat. Ich werde die Botschaft jedenfalls wiederholen, so lange ich kann ...

Hier spricht Professor Chang auf Europa, ich melde die Zerstörung des Raumschiffs *Tsien*. Wir sind neben dem Großen Kanal gelandet und haben unsere Pumpen am Rand des Eises aufgebaut — "

28. Die kleine Dämmerung

MISS PRINGLE
AUFZEICHNUNG

Da kommt die Sonne! Seltsam — daß sie auf dieser langsam rotierenden Welt so schnell aufgeht! Natürlich, natürlich — die Scheibe ist so klein, daß sie im Handumdrehen über den Horizont hüpft ... Nicht daß sich das Licht groß verändern würde — wenn man in eine andere Richtung schaute, würde man gar nicht bemerken, daß noch eine zweite Sonne am Himmel steht.

Hoffentlich haben es wenigstens die Europs bemerkt. Normalerweise brauchen sie nach der Kleinen Dämmerung keine fünf Minuten, um an Land zu kommen. Vielleicht wissen sie ja schon, daß ich hier bin, und haben Angst ...

Nein — vielleicht sind sie ganz im Gegenteil neugierig — können es gar nicht erwarten, den fremden Besucher zu begutachten, der nach Tsienville gekommen ist ... ich will es hoffen ...

Da kommen sie! Hoffentlich sehen eure Spionagesatelliten auch zu — die Kameras der *Falcon* zeichnen auf ...

Wie langsam sie sind! Es wird sicher sehr mühselig werden, sich mit ihnen verständigen zu wollen ... selbst wenn sie bereit sein sollten, mit mir zu sprechen ...

Sehen mehr oder weniger so aus wie das Wesen, das damals die *Tsien* umgekippt hat, nur viel kleiner ... Sie erinnern mich an kleine Bäume, die auf einem halben Dutzend schlanker Stämme gehen. Mit hunderten von Ästen, die sich immer weiter verzweigen. Viele von unseren Allzweckrobotern sind ebenso gebaut ... wir haben lange gebraucht, um zu begreifen, daß die imitierten Humanoiden viel zu unbeholfen waren und man mit möglichst vielen kleinen Manipulatoren am besten fährt! Warum müssen wir eigentlich jedesmal, wenn wir eine tolle Erfindung machen, wieder feststellen, daß Mutter Natur uns zuvorgekommen ist ...

Die Kleinen sind richtig niedlich — wie winzige Sträucher

auf Wanderschaft. Wie sie sich wohl vermehren — durch Knospen? So schön hätte ich sie mir nicht vorgestellt. Fast so bunt wie die Fische im Korallenriff — vielleicht aus den gleichen Gründen ... um Partner anzulocken oder Raubtiere zu täuschen, indem man vorgibt, etwas anderes zu sein ...

Sagte ich vorhin, sie sehen aus wie Sträucher? Eher wie Rosenbüsche — sie haben doch tatsächlich Dornen! Sicher gibt es dafür einen guten Grund ...

Ich bin enttäuscht. Sie haben mich offenbar gar nicht bemerkt. Strömen alle in die Stadt, als käme jeden Tag ein Raumschiff zu Besuch ... jetzt sind nur noch ein paar übrig ... ich habe eine Idee ... vielleicht funktioniert es ... Schallschwingungen werden sie ja wohl wahrnehmen können — die meisten Meerestiere können das — aber vielleicht ist die Atmosphäre zu dünn, und meine Stimme trägt nicht weit genug ...

FALCON — AUSSENLAUTSPRECHER ...

HALLO, KÖNNT IHR MICH HÖREN? ICH HEISSE FRANK POOLE ... ÄHEM ... ICH KOMME IN FRIEDEN, IM AUFTRAG DER GANZEN MENSCHHEIT ...

Finde mich ziemlich albern, aber hat jemand einen besseren Vorschlag? Und fürs Protokoll macht es sich nicht schlecht ...

Niemand nimmt Notiz von mir. Groß und klein, alles kriecht auf die Iglus zu. Was sie wohl machen, wenn sie dort ankommen — vielleicht sollte ich ihnen folgen. Ich sähe da keinerlei Gefahr — ich bin so viel schneller.

Eben ist mir eine kuriose Erinnerung durch den Kopf geschossen. Alle diese Scharen, die sich in die gleiche Richtung bewegen — wie die Pendlermassen, die sich zweimal täglich zwischen Wohnort und Arbeitsstätte hin- und herwälzten, bevor die Elektronik diesem Unsinn ein Ende machte.

Ein letzter Versuch, bevor sie alle verschwunden sind ...

HALLO — HIER SPRICHT FRANK POOLE, EIN BESUCHER VOM PLANETEN ERDE. KÖNNT IHR MICH HÖREN?

ICH HÖRE DICH, FRANK. HIER SPRICHT DAVE.

29. Gespenster in der Maschine

Zuerst war Frank Poole vollkommen verblüfft, doch dann hätte er am liebsten laut gejubelt. Eigentlich hatte er nie so recht geglaubt, daß es tatsächlich zu einem Kontakt mit den Europs oder dem Monolithen kommen würde. Er hatte sich sogar schon ausgemalt, wie er frustriert mit dem Fuß gegen die riesige, schwarze Mauer trat und schrie: "Ist denn keiner zu Hause?"

Warum war er eigentlich so erstaunt? Wahrscheinlich hatte ihn irgendeine Intelligenzform seit dem Start von Ganymed überwacht und ihm die Landung gestattet. Er hätte auf Ted Khan hören sollen.

"Dave", sagte er langsam, "bist du es wirklich?"

Wer soll es denn sonst sein? dachte er bei sich. Trotzdem hatte die Frage ihren Sinn. Die Stimme aus dem kleinen Lautsprecher am Armaturenbrett der *Falcon* hatte so eigenartig mechanisch und unpersönlich geklungen.

"Ja, Frank. Ich bin Dave."

Eine winzige Pause trat ein, dann fuhr die gleiche Stimme genau im gleichen Tonfall fort:

"Hallo, Frank. Hier ist HAL."

MISS PRINGLE

AUFZEICHNUNG

Indra, Dim — ich bin nur froh, daß ich alles festgehalten habe, ihr würdet mir sonst kein Wort glauben ...

Wahrscheinlich stehe ich noch unter Schock. Erstens, wie soll ich mit jemandem umgehen, der mich töten wollte — der mich getötet hat! — auch wenn es tausend Jahre her ist! Wobei ich heute allerdings begreife, daß es nicht HALs Schuld war. Niemand war schuld daran. Ich kenne da eine Maxime, die sich schon oft bewährt hat: 'Halte nie für böse Absicht, was lediglich Unfähigkeit ist.' Wie soll ich auf einen Haufen Programmierer wütend sein, die ich gar nicht kenne, und die seit Jahrhunderten tot sind?

Nur gut, daß die Aufzeichnung chiffriert ist, ich weiß nämlich nicht, wie man sie verwerten sollte. Womöglich ist vieles, was ich euch erzähle, vollkommener Unsinn. Ich leide schon jetzt unter Informationsüberlastung und mußte Dave bitten, sich eine Weile zurückzuziehen — nachdem ich zuerst Himmel und Hölle in Bewegung gesetzt hatte, um ihn zu finden! Aber ich glaube nicht, daß er gekränkt ist: ich weiß ja nicht einmal, ob er überhaupt noch so etwas wie Gefühle hat ...

Was er ist — gute Frage! Er ist tatsächlich Dave Bowman, nur wurde das, was ihn zum Menschen macht, zum größten Teil eliminiert — wie — äh — wie wenn man ein Buch oder einen technischen Aufsatz zusammenfaßt. Versteht ihr — ein solcher Abriß kann alle wichtigen Informationen enthalten — aber keine Spur von der Persönlichkeit des Autors. Trotzdem gab es Augenblicke, in denen ich glaubte, noch etwas von dem alten Dave zu spüren. Dabei ginge es sicher zu weit zu sagen, er habe sich über das Wiedersehen gefreut — maßvolle Genugtuung wäre wohl eher der richtige Ausdruck ... Ich selbst bin immer noch völlig verwirrt. Als hätte ich nach langer Trennung einen alten Freund wiedergetroffen und festgestellt, daß er ein ganz anderer geworden ist. Immerhin sind tausend Jahre vergangen — und wer weiß, was er inzwischen alles erlebt hat? Wobei er, wie ihr bald sehen werdet, durchaus versucht, einiges davon mit mir zu teilen.

Und HAL — auch er ist da, keine Frage. Meistens kann ich nicht auseinanderhalten, wer von den beiden mit mir spricht. Gibt es in der medizinischen Literatur nicht das Syndrom der Multiplen Persönlichkeitsspaltung? Vielleicht geht das hier in die gleiche Richtung.

Ich habe ihn gefragt, was sie beide zu dem gemacht hat, was sie sind, und er — sie — verdammt, HALman! — hat versucht, es mir zu erklären. Ich will es wiederholen — mag sein, daß ich nicht alles richtig wiedergebe, jedenfalls ist es die einzige, halbwegs plausible Hypothese, die ich derzeit habe.

Der Monolith — in seinen verschiedenen Erscheinungsformen — ist natürlich der Schlüssel — nein, das ist das falsche Wort — hat irgend jemand nicht einmal gesagt, er sei das kosmische Gegenstück zum guten, alten Schweizer Offiziersmesser? Ich habe übrigens festgestellt, daß es die Dinger immer noch gibt, obwohl die Schweiz und ihr Bundesheer schon vor Jahrhunderten verschwunden sind. Er ist ein Allzweckgerät, das alles kann, was es will. Oder wozu es programmiert wurde ...

Damals, vor vier Millionen Jahren in Afrika, hat er uns besagten Tritt in den evolutionären Hintern gegeben, ob das nun gut für uns war oder nicht. Sein Bruder auf dem Mond hat dann so lange gewartet, bis wir aus der Wiege gekrochen waren. Das hatten wir ja bereits erraten, und Dave hat es bestätigt.

Ich sagte, er hat kaum noch menschliche Empfindungen, aber er ist immer noch neugierig — er will lernen. Und dazu hatte er eine sagenhafte Gelegenheit!

Als der Jupiter-Monolith ihn absorbierte — ein besseres Wort fällt mir nicht ein — hat er sozusagen sein blaues Wunder erlebt. Der Monolith hat Dave zwar benützt — sowohl als menschliches Meerschweinchen wie als Sonde zur Erforschung der Erde —, aber er wurde seinerseits von Dave ausgehorcht. Mit HALs Hilfe — und wer verstünde einen Supercomputer besser als ein Artgenosse? — hat Dave die Speicher erforscht und sich bemüht, den Zweck dieses Wunderwerks zu ergründen.

Was nun kommt, ist schwer zu glauben. Der Monolith ist eine Maschine mit geradezu phantastischen Fähigkeiten — man denke nur daran, was er mit dem Jupiter angestellt hat! —, aber auch nicht mehr als das. Er läuft auf Automatik; er hat kein Bewußtsein. Ich hatte mir einmal vorgestellt, ich müßte gegen die Große Mauer treten und rufen: "Ist da jemand?" Die richtige Antwort hätte lauten müssen — nein, nur Dave und HAL ...

Schlimmer noch, es könnte sein, daß im Laufe der Zeit einige seiner Systeme ausgefallen sind; Dave hat sogar angedeutet, er sei in grundlegenden Bereichen geradezu vertrottelt! Vielleicht hat man ihn zu lange sich selbst überlassen — und die nächste Inspektion ist längst überfällig.

Außerdem glaubt Dave, dem Monolithen sei mindestens eine Fehleinschätzung unterlaufen. Vielleicht ist das nicht das richtige Wort — es kann auch eine sehr bewußte, sorgfältig überlegte Maßnahme gewesen sein.

Jedenfalls war sie — nun, ungeheuerlich, und sie hatte erschreckende Konsequenzen. Zum Glück habe ich einen Beweis dafür, so könnt ihr euch selbst ein Bild machen. Ja, es war vor tausend Jahren, damals, als die *Leonow* ihre Jupitermission flog. Und die ganze Zeit über hat niemand Verdacht geschöpft ...

Ich bin euch wirklich dankbar für den Zerebralhelm. Unentbehrlich war er natürlich von Anfang an — ich weiß gar nicht mehr, wie ich früher ohne ihn zurechtgekommen bin — doch jetzt leistet er etwas, wofür er nicht vorgesehen ist. Und er macht seine Sache ausgezeichnet.

HALman brauchte etwa zehn Minuten, um herauszufinden, wie er funktioniert, und um ein Interface einzurichten. Jetzt stehen wir in telepathischer Verbindung — was für mich ganz schön anstrengend ist, kann ich euch sagen. Immer wieder muß ich die beiden bitten, ihr Tempo zu reduzieren und wie mit einem Kleinkind zu sprechen. Oder vielmehr zu denken ...

Ich weiß nicht, wie gut sich das Folgende, eine tausend Jahre alte Aufzeichnung von Daves eigenen Erlebnissen, übertragen läßt. Sie war im riesigen Speicher des Monolithen abgelegt, Dave hat sie ausfindig gemacht und — fragt mich nicht, wie — in meinen Zerebralhelm überspielt. Dann wurde sie zur Zentralstation Ganymed gesendet und schließlich zu euch abgestrahlt. Puh. Hoffentlich bekommt ihr beim Herunterladen keine Kopfschmerzen.

Ich übergebe jetzt an Dave Bowman auf dem Jupiter, zu Beginn des 21. Jahrhunderts ...

30. Raumlandschaft aus Gas und Schaum

Die Millionen Kilometer langen Ranken magnetischer Kraft, die explodierenden Funkwellen, die Geysire elektrifizierten Plasmas, die größer waren als der Planet Erde — all das war für ihn so wirklich und so deutlich sichtbar wie die Wolken, die den Planeten mit prächtigen, vielfarbigen Streifen versahen. Er durchschaute das komplexe Muster ihrer Beziehungen zueinander und erkannte, daß der Jupiter viel größere Wunder barg, als irgend jemand vermutet hätte.

Noch während er durch das brüllende Herz des Großen Roten Flecks stürzte, während die Blitze seiner Kontinente umspannenden Gewitter rings um ihn detonierten, wußte er, warum dieser Fleck Jahrhunderte überdauert hatte, obwohl er aus Gasen bestand, die viel weniger Substanz besaßen als jene, die die Hurrikane auf der Erde bildeten. Das dünne Kreischen des Wasserstoffwindes verklang, als er in die ruhigeren Tiefen glitt, und ein Hagel wächserner Schneeflocken — ein Teil ballte sich schon zu kaum greifbaren Bergen aus Kohlenwasserstoffschaum zusammen — senkte sich von den Höhen auf ihn herab. Es war bereits warm genug für flüssiges Wasser, doch es gab keine Ozeane; die dünne Gasatmosphäre war zu schwach, um sie halten zu können.

So glitt er durch eine Wolkenschicht nach der anderen, bis er in ein Gebiet von solcher Transparenz kam, daß sogar das menschliche Auge einen Bereich von mehr als tausend Quadratkilometern hätte überschauen können. Es war nur ein kleinerer Wirbel im gewaltigen Kreis des Großen Roten Flecks; und er enthielt ein Geheimnis, das die Menschen längst vermutet, aber nie bewiesen hatten.

Am äußersten Rand der dahintreibenden Schaumberge bewegten sich Myriaden von kleinen, scharf umrissenen Wolken, alle etwa von gleicher Größe und mit ähnlichen roten und braunen Flecken gesprenkelt. Klein konnte man sie freilich nur im Verhältnis zu den gigantischen Ausmaßen ihrer Umgebung nennen;

die allerkleinste davon hätte eine mittelgroße Stadt bedeckt.

Diese Wolken waren eindeutig lebendig, denn sie schwebten langsam und zielbewußt an den Flanken der Gasberge entlang und weideten deren Hänge ab wie gewaltige Schafe. Und sie kommunizierten miteinander auf der Meterfrequenz; schwach, aber deutlich hoben sich ihre Funkstimmen gegen Jupiters eigenes Knistern und seine Erschütterungen ab.

Sie waren nichts anderes als lebende Gassäcke, deren Lebensraum sich auf die schmale Zone zwischen eisigen Höhen und sengenden Tiefen beschränkte. Schmal, ja — und doch sehr viel größer als die gesamte Biosphäre der Erde.

Und sie waren nicht allein. Zwischen ihnen bewegten sich flink andere Geschöpfe, so klein, daß man sie leicht hätte übersehen können. Einige glichen irdischen Flugzeugen auf beinahe unglaubliche Weise in Größe und Form. Aber auch sie waren lebendig — vielleicht Räuber, vielleicht Parasiten, vielleicht sogar Hirten.

Ein ganz neues Kapitel der Evolution, so fremd wie jenes, das er auf Europa flüchtig erblickt hatte, tat sich vor ihm auf. Düsengetriebene Torpedos ähnlich den Tintenfischen in den Meeren der Erde jagten und verschlangen die riesigen Gassäcke. Doch die Ballone waren nicht wehrlos; einige verteidigten sich mit elektrischen Donnerkeilen und klauenbewehrten Fühlern, die an kilometerlange Kettensägen erinnerten.

Es gab noch seltsamere Formen, nahezu jede Möglichkeit der Geometrie wurde ausgeschöpft — bizarre, durchscheinende Drachen, Tetraeder, Kugeln, Polyeder, wirre Bänderknäuel ... sie stellten das gewaltige Plankton der Jupiteratmosphäre dar, dazu bestimmt, wie Spinnweben in den aufsteigenden Strömungen dahinzuschweben, bis sie alt genug waren, um sich fortzupflanzen; dann wurden sie in die Tiefen hinabgefegt, um dort zu Kohle verbrannt und einer neuen Generation einverleibt zu werden.

Er durchforschte eine Welt, die mehr als hundertfach die Fläche der Erde aufwies, und obwohl er viele Wunder schaute, deutete nichts auf intelligentes Leben hin. Die Funkstimmen der großen Ballone übermittelten nur einfache Warn- oder Angstbotschaften. Selbst die Jäger, von denen man einen höheren Organisationsgrad hätte erwarten können, waren nur gedankenlose Automaten wie die Haie in den Meeren der Erde.

Und all ihrer atemberaubenden Größe und Neuartigkeit zum Trotz war die Biosphäre des Jupiter eine zerbrechliche Welt aus Gas und Schaum, aus zarten Seidenfäden und papierdünnen Geweben, durch Blitze gesponnen aus dem ständigen Schneefall petrochemischer Verbindungen in der oberen Atmosphäre. Nur wenige der Gebilde waren widerstandsfähiger als Seifenblasen; selbst die schrecklichsten Räuber wären von den schwächsten Raubtieren der Erde mühelos in Stücke gerissen worden.

Wie Europa, aber in viel höherem Maße, war Jupiter eine evolutionäre Sackgasse. Hier würde niemals Bewußtsein entstehen — und wenn, dann wäre es zu einer kümmerlichen Existenz verdammt. Eine Gaszivilisation mochte sich entwickeln, doch konnte sie in einer Umgebung, wo Feuer unmöglich war und kaum feste Stoffe existierten, niemals auch nur das Steinzeitstadium erreichen.

31. Die Kinderschuhe

MISS PRINGLE
AUFZEICHNUNG

Indra - Dim — hoffentlich habt ihr auch alles gut hereinbekommen — ich kann es immer noch kaum fassen. So viele phantastische Geschöpfe — wir hätten die Funkstimmen zumindest empfangen müssen, auch wenn wir sie nicht verstanden hätten! — und alle wurden sie mit einem Schlag ausgelöscht, damit Jupiter zur Sonne werden konnte.

Jetzt wissen wir auch, warum. Die Europs sollten ihre Chance bekommen. Welch erbarmungslose Logik: ist Intelligenz denn das einzige, was zählt? Ich sehe schon, mir stehen endlose Streitgespräche mit Ted Khan bevor —

Die nächste Frage lautet: werden die Europs die Prüfung bestehen — oder ist es ihr Schicksal, für immer in den Kinderschuhen steckenzubleiben? Tausend Jahre sind keine lange Zeit, trotzdem würde man gewisse Fortschritte erwarten. Laut Dave sind sie jedoch noch immer auf dem gleichen Stand wie damals, als sie das Meer verließen. Vielleicht liegt es auch daran, daß sie immer noch mit einem Bein — oder vielmehr einem Ast! — im Wasser stehen.

Noch etwas haben wir völlig falsch verstanden. Wir dachten, sie kehren zum Schlafen ins Meer zurück. Dabei ist es genau umgekehrt — sie essen dort und schlafen, wenn sie an Land kommen! Eigentlich hätten wir es ihrem Körperbau ansehen müssen — dieses Netzwerk von Ästen — sie sind Planktonfresser ...

Ich habe Dave gefragt: "Was ist mit den Iglus, die sie gebaut haben. Ist das kein technischer Fortschritt?" Und er meinte: eigentlich nicht — es sind mehr oder weniger die gleichen Gebäude, die sie auf dem Meeresgrund errichten, um sich vor diversen Räubern zu schützen — besonders vor einem Wesen, das aussieht wie ein fliegender Teppich von der Größe eines Fußballfelds ...

Auf einem Gebiet haben sie jedoch Initiative — sogar Kreativität bewiesen. Sie sind begeistert von Metallen, vermutlich deshalb, weil diese in reiner Form im Meer nicht vorkommen. Deshalb haben sie die *Tsien* ausgeschlachtet — ebenso wie die Sonden, die gelegentlich in ihrer Nähe gelandet sein müssen.

Und was fangen sie mit dem gesammelten Kupfer, dem Beryll und dem Titan nun an? Nichts Sinnvolles, wie ich leider sagen muß. Sie tragen alles an einer Stelle zusammen und errichten einen bizarren Haufen, der immer wieder umgestaltet wird. Vielleicht entwickeln sie dabei so etwas wie einen Sinn für Ästhetik — ich habe im *Museum of Modern Art* schon Schlimmeres gesehen ... Aber ich habe eine andere Theorie — habt ihr jemals vom Cargo-Kult gehört? Im 20. Jahrhundert bauten einige von den primitiven Stämmen, die es damals noch gab, Flugzeugattrappen aus Bambus, in der Hoffnung, damit die großen Vögel am Himmel anzulocken, die ihnen manchmal so herrliche Geschenke brachten. Vielleicht hängen die Europs ähnlichen Vorstellungen an.

Und jetzt zu der Frage, die ihr mir immer wieder stellt: Was ist Dave? Und wie sind er — und HAL — zu dem geworden, was immer sie heute sind?

Es gibt natürlich eine einfache Antwort: sie sind beide Emulationen — Simulationen — im gigantischen Speicher des Monolithen. Die meiste Zeit sind sie inaktiv; als ich Dave danach fragte, sagte er, in den tausend Jahren seit seiner, äh, Metamorphose sei er nur fünfzig Jahre — wörtlich — 'wach' gewesen.

Als ich wissen wollte, ob es ihn störe, daß jemand anderer sein Leben übernommen habe, meinte er: "Warum sollte es mich stören? Ich kann meine Aufgaben doch optimal erfüllen." Ja, das klingt ganz nach HAL! Aber ich glaube, es war Dave — falls es da noch einen Unterschied gibt.

Erinnert ihr euch an den Vergleich mit dem Schweizer Offizierstaschenmesser? HALman ist eines der zahllosen Werkzeuge an diesem kosmischen Messer.

Aber er ist nicht vollkommen passiv — wenn er wach ist,

kann er eigenständig und unabhängig agieren — wenn auch vermutlich nur innerhalb der Grenzen, die ihm der alles beherrschende Monolith setzt. Im Laufe der Jahrhunderte hat man ihn als intelligente Sonde zur Erforschung des Jupiter — ihr habt es eben gehört — wie auch Ganymeds und der Erde eingesetzt. Damit sind nicht nur die mysteriösen Vorfälle in Florida bestätigt, über die Daves alte Freundin und die Krankenschwester berichteten, die seine Mutter kurz vor deren Tod betreute ... sondern auch die Erscheinungen in Anubis City.

Und noch ein weiteres Rätsel ist nun gelöst. Ich habe Dave direkt gefragt: "Warum durfte ich auf Europa landen, während alle anderen jahrhundertelang abgewiesen wurden? Ich hatte mich auf eine Abfuhr eingestellt!"

Die Antwort ist lächerlich einfach. Der Monolith gibt Dave — HALman — von Zeit zu Zeit den Auftrag, uns zu beobachten. Daher wußte Dave von meiner Rettung — er hatte sogar einige der Interviews gesehen, die ich auf der Erde und auf Ganymed gegeben hatte. Ich muß gestehen, ein wenig kränkt es mich noch immer, daß er keinerlei Anstalten gemacht hat, sich mit mir in Verbindung zu setzen! Aber wenigstens hat er den roten Teppich ausgerollt, als ich zu ihm gekommen bin ...

Dim — in achtundvierzig Stunden startet die *Falcon* — mit mir oder ohne mich! Ich glaube aber nicht, daß ich noch so viel Zeit brauche. Der Kontakt mit HALman ist geknüpft; halten können wir ihn ebenso leicht von Anubis aus ... falls er das will.

Und ich kann es kaum erwarten, wieder ins Grannymed zu kommen. Die *Falcon* ist ein hübsches, kleines Schiff, aber die sanitären Einrichtungen lassen doch zu wünschen übrig — allmählich beginnt es hier drin zu riechen, und ich könnte eine Dusche vertragen.

Ich freue mich schon auf das Wiedersehen mit dir — und besonders mit Ted Khan. Wir haben eine Menge zu besprechen, bevor ich zur Erde zurückfliege.

SPEICHERN
SENDEN

V.
Vollendung

The toil of all that be
Helps not the primal fault;
It rains into the sea
*And still the sea is salt.**

A.E. HOUSMAN
MORE POEMS

---

*Dt. etwa:
Aller Menschen Mühsal
vermag nichts gegen den ersten Fehler;
Wie der Regen, der in die See fällt,
nichts am Salz des Meerwassers ändert.

32. Jahre der Muße

Alles in allem waren die letzten drei Jahrzehnte interessant gewesen, aber bis auf jene Momente des Glücks und der Trauer, die das Schicksal und die Zeit für jeden Menschen bereithalten, ziemlich ruhig verlaufen. Das größte Glück war ganz unerwartet gekommen; bevor Poole die Erde verließ, um nach Ganymed zu fliegen, hätte er allein die Vorstellung davon für absurd erklärt.

Das Sprichwort, daß Ferne die Sehnsucht wachsen läßt, enthält viel Wahrheit. Als er Indra Wallace wiedersah, stellten sie fest, daß sie sich trotz ihrer ewigen Sticheleien und gelegentlichen Meinungsverschiedenheiten näherstanden, als sie gedacht hatten. So kam eins zum anderen — und zu den erfreulichsten Ergebnissen gehörten Dawn Wallace und Martin Poole.

Indra wie Frank hatten sich — auch ohne die Kleinigkeit von tausend Jahren — beide sehr viel Zeit gelassen, um eine Familie zu gründen, und Professor Anderson hatte schon gewarnt, es würde vielleicht nichts mehr daraus werden. Oder noch schlimmer ...

"Du hattest mehr Glück, als du überhaupt ahnst", erklärte er Poole. "Die Strahlung hat dir erstaunlich wenig geschadet, es war genügend intakte DNS für alle erforderlichen Reparaturen vorhanden. Aber bevor ich dir volle genetische Integrität bestätigen kann, fehlen uns noch einige Tests. Also amüsiert euch — aber wartet mit dem Nachwuchs, bis ich euch grünes Licht gebe."

Die Tests waren sehr langwierig gewesen und hatten Andersons Befürchtungen bestätigt. Weitere Reparaturen mußten durchgeführt werden. Ein größerer Fehlschlag blieb nicht aus — ein Wesen, das nicht lebensfähig gewesen wäre, selbst wenn man auf den Abbruch in den ersten Wochen nach der Empfängnis verzichtet hätte — aber an Martin und Dawn gab es nichts auszusetzen. Sie hatten genau so viele Köpfe, Arme und Beine, wie sie haben sollten, und waren nicht nur hübsch, sondern auch intelligent. Von ihren Eltern wurden sie so abgöttisch geliebt, daß sie ständig in Gefahr schwebten, heillos verwöhnt zu werden. Nach fünfzehn Jahren beschlossen Indra und Poole, wieder getrennte Wege zu gehen, trotzdem blieben sie die besten Freunde. Ihr Sozialer Leistungskoeffizient war übrigens so hoch, daß ihnen die Behörden — mit Freuden — ein drittes Kind genehmigt hätten. Aber sie hatten so unverdient viel Glück gehabt, daß sie es nicht noch weiter strapazieren wollten.

In diese Zeit fiel eine Tragödie, die Pooles Privatleben überschattete — und die gesamte Solargemeinde erschütterte. Captain Chandler und seine ganze Besatzung kamen ums Leben, als bei der Erkundung eines Kometen plötzlich der Kern explodierte. Die *Goliath* wurde so gründlich zerstört, daß nur noch ein paar Trümmer gefunden wurden. Solche Explosionen — ausgelöst durch Reaktionen zwischen chemischen Verbindungen, deren Moleküle nur bei sehr niedrigen Temperaturen stabil blieben — waren in diesem Beruf eine ständige Gefahr, die allen Kometensammlern bekannt war. Auch Chandler war mehrfach damit konfrontiert worden. Wie ein so erfahrener Raumschiffkapitän sich so überraschen lassen konnte, sollte für immer ein Rätsel bleiben.

Poole vermißte Chandler sehr; der Mann hatte in seinem Leben eine wichtige Rolle gespielt, er war nicht zu ersetzen — es sei denn durch Dave Bowman, mit dem Poole ebenfalls ein großes Abenteuer erlebt hatte. Sie hatten oft geplant, noch einmal gemeinsam ins All zu fliegen, vielleicht sogar bis hinaus zur Oort'schen Wolke mit ihren noch unbekannten Geheimnissen und ihren fernen, aber unerschöpflichen Eislagerstätten. Doch irgendwie hatten sich diese Pläne immer wieder zerschlagen, und jetzt würde der Wunsch nicht mehr in Erfüllung gehen.

Ein zweites, lang ersehntes Ziel hatte Poole dagegen erreicht — gegen die Anweisungen seines Arztes. Er war auf der Erde gewesen. Aber einmal hatte ihm vollauf genügt.

Hinuntergefahren war er in einem Gefährt, das fast so aussah wie die Rollstühle der bessergestellten Querschnittgelähmten seiner Zeit. Es war motorisiert und rollte, solange der Untergrund halbwegs eben war, auf Ballonreifen. Es konnte jedoch auch — in etwa zwanzig Zentimetern Höhe — auf einem Luftkissen fliegen, das von kleinen, aber sehr starken Ventilatoren erzeugt wurde. Poole war überrascht, daß diese primitive Technik immer noch in Gebrauch war, aber für den Einbau in so kleine Fahrzeuge waren die Geräte zur Inertialsteuerung zu unhandlich.

Der Luftkissenstuhl war so bequem, daß er kaum spürte, wie er an Gewicht zunahm, während er dem Herzen Afrikas entgegenschwebte; zwar litt er etwas unter Atemnot, aber das hatte er im Astronautentraining weit schlimmer erlebt. Nicht vorbereitet war er auf die Backofenhitze, die ihm entgegenschlug, als er aus dem Turmfundament rollte, einem bis an die Wolken reichenden Riesenzylinder. Dabei war es noch früh am Morgen; wie mochte es da erst am Mittag sein?

Kaum hatte er sich an die Hitze gewöhnt, als ein Angriff auf seinen Geruchssinn erfolgte. Zahllose Düfte — nicht unangenehm, aber durchweg unbekannt — wetteiferten um seine Aufmerksamkeit. Er schloß ein paar Minuten die Augen, um eine Überlastung seiner Input-Schaltkreise zu vermeiden.

Bevor er sich noch entschließen konnte, sie wieder zu öffnen, begann ein dickes, feuchtes Etwas seinen Nacken zu bearbeiten.

"Darf ich Ihnen Elizabeth vorstellen?", sagte sein Führer, ein stämmiger, junger Mann im traditionellen Kostüm des Großen Weißen Jägers — obwohl der elegante Anzug sicher niemals auf einer Jagd getragen worden war. "Sie ist unsere Empfangsdame."

Als Poole sich umdrehte, schaute er in die seelenvollen Augen eines Elefantenbabies.

"Hallo, Elizabeth", antwortete er mit etwas zittriger Stimme. Elizabeth hob grüßend den Rüssel und gab ein Geräusch von sich, das in anständiger Gesellschaft normalerweise verpönt, in diesem Fall aber sicher gut gemeint war.

Länger als eine Stunde hielt er es auf dem Planeten Erde insgesamt nicht aus. Er fuhr am Rand eines Dschungels mit verkümmerten Bäumen — kein Vergleich mit den Gewächsen von Skyland — entlang und machte mit vielen heimischen Tieren Bekanntschaft. Sein Führer entschuldigte sich für die Zutraulichkeit der Löwen — sie waren von den Touristen verdorben — doch die Krokodile mit ihren grimmigen Mienen vermittelten dafür umso mehr den Eindruck reiner, unverbildeter Natur.

Bevor Poole in den Turm zurückkehrte, stand er aus seinem Luftkissenstuhl auf, um ein paar Schritte zu gehen. Er wußte im voraus, daß die Anstrengung so groß sein würde, als trüge er sich selbst auf dem Rücken, aber das traute er sich zu, und er hätte sich nie verziehen, es nicht wenigstens probiert zu haben.

Er hätte besser darauf verzichtet. Vielleicht wäre es in einem kühleren Klima leichter gewesen. Hier hatte er jedenfalls nach einem Dutzend Schritten genug und war froh, wieder in den schwellenden Polstern versinken zu können.

"Das reicht", sagte er müde. "Ich möchte in den Turm zurück."

Als er in die Fahrstuhlhalle rollte, fiel ihm ein Schild auf, das er bei der Ankunft in seiner Aufregung wohl übersehen haben mußte:

WILLKOMMEN IN AFRIKA!
'In der Wildnis liegt das Heil der Welt.'
HENRY DAVID THOREAU (1817 — 1862)

Der Führer bemerkte seinen interessierten Blick und fragte: "Haben Sie ihn gekannt?"

Fragen dieser Art mußte Poole sich allzu oft anhören, doch in diesem Moment hatte er einfach nicht mehr die Kraft, die Dinge richtigzustellen.

"Ich glaube nicht", sagte er müde, dann schlossen sich die großen Türen, und die Bilder, die Gerüche und die Geräusche der ersten Heimat der Menschheit blieben hinter ihm zurück.

Die Vertikalsafari hatte seine Sehnsucht nach der Erde mehr als gestillt. Er wollte sich keinesfalls anmerken lassen, daß ihm alles wehtat, doch als er sein Appartement auf Etage 10 000 — selbst in dieser demokratischen Gesellschaft eine exklusive Wohngegend — betrat, sah er so mitgenommen aus, daß Indra erschrak und ihn sofort ins Bett steckte.

"Wie Antaios — nur umgekehrt!" murrte sie.

"Wer?" fragte Poole. Gelegentlich fühlte er sich von der Gelehrsamkeit seiner Frau ein wenig erdrückt, aber er hatte sich fest vorgenommen, sich niemals einen Minderwertigkeitskomplex einreden zu lassen.

"Der Sohn der Erdgöttin Gaia. Herkules hat mit ihm gekämpft — aber jedesmal, wenn Antaios zu Boden geworfen wurde, wuchsen ihm neue Kräfte zu."

"Wer hat gewonnen?"

"Herkules natürlich — er hat Antaios in die Höhe gehalten, damit Mama seine Batterien nicht mehr aufladen konnte."

"Die meinen sind sicher bald wieder voll. Das wird mir eine Lehre sein. Wenn ich nicht mehr Sport treibe, muß ich irgendwann noch auf die Mondschwerkraftetage umziehen."

Pooles gute Vorsätze hielten einen vollen Monat lang an: in dieser Zeit unternahm er täglich einen flotten Fünf-Kilometer-Marsch, jedesmal auf einer anderen Etage des Afrikaturms. Teils waren es riesige, leere Metallsäle, in denen jeder Schritt widerhallte und in die wahrscheinlich nie jemand einziehen würde. In anderen Räumen hatten sich im Laufe der Jahrhunderte die Architekten ausgetobt und sie in einer verwirrenden Vielfalt von Stilrichtungen gestaltet. Da und dort hatte man Anleihen bei früheren Zeiten und Kulturen genommen; anderswo deutete sich eine Zukunft an, die Poole nicht unbedingt erleben wollte. Wenigstens bestand nicht die Gefahr, daß er sich langweilte, außerdem wurde er oft in respektvollem Abstand von freundlich lächelnden Kindern begleitet. Doch die konnten nicht allzu lange mit ihm Schritt halten.

Eines Tages marschierte Poole über eine sehr überzeugende — wenn auch ziemlich menschenleere — Kopie der Champs Elysées, als er plötzlich ein bekanntes Gesicht entdeckte.

"Danil!" rief er.

Der Mann drehte sich nicht um und reagierte auch nicht, als Poole ihn ein zweites Mal anrief.

"Erinnern Sie sich nicht an mich?"

Danil — inzwischen hatte Poole ihn eingeholt und war nun vollends sicher, wen er vor sich hatte — sah ihn aufrichtig verblüfft an.

"Ich bedaure sehr", sagte er. "Sie sind natürlich Commander Poole. Aber wir haben uns nie persönlich kennengelernt."

Jetzt war Poole derjenige, der verlegen wurde.

"Wie dumm von mir", entschuldigte er sich. "Ich muß Sie wohl verwechselt haben. Schönen Tag noch."

Dennoch freute er sich über die Begegnung. Danil war also wieder in die Gesellschaft integriert worden. Ob er nun jemanden mit einer Axt erschlagen oder nur seine Bücher nicht rechtzeitig der Bibliothek zurückgegeben hatte, ging seinen früheren Arbeitgeber nichts mehr an; die Rechnung war beglichen, der Fall abgeschlossen. Manchmal vermißte Poole die Verbrecherjagden, die er in seiner Jugend oft mit Genuß verfolgt hatte, aber die derzeitige Einstellung hatte wohl doch einiges für sich: allzu großes Interesse für pathologische Verhaltensweisen galt seinerseits als krankhaft.

Mit Hilfe von Miss Pringle, Mk III, konnte Poole sein Leben so planen, daß er gelegentlich sogar die Zeit fand, sich zu entspannen, die automatische Suchfunktion seines Zerebralhelms einzuschalten und seine Interessengebiete zu durchstreifen. Außer mit seinen nächsten Angehörigen beschäftigte er sich immer noch hauptsächlich mit den Monden von Jupiter/Luzifer, nicht zuletzt deshalb, weil er auf diesem Gebiet als führender Experte galt und ständiges Mitglied des Europa-Komitees war. Das Komitee war vor fast tausend Jahren gegründet worden, um Vorschläge zu erarbeiten, was in Bezug auf diesen geheimnisvollen Satelliten gegebenenfalls unternommen werden konnte und sollte. Im Lauf der Jahrhunderte hatte es Unmengen von Informationen gesammelt, angefangen mit dem Material der *Voyager*-Sonden von 1979 und den Untersuchungsergebnissen der ersten Umkreisungen des Orbiters *Galileo* im Jahre 1996 — ein Jahr vor Pooles Geburt.

Wie es bei so alten Institutionen oft zu beobachten ist, war das Europa-Komitee im Lauf der Zeit zusehends verknöchert und trat nur noch zusammen, wenn es eine neue Entwicklung gab. HALmans Wiederauftauchen hatte es jäh aus seinem Dornröschenschlaf gerissen. Man hatte eine neue, dynamische Vorsitzende gewählt, und deren erste Amtshandlung hatte darin bestanden, Poole in den Vorstand zu berufen.

Poole konnte zwar kaum etwas beitragen, was nicht schon irgendwo aufgezeichnet war, aber er schloß sich dem Komitee gerne an. Zum einen war es natürlich seine Pflicht, sich zur Verfügung zu stellen, zum anderen hatte er damit ein Amt, und das hatte ihm gefehlt. Bisher war er nur eine Art 'Nationalheiligtum' gewesen, wie man früher gesagt hätte, und das war ihm ein wenig peinlich. Er hatte weiter nichts dagegen, sich von einer Welt, deren Reichtum sich frühere, von Kriegen zerrissene Zeiten nicht einmal in ihren kühnsten Träumen vorgestellt hätten, ein Luxusleben finanzieren zu lassen, aber er spürte doch den Wunsch, seine Existenz zu rechtfertigen.

Einen zweiten Wunsch gestand er sich nur selten ein. Bei ihrer unheimlichen Begegnung vor zwanzig Jahren hatte HALman, wenn auch nur ganz kurz, mit ihm gesprochen. Poole war überzeugt davon, daß sich das Treffen jederzeit wiederholen ließe, wenn HALman wollte. Aber vielleicht war er an den Menschen nicht mehr interessiert? Hoffentlich nicht, dachte Poole, obwohl das eine Erklärung für sein Schweigen sein könnte.

Mit Theodor Khan hatte er häufig Kontakt — der Mann war so aktiv und so sarkastisch wie eh und je. Inzwischen vertrat er das Europa-Komitee auf Ganymed. Seit Poole zur Erde zurückgekehrt war, hatte Khan immer wieder vergeblich versucht, Verbindung zu Bowman aufzunehmen. Er konnte nicht begreifen, warum er auf seine langen Listen mit wichtigen Fragen zu historischen und philosophischen Themen nicht einmal eine kurze Empfangsbestätigung erhielt.

"Hält der Monolith deinen Freund HALman so auf Trab, daß er mit mir nicht sprechen kann?" beklagte er sich bei Poole. "Was treibt er denn die ganze Zeit?"

Das war eine durchaus vernünftige Frage; und die Antwort kam — wie ein Blitz aus heiterem Himmel — von Bowman selbst. Er meldete sich auf ganz normalem Wege per Bildtelefon.

33. Kontakt

"Hallo, Frank. Hier spricht Dave. Ich habe eine sehr wichtige Nachricht für dich. Ich nehme an, daß du dich derzeit in deiner Suite im Afrikaturm aufhältst. Wenn du da bist, identifiziere dich bitte, indem du mir den Namen unseres Dozenten in Himmelsmechanik nennst. Ich warte sechzig Sekunden, wenn ich bis dahin keine Antwort erhalte, versuche ich es in genau einer Stunde noch einmal."

Poole hatte Mühe, sich binnen einer Minute von seinem Schrecken zu erholen. Doch Freude und Staunen wurden rasch von einem anderen Gefühl verdrängt. So glücklich er war, wieder von Bowman zu hören, die Wendung 'eine sehr wichtige Nachricht' war ihm ganz und gar nicht geheuer.

Nur gut, dachte Poole, daß er nach einem der wenigen Namen gefragt hat, an die ich mich erinnere. Wer könnte diesen Schotten mit dem penetranten Glasgow-Akzent, den sie in der ersten Woche kaum verstanden hatten, auch je vergessen? Aber als Dozent war er brillant gewesen — wenn man sich erst einmal an seine Aussprache gewöhnt hatte.

"Dr. Gregory McVitty."

"Akzeptiert. Schalte jetzt bitte den Empfänger deines Zerebralhelms ein. Es dauert drei Minuten, die Nachricht herunterzuladen. Du brauchst nicht mitzuhören: die Daten sind auf ein Zehntel komprimiert. Die Übertragung beginnt in zwei Minuten."

Wie macht er das nur? fragte sich Poole. Jupiter/Luzifer war derzeit mehr als fünfzig Lichtminuten entfernt, die Nachricht mußte also vor mehr als einer Stunde abgegangen sein. Man hatte sie wohl, mit der richtigen Adresse versehen, auf einem intelligenten Informationsträger in den Ganymed-Erde-Strahl eingeschleust — für HALman, der im Inneren des Monolithen offenbar unbegrenzte Energien anzapfen konnte, sicher eine Kleinigkeit.

Das Lämpchen am 'Hirnkasten' begann zu flackern. Die Nachricht wurde eingespielt.

HALman hatte die Daten so stark verdichtet, daß Poole in Realzeit eine halbe Stunde gebraucht hätte, um sie aufzunehmen. So wußte er schon nach zehn Minuten, daß diese friedliche Phase seines Lebens jäh zu Ende gegangen war.

34. Das Urteil

In einer Welt mit einem globalen, verzögerungsfreien Kommunikationsnetz war es sehr schwierig, irgend etwas geheimzuhalten. Dabei war Poole von Anfang an klar, daß diese Angelegenheit nur in persönlichem Gespräch erörtert werden konnte.

Das Europa-Komitee hatte zunächst gemurrt, doch schließlich hatten sich alle Angehörigen in Pooles Appartement eingefunden. Es waren sieben — eine Glückszahl, die sicher auf die Phasen des Mondes zurückging und die Menschheit von jeher fasziniert hatte. Drei Komiteemitglieder hatte Poole bei dieser Gelegenheit zum erstenmal getroffen, obwohl er sie inzwischen alle sehr viel besser kannte, als es vor der Erfindung des Zerebralhelms jemals möglich gewesen wäre.

"Vorsitzende Oconnor, verehrte Angehörige des Komitees — bevor ich die Botschaft weitergebe, die ich von Europa erhalten habe, möchte ich ein paar Worte sagen — ich verspreche Ihnen, ich fasse mich kurz. Und ich möchte es verbal tun, das fällt mir leichter — mit der direkten Gedankenübertragung werde ich mich wohl leider nicht mehr anfreunden.

Wie Sie alle wissen, sind Dave Bowman und HAL in dem auf Europa befindlichen Monolithen als Emulationen gespeichert. Offenbar bewahrt der Monolith jedes Werkzeug auf, das ihm einmal nützlich war. HALman wird von Zeit zu Zeit aktiviert, um uns zu überwachen — wenn wir Dinge tun, die den Monolithen beunruhigen. Was bei meiner Landung der Fall gewesen sein könnte — aber vielleicht überschätze ich mich.

Nun ist HALman nicht nur ein passives Werkzeug. Die Dave-Komponente hat sich einen Teil ihrer menschlichen Züge — ja, sogar gewisse Emotionen — bewahrt. Und weil wir gemeinsam ausgebildet wurden — und jahrelang fast alles miteinander geteilt haben — fällt es ihm offenbar sehr viel leichter, mit mir zu kommunizieren als mit anderen Menschen. Ich stelle mir gern vor, daß er unsere Gespräche genießt, aber das ist wohl doch ein zu starkes Wort ...

Außerdem ist er neugierig — wissensdurstig — und möglicherweise etwas verärgert darüber, daß man ihn eingefangen hat wie ein wildes Tier. Obwohl wir aus der Sicht der Intelligenz, die den Monolithen geschaffen hat, wohl tatsächlich nichts anderes sind als wilde Tiere.

Und wo ist diese Intelligenz jetzt? HALman scheint die Antwort zu kennen, und mir jagt sie kalte Schauer über den Rücken.

Wie wir schon lange vermuten, ist der Monolith Teil eines galaktischen Netzwerks unbekannter Art. Und der nächste Knoten dieses Netzes — die nächsthöhere Dienststelle, der unmittelbare Vorgesetzte unseres Monolithen — ist 450 Lichtjahre entfernt.

Sehr viel näher, als uns lieb sein kann! Es bedeutet nämlich, daß der Bericht über uns und unsere Entwicklung, der Anfang des 21. Jahrhunderts abgesetzt wurde, seinen Adressaten vor fünfhundert Jahren erreicht hat. Wenn die — sagen wir, die übergeordnete Instanz — des Monolithen sofort geantwortet hat, müßten die neuen Instruktionen derzeit eintreffen.

Und genau das scheint der Fall zu sein. In den letzten Tagen hat der Monolith in ununterbrochener Folge Botschaften empfangen und vermutlich auf Grund dessen neue Programme installiert.

Leider ist HALman, was den Inhalt der Instruktionen betrifft, auf Vermutungen angewiesen. Wie Sie feststellen werden, wenn Sie den Inhalt des Täfelchens herunterladen, hat er in beschränktem Umfang Zugriff auf viele Schaltkreise und Datenspeicher des Monolithen und kann sogar so etwas wie einen Dialog damit führen. Falls man das so sagen kann — schließlich spielt sich ein Dialog zwischen zwei Menschen ab! Ich kann mich noch immer nicht damit abfinden, daß der Monolith bei allen seinen Fähigkeiten kein Bewußtsein besitzt — ja, nicht einmal weiß, daß er existiert!

HALman beschäftigt sich mit diesem Problem — mit Unterbrechungen — seit tausend Jahren und ist zu den gleichen Ergebnissen gelangt wie die meisten von uns. Wobei seine Schlußfolgerungen sehr viel mehr Gewicht haben dürften, schließlich verfügt er über Insiderinformationen.

Verzeihung! Das sollte kein Scherz sein — ich weiß nur keinen besseren Ausdruck dafür.

Wer oder was sich einst die Mühe machte, uns zu erschaffen — oder zumindest am Bewußtsein und den Genen unserer Vorfahren herumzubasteln — entscheidet nun, wie es mit uns weitergehen soll. Und HALman ist pessimistisch. Nein — das ist übertrieben. Sagen wir lieber, er gibt uns keine großen Chancen, hat aber inzwischen zu viel Distanz, um sich deshalb übermäßig Sorgen zu machen. Die Zukunft — das Überleben! — der Menschheit ist für ihn kaum mehr als eine interessante Rechenaufgabe, dennoch ist er bereit, uns zu helfen."

Poole hielt plötzlich inne. Seine Zuhörer sahen ihn überrascht an.

"Seltsam, mir ist eben eine Erinnerung durch den Kopf geschossen ... die einiges erklären könnte. Bitte haben Sie einen Augenblick Geduld ...

Dave und ich machten eines Tages, ein paar Wochen vor dem Start der *Discovery*, am Cape einen Strandspaziergang, als uns ein großer Käfer auffiel, der im Sand lag. Er war, wie es bei Insekten oft vorkommt, auf den Rücken gefallen und zappelte nun hektisch mit den Beinen, um sich wieder auf die richtige Seite zu wälzen.

Ich achtete nicht darauf — wir waren in ein schwieriges, technisches Gespräch vertieft — aber Dave trat einen Schritt zur Seite und drehte den Käfer vorsichtig mit der Schuhspitze um. Als er wegflog, sagte ich: 'Ob sich das gelohnt hat? Jetzt frißt er sicher in irgendeinem Garten die preisgekrönten Chrysanthemen an.' Und Dave antwortete: 'Mag sein. Aber ich bin im Zweifel immer für den Angeklagten.'

Ich muß mich entschuldigen — nun ist es doch eine längere Rede geworden! Dennoch bin ich sehr froh, daß ich mich an diesen Vorfall erinnert habe: ich glaube, er rückt HALmans Botschaft ins richtige Licht. HALman will sich im Zweifelsfall auf die Seite der Menschheit stellen ...

Bitte schalten Sie jetzt Ihre Zerebralhelme ein. Die Aufzeichnung ist stark komprimiert — U.V.-Band, Kanal 110. Machen Sie es sich bequem, aber bleiben Sie in Sichtkontakt. Es geht los ..."

35. Kriegsrat

Niemand verlangte eine Wiederholung. Ein einziger Durchlauf genügte.

Am Ende der Übertragung herrschte zunächst Schweigen. Dann nahm die Vorsitzende Dr. Oconnor den Zerebralhelm ab, massierte sich den glänzenden Kahlkopf und sagte langsam:

"In Ihrer Zeit hatte man eine Wendung, die genau auf diese Situation paßt. Das ist wie die Büchse der Pandora."

"Und Bowman — HALman — hat sie geöffnet", sagte ein anderes Komiteemitglied. "Der Monolith ist ein Mechanismus von ungeheurer Komplexität. Kann HALman ihn tatsächlich durchschauen, oder ist das ganze Szenarium nur eine Ausgeburt seiner Phantasie?"

"Ich glaube nicht, daß er viel Phantasie besitzt", gab Dr. Oconnor zurück. "Und es paßt alles zusammen. Besonders der Hinweis auf Nova Scorpio. Wir hatten das für einen Unfall gehalten; aber offenbar hat man ein — Urteil — gesprochen."

"Erst Jupiter — dann Scorpio", sagte Dr. Kraussman, der berühmte Physiker, den alle Welt als Reinkarnation des legendären Einstein betrachtete. Wobei, wenn die Gerüchte stimmten, auch plastische Chirurgie mit im Spiel war. "Und wer kommt wohl als nächster an die Reihe?"

"Wir hatten schon lange erraten", sagte die Vorsitzende, "daß die TMAs uns überwachen sollten." Sie hielt kurz inne, dann fügte sie traurig hinzu: "Ist es nicht unglaublich tragisch, daß der Abschlußbericht ausgerechnet kurz nach der allerschlimmsten Phase der Menschheitsgeschichte abgeschickt wurde?"

Wieder schwiegen alle. Es war hinreichend bekannt, daß das 20. Jahrhundert oft genug als 'Jahrhundert der Folter' gebrandmarkt worden war.

Poole hörte zu, ohne zu unterbrechen, und wartete darauf, daß das Komitee zu einer Einigung kam. Nicht zum ersten Mal war er über die Disziplin dieses Gremiums erstaunt. Niemand versuchte, seine Lieblingstheorie zu untermauern, sich in der Diskussion zu profilieren oder sich sonstwie aufzublähen: der Kontrast zu den oft gereizten Debatten seiner Zeit zwischen Technikern und Verwaltungsbeamten in der Raumfahrtbehörde, zwischen Kongreßabgeordneten und Vertretern der Industrie war nicht zu übersehen.

Ja, die Menschheit hatte Fortschritte gemacht. Der Zerebralhelm hatte nicht nur geholfen, die asozialen Elemente auszumerzen, sondern auch die Effektivität des Bildungssystems gesteigert. Aber er hatte natürlich auch seine Schattenseiten: die heutige Gesellschaft litt unter einem eklatanten Mangel an markanten Persönlichkeiten. Poole wären auf Anhieb höchstens vier eingefallen: Indra, Captain Chandler, Dr. Khan und die Drachenreiterin seligen Angedenkens.

Die Vorsitzende griff nicht in die Diskussion ein, bis jeder seinen Beitrag vorgebracht hatte, dann faßte sie zusammen.

"Auf die erste Frage — wie ernst ist die Sache zu nehmen — brauchen wir nicht weiter einzugehen. Selbst wenn es sich um blinden Alarm, um ein Mißverständnis handeln sollte, ist die potentielle Gefahr so groß, daß wir sie für real halten müssen, solange wir keinen definitiven Gegenbeweis haben. Einverstanden?

Gut. Wir wissen auch nicht, wieviel Zeit uns noch bleibt. Folglich müssen wir davon ausgehen, daß die Katastrophe unmittelbar bevorsteht. Vielleicht ist HALman in der Lage, uns eine weitere Warnung zukommen zu lassen, doch bis dahin könnte es bereits zu spät sein.

Es gilt daher nur eines zu entscheiden: wie können wir uns gegen einen so mächtigen Gegner wie den Monolithen schützen? Sehen Sie sich an, was mit dem Jupiter geschehen ist! Und allem Anschein nach auch mit Nova Scorpio ...

Mit roher Gewalt können wir nichts ausrichten, davon bin ich überzeugt, obwohl wir auch diese Möglichkeit nicht außer acht lassen sollten. Dr. Kraussmann — wie lange bräuchten wir, um eine Superbombe zu bauen?"

"Vorausgesetzt, die Pläne sind noch vorhanden, so daß wir uns die Grundlagenforschung sparen können — ach, vielleicht zwei Wochen. Thermonukleare Waffen sind ziemlich einfach strukturiert, und die Rohstoffe sind leicht zu beschaffen — schließlich wurden sie schon im zweiten Jahrtausend hergestellt! Sollten Sie jedoch an etwas Raffinierteres denken — etwa an eine Antimaterie-Bombe oder an ein Schwarzes Loch im Kleinformat — das könnte einige Monate dauern."

"Vielen Dank; würden Sie sich in diesen Komplex bitte einarbeiten? Wobei ich, wie gesagt, nicht glaube, daß wir damit Erfolg hätten. Wer mit solchen Kräften spielt, ist sicher auch fähig, sich dagegen zu schützen. Deshalb — weitere Vorschläge?"

"Vielleicht könnten wir verhandeln?" fragte ein Gremiumsmitglied ohne große Hoffnung.

"Mit wem ... oder was?" gab Kraussman zurück. "Wir haben festgestellt, daß der Monolith im Grunde nichts anderes ist als ein Mechanismus, der nur tut, worauf er programmiert wurde. Vielleicht läßt ihm das Programm einen gewissen Spielraum, aber das können wir nicht beurteilen. Und an die Direktion können wir uns auch nicht wenden — die ist fünfhundert Lichtjahre weit weg!"

Poole hörte immer noch zu, ohne sich zu beteiligen; er hatte nichts beizutragen, und vieles, was gesagt wurde, war ihm ohnehin zu hoch. Eine tiefe Schwermut hatte ihn erfaßt. Vielleicht wäre es besser gewesen, die Information gar nicht weiterzugeben. Wenn es nur blinder Alarm war, würde nichts passieren. Und wenn nicht — nun, dann war das Verderben ohnehin nicht aufzuhalten, aber die Menschheit hätte sich wenigstens ihren Seelenfrieden bewahrt.

Diesen düsteren Überlegungen hing er nach, als ihn ein vertrauter Begriff aufhorchen ließ.

Ein kleines, schüchternes Komiteemitglied — mit einem so langen und schwierigen Namen, daß Poole ihn sich nicht merken und ihn schon gar nicht aussprechen konnte — hatte unversehens zwei Worte in die Diskussion geworfen.

"Trojanisches Pferd!"

Darauf folgte eine der Pausen, die gemeinhin mit dem Adjektiv 'bedeutungsschwer' belegt werden, und dann rief alles wild durcheinander: "Warum ist mir das nicht eingefallen!" "Natürlich!" "Ausgezeichnete Idee!", bis sich die Vorsitzende zum ersten Mal veranlaßt sah, um Ruhe zu bitten.

"Vielen Dank, Professor Thirugnanasampanthamoorthy", fuhr Dr. Oconnor fort, ohne einmal steckenzubleiben. "Würden Sie das bitte genauer erläutern?"

"Gewiß. Wenn der Monolith tatsächlich — wie man hier allgemein annimmt — eine Maschine ohne Bewußtsein und deshalb nur in beschränktem Maße fähig ist, sich selbst zu überwachen, dann befinden sich die Waffen, die ihn besiegen können, möglicherweise bereits in unserem Besitz. Sie werden im 'Gewölbe' unter Verschluß gehalten."

"Und wir haben auch schon jemanden, der das Trojanische Pferd an Ort und Stelle bringen kann — HALman!"

"Genau."

"Einen Augenblick, Dr. T. Wir wissen nichts — überhaupt nichts — über das Innenleben des Monolithen. Woher nehmen wir die Gewißheit, daß etwas, das von unserer primitiven Spezies entwickelt wurde, die gewünschte Wirkung hat?"

"Gewißheit haben wir natürlich nicht — aber bedenken Sie folgendes. Der Monolith mag noch so fortgeschritten sein, er ist doch den allgemein gültigen Gesetzen der Logik unterworfen, die Aristoteles und Boole vor Jahrhunderten aufgestellt haben. Deshalb könnte — nein, müßte! — er auch anfällig sein gegen die Instrumente, die im 'Gewölbe' eingeschlossen sind. Wir müssen sie nur so kombinieren, daß wenigstens eins davon seinen Zweck erfüllt. Das ist unsere einzige Hoffnung — es sei denn, jemand hat eine bessere Idee."

"Verzeihen Sie!" Poole war nun endgültig der Geduldsfaden gerissen. "Würde mir jemand vielleicht freundlicherweise erklären, was es mit diesem berühmten 'Gewölbe' auf sich hat, und wo es sich befindet?"

36. Die Schreckenskammer

Die Weltgeschichte strotzt nur so von apokalyptischen Schrecken, die teils von der Natur über die Menschheit gebracht wurden, teils aber auch von den Menschen selbst.

Bis zum Ende des 21. Jahrhunderts hatte der Fortschritt der Medizin die natürlichen Plagen — die Blattern, den Schwarzen Tod, AIDS und die Killerviren des afrikanischen Dschungels — zumeist ausgerottet oder wenigstens unter Kontrolle gebracht. Doch Mutter Natur war alles zuzutrauen, und so zweifelte niemand daran, daß die Zukunft noch etliche unangenehme biologische Überraschungen für die Menschheit bereithielt.

Deshalb erschien es sinnvoll, von jedem dieser gefürchteten Krankheitserreger zu wissenschaftlichen Zwecken ein paar Exemplare aufzubewahren — natürlich unter strenger Bewachung, damit sie auf keinen Fall entweichen und abermals zur Geißel der Menschheit werden konnten. Aber wie sollte man hundertprozentig sicherstellen, daß so etwas nicht doch passierte?

Der Vorschlag, die letzten Blatternerreger in Seuchenbekämpfungszentren in den Vereinigten Staaten und in Rußland zu lagern, hatte Ende des 20. Jahrhunderts einen Aufschrei der Empörung ausgelöst — verständlicherweise. Immerhin bestand eine wenn auch nur geringe Chance, daß sie durch Katastrophen wie Erdbeben, technische Pannen — oder sogar durch gezielte Sabotageakte terroristischer Gruppen freigesetzt wurden.

Endlich fand sich eine Lösung, die alle (bis auf ein paar extreme Vertreter der Bewegung "Rettet die lunare Wildnis!") zufriedenstellte. Die Keime sollten auf den Mond verfrachtet und in einem Labor am Ende eines kilometerlangen Schachts untergebracht werden, den man in den Pico gebohrt hatte, einen freistehenden Berg, eins der Wahrzeichen des Mare Imbrium. Am gleichen Ort deponierte man im Laufe der folgenden

Jahre auch die bedeutendsten Ausgeburten fehlgeleiteten menschlichen Erfindergeistes — um nicht zu sagen, menschlichen Wahnsinns.

Da gab es Gase und Sprays, die schon in mikroskopisch kleinen Dosen sofort oder langsam tödlich waren. Einige waren das Werk religiöser Fanatiker, die sich ungeachtet ihrer Geisteskrankheit die dazu erforderlichen naturwissenschaftlichen Kenntnisse angeeignet hatten. Viele dieser Wirrköpfe glaubten, das Ende der Welt sei nahe (nur sie und ihre Anhänger würden der Vernichtung selbstverständlich entgehen). Und falls Gott zu zerstreut sein sollte, um sich an die Vorgaben zu halten, gedachten sie dafür zu sorgen, daß der Fehler korrigiert wurde.

Als erstes suchten sich diese Sektierer für ihre Anschläge so neuralgische Punkte aus wie überfüllte Untergrundbahnen, Weltausstellungen, Sportstadien oder Popkonzerte ... es gab Zehntausende von Toten und unzählige Verletzte, bevor es Anfang des 21. Jahrhunderts endlich gelang, dem Wahnsinn ein Ende zu bereiten. Wie so oft, hatte das ganze auch sein Gutes, denn es zwang die Polizeiorganisationen weltweit zu einer nie dagewesenen Zusammenarbeit. Eine derart unberechenbare Form der Willkür konnten selbst diejenigen Staaten, für die der Terrorismus bis dahin ein Mittel der Politik gewesen war, nicht mehr tolerieren.

Die chemischen und biologischen Waffen, die bei diesen Anschlägen — wie auch in früheren Kriegen — eingesetzt worden waren, landeten schließlich in der Schreckenskammer im Inneren des Pico. Die Gegenmittel, so vorhanden, legte man gleich mit dazu. Man hoffte, daß die Menschheit nie wieder auf solche Waffen würde zurückgreifen müssen, aber man wollte sie unter strenger Bewachung weiterhin verfügbar halten — für besonders verzweifelte Notfälle.

Was in der dritten Abteilung im Archiv des Pico lag, verdiente ebenfalls die Bezeichnung 'Seuchen', obwohl dadurch noch nie jemand getötet oder verletzt worden war — jedenfalls nicht direkt. Diese Plagen existierten erst seit dem Ende des

20. Jahrhunderts, hatten aber in wenigen Jahrzehnten Schäden in Höhe von vielen Milliarden Dollar verursacht und so manches Leben ebenso zerstört wie eine körperliche Krankheit. Es handelte sich um Seuchen, die den neuesten und universellsten Diener der Menschheit befielen, den Computer.

Ihre Namen entstammten medizinischen Wörterbüchern — Viren, Prionen, Bandwürmer — doch es waren Programme, die mit oft unheimlicher Genauigkeit das Verhalten des jeweiligen organischen Vorbilds kopierten. Manche waren harmlos und verspielt — sie ließen lediglich zur Überraschung oder zur Erheiterung des Betrachters Bilder oder komische Texte auf dem Monitor erscheinen. Doch es gab auch andere, die es gezielt darauf anlegten, eine Katastrophe auszulösen.

Das Motiv war in den meisten Fällen reine Geldgier; diese Programme waren Waffen, mit denen raffinierte Verbrecher Banken und Wirtschaftsunternehmen, die inzwischen vollkommen auf das reibungslose Funktionieren ihrer Computersysteme angewiesen waren, zu erpressen suchten. Wenn die Warnung erging, zu einem bestimmten Zeitpunkt würden die Datenspeicher automatisch gelöscht, falls der Betroffene nicht soundsoviele Megadollar auf ein anonymes Nummernkonto überweise, war kaum ein Opfer bereit, einen nicht wiedergutzumachenden Schaden zu riskieren. Die meisten bezahlten in aller Stille und oft, um sich eine öffentliche oder private Blamage zu ersparen, ohne die Polizei zu verständigen.

Dank dieses verständlichen Wunschs nach Diskretion hatten die Netzwerkräuber leichtes Spiel. Selbst wenn sie bei einem ihrer elektronischen Überfälle gefaßt wurden, ging das Gesetz schonend mit ihnen um. Wie sollte man diese neuen Verbrechen denn auch ahnden — schließlich war doch niemand wirklich zu Schaden gekommen, nicht wahr? Viele von den Tätern wurden, nachdem sie eine kurze Strafe verbüßt hatten, von ihren ehemaligen Opfern sogar in aller Stille als Mitarbeiter eingestellt, nach dem alten Grundsatz, daß ein Wilderer immer noch den besten Wildhüter abgibt.

Hinter dieser Form der Computerkriminalität steckte ausschließlich Habgier, keiner der Täter wollte die Organisation zerstören, die er systematisch ausplünderte. Wer schlachtet schon die Gans, die die goldenen Eier legt? Aber im gleichen Revier tummelten sich auch Feinde der Gesellschaft, und die stellten eine sehr viel größere Gefahr dar ...

Im allgemeinen handelte es sich um asoziale Einzelpersonen — vor allem junge Männer in der Pubertät, die ganz allein und natürlich im verborgenen arbeiteten. Die von ihnen entwickelten Programme wurden über die globalen Kabel- und Funknetze oder mit Datenträgern wie Disketten oder CD-Roms auf dem ganzen Planeten verbreitet und sollten nur heillose Verwirrung stiften. Wenn alles in Panik geriet, freuten sich die Täter diebisch, und ihr verkümmertes Ego schwelgte in Machtgefühlen.

Wen man diesen auf die schiefe Bahn geratenen Genies auf die Schliche kam, wurden sie oft von nationalen Geheimdiensten für nicht weniger obskure Tätigkeiten engagiert — meist handelte es sich darum, in die Datenspeicher gegnerischer Dienste einzubrechen. Das war vergleichsweise harmlos, denn die betreffenden Organisationen besaßen immerhin noch einen Rest staatsbürgerlichen Verantwortungsbewußtseins.

Ganz anders die Weltuntergangssekten. Sie waren begeistert von den neuen Waffen, die sehr viel wirkungsvoller und leichter einzusetzen waren als Gas oder Krankheitserreger. Und sehr viel schwerer zu bekämpfen, da sie in Millionen von Büros und Wohnungen gleichzeitig geschickt werden konnten.

Der Zusammenbruch der New-York-Havanna Bank im Jahre 2005, der Abschuß indischer Atomraketen 2007 (zum Glück mit nicht aktivierten Sprengköpfen), die Abschaltung des Pan-Europäischen Flugsicherungssystems im Jahre 2008, die Blockierung des nordamerikanischen Telefonnetzes im gleichen Jahr — all das ging auf das Konto religiöser Gruppen, die das Jüngste Gericht probten. Dank glänzend koordinierter Abwehrmaßnahmen seitens der normalerweise wenig kooperationsbereiten, ja rivalisierenden nationalen Geheimdienste konnte jedoch auch diese Bedrohung langsam eingedämmt werden. Jedenfalls glaubte das die Allgemeinheit: seit mehreren hundert Jahren hatte kein Anschlag die Gesellschaft mehr in ihren Grundfesten erschüttern können. Das war vor allem dem Zerebralhelm zu verdanken — auch wenn es Stimmen gab, die glaubten, damit sei der Sieg zu teuer bezahlt.

Der Streit um die Freiheit des Individuums bzw. die Pflichten des Staates war schon alt gewesen, als Plato und Aristoteles versuchten, ihn in Gesetze zu fassen, und würde vermutlich bis zum Ende der Zeiten weitertoben. Doch im dritten Jahrtausend hatte sich ein provisorischer Konsens herausgebildet. Man war allgemein der Ansicht, der Kommunismus stelle zwar die vollkommenste Staatsform dar; aber leider — eine Erkenntnis, die hunderte Millionen von Menschenleben gekostet hatte — nur für staatenbildende Insekten, Roboter der Klasse II und ähnlich eingeschränkte Zielgruppen. Für die von Natur aus unvollkommenen Menschen sei die Demokratie, häufig definiert als 'Individuelle Habgier, gebremst durch eine leistungsfähige, aber nicht übereifrige Regierung', die erträglichste Lösung.

Bald nachdem der Zerebralhelm allgemein in Gebrauch gekommen war, erkannten einige hochintelligente — und äußerst eifrige — Bürokraten, daß er sich auch ganz ausgezeichnet als Frühwarnsystem einsetzen ließ. In der Installationsphase, wenn der neue Träger mental 'einjustiert' wurde, konnte man alle möglichen Psychosen im Anfangsstadium entdecken, bevor sie sich zu einer Gefahr auswuchsen. Oft ergab sich die Therapie schon aus dem Befund, wenn aber keine Aussicht auf Heilung bestand, konnte man den Patienten elektronisch kennzeichnen oder im Extremfall gesellschaftlich isolieren. Natürlich waren mit dem Verfahren nur diejenigen zu erfassen, die sich einen Zerebralhelm anmessen ließen — aber gegen Ende des dritten Jahrtausends war der

Helm zu einem ebenso unverzichtbaren Bestandteil des Alltags geworden wie das Telefon zu dessen Beginn. Ja, wer es ablehnte, sich der überwältigenden Mehrheit anzuschließen, machte sich automatisch abweichlerischer Tendenzen verdächtig.

Natürlich waren alle Bürgerrechtsorganisationen rechtschaffen empört, als die 'Gehirnsonden', wie die Kritiker sie nannten, immer weitere Verbreitung fanden. Einer der zündendsten Slogans lautete 'Zerebralhelm oder Gedankenfreiheit?' Doch allmählich setzte sich — trotz erheblicher Widerstände — die Einsicht durch, mit dieser Form der Überwachung werde weit schlimmeren Übeln vorgebeugt; und es war kein Zufall, daß mit der allgemeinen Verbesserung der psychischen Gesundheit eine rapide Abnahme des religiösen Fanatismus einherging.

Als der lange Kampf gegen die Cybernet-Verbrecher endlich entschieden war, fanden sich die Gewinner im Besitz einer Kriegsbeute, die sie gewaltig in Verlegenheit brachte und jeden Sieger früherer Zeiten vor eine unlösbare Aufgabe gestellt hätte. Einen Teil bildeten natürlich Hunderte von schwer zu entdeckenden und noch schwerer zu beseitigenden Computerviren. Doch daneben gab es sehr viel beängstigendere Schöpfungen — man fand kein besseres Wort dafür — wahre Kunstwerke von Seuchen, gegen die kein Kraut gewachsen war und in manchen Fällen auch niemals wachsen würde ...

Viele waren mit den Namen großer Mathematiker verbunden, die über diesen Mißbrauch ihrer Entdeckungen entsetzt gewesen wären. Es ist eine Eigenart der Menschen, durchaus reale Gefahren mit albernen Namen zu belegen, um ihnen ihren Schrecken zu nehmen, deshalb klangen die Bezeichnungen oft eher scherzhaft: der Gödel-Kobold, der Mandelbrot-Irrgarten, die Kombinatorische Katastrophe; die Transfinite Falle; das Conway-Rätsel; der Turing-Torpedo; das Lorenz-Labyrinth; die Boole'sche Bombe; die Shannon-Schlinge; die Cantor-Katastrophe ...

Auf den kleinsten gemeinsamen Nenner gebracht, soweit das möglich war, arbeiteten alle diese mathematischen Greuel nach dem gleichen Prinzip. Ihr Erfolg beruhte nicht etwa auf einer einfachen Speicherlöschung oder Code-Zersetzung — das wäre zu plump gewesen. Vielmehr brachten sie das Wirtsgerät dazu, ein Programm aufzurufen, das vor dem Ende des Universums nicht abgeschlossen werden konnte oder — der Mandelbrot-Irrgarten war ein Paradebeispiel dafür — buchstäblich unendlich viele Einzelschritte vorsah.

Ein solcher Fall wäre etwa die Berechnung von Pi oder einer anderen irrationalen Zahl gewesen. Doch in eine derart simple Falle wäre nicht einmal der primitivste elektro-optische Computer getappt: die Zeit, in der sich die Blechtrottel bei dem Versuch, eine Zahl durch Null zu teilen, die Zahnräder abschliffen, bis sie zu Staub zerfielen, war längst vorbei ...

Die größte Hürde für die dämonischen Programmierer hatte darin bestanden, ihre Opfer zu überzeugen, daß es für die gestellte Aufgabe eine eindeutige Lösung gebe, die in einer endlichen Zeitspanne zu finden sei. Doch im Zweikampf zwischen Mensch (meist waren es Männer, trotz einiger weiblicher Rollenvorbilder wie Lady Ada Lovelace, Admiral Grace Hopper und Dr. Susan Calvin) und Maschine war die Maschine fast ausnahmslos der Verlierer geblieben.

Es wäre möglich gewesen — wenn auch manchmal schwierig und sogar riskant —, die erbeuteten Abscheulichkeiten durch Befehle wie LÖSCHEN/ÜBERSCHREIBEN zu zerstören, aber in jedem dieser Machwerke steckten so ungeheuer viel Zeit und ein solcher Reichtum an Ideen, daß man das nicht übers Herz brachte. Noch ausschlaggebender war vielleicht die Überlegung, daß es sinnvoll sei, die Programme zu Studienzwecken an einem sicheren Ort aufzubewahren. Womöglich tauchte irgendwann wieder ein gewissenloses Genie auf und machte die gleiche Erfindung noch einmal.

Die Lösung lag nahe. Die Digitaldämonen wurden ins 'Pico-Gewölbe' gebracht und dort, hoffentlich für immer, bei ihren chemischen und biologischen Artgenossen eingeschlossen.

37. Operation DAMOKLES

Poole hatte zu den Konstrukteuren der Waffe, von der jedermann hoffte, sie würde nie zum Einsatz kommen, kaum Kontakt gehabt. Die Operation mit dem ominösen, aber durchaus passenden Namen DAMOKLES war so speziell, daß er direkt nichts dazu beitragen konnte. Und selbst bei den wenigen Begegnungen mit dem Team konnte er sich des Verdachts nicht erwehren, es mit einer fremden Spezies zu tun zu haben. Eine der Schlüsselfiguren war offenbar in einer Irrenanstalt untergebracht — Poole war erstaunt, daß es solche Einrichtungen immer noch gab —, und die Vorsitzende Oconnor machte mehrfach den Vorschlag, mindestens zwei andere Mitglieder der Sonderkommission ebenfalls zwangseinweisen zu lassen.

"Haben Sie schon einmal vom Enigma-Projekt gehört?" fragte sie Poole nach einer besonders nervenaufreibenden Sitzung.

Als er den Kopf schüttelte, fuhr sie fort: "Das wundert mich aber — es war nur wenige Jahrzehnte vor Ihrer Geburt: ich bin bei meinen Recherchen für DAMOKLES darauf gestoßen. Die Situation war ähnlich — in einem Ihrer Kriege hatte man unter strengster Geheimhaltung eine Gruppe brillanter Mathematiker zusammengeholt und sie beauftragt, einen feindlichen Code zu knacken ... wozu sie, nebenbei bemerkt, einen der ersten, richtigen Computer bauen mußten.

In diesem Zusammenhang gibt es eine hübsche und hoffentlich wahre Geschichte, die mich lebhaft an unseren Haufen hier erinnert. Eines Tages kam der Premierminister auf Inspektionsbesuch, und hinterher bemerkte er zum Projektleiter von Enigma: 'Ich hatte zwar gesagt, sie sollten jeden Stein umdrehen, um die richtigen Leute zu finden, aber ich hätte nicht erwartet, daß sie das so wörtlich nehmen würden.'"

Es war anzunehmen, daß man für Projekt DAMOKLES die richtigen Steine umgedreht hatte. Doch da niemand wußte, ob mit der Katastrophe in Tagen, Wochen oder gar erst in Jahren zu rechnen war, konnte man den Beteiligten anfangs nur schwer begreiflich machen, daß Eile not tat. Probleme bereitete auch die Schweigepflicht; es hatte keinen Sinn, das ganze Sonnensystem in Aufruhr zu versetzen, deshalb waren nicht mehr als fünfzig Personen in das Projekt eingeweiht. Aber diese fünfzig Personen saßen an den Schalthebeln der Macht — sie konnten die erforderlichen Kräfte rekrutieren, und sie allein konnten veranlassen, daß zum ersten Mal seit fünfhundert Jahren das 'Pico-Gewölbe' geöffnet wurde.

Als HALman gemeldet hatte, die Botschaften an den Monolithen häuften sich, gab es kaum noch Zweifel, daß bald etwas geschehen würde. Poole war nicht der einzige, der in diesen Tagen trotz der Anti-Insomnie-Programme des Zerebralhelms nur wenig Schlaf fand. Und wenn er endlich doch eindämmerte, war er nie sicher, ob er auch wieder aufwachen würde. Doch endlich waren alle Elemente zusammengefügt, die Waffe war fertig, eine Waffe, die man weder sehen, noch berühren konnte — und die kein Soldat der Vergangenheit als solche erkannt hätte.

Sie sah ganz harmlos aus, ein gewöhnliches Terabyte-Speichertäfelchen, wie es tagtäglich für Millionen von Zerebralhelmen Verwendung fand. Auffallend war nur, daß es in einen massiven Kristallblock eingebettet war, über den sich kreuzförmige Metallbänder zogen.

Poole nahm den Würfel nur zögernd in Empfang. Ob den Kurier, den man einst beauftragt hatte, das Kernstück der Hiroshima-Bombe zum Startgelände im Pazifik zu bringen, wohl ähnliche Gefühle bewegt hatten? Dabei war, falls die Befürchtungen gerechtfertigt waren, seine Verantwortung womöglich noch größer.

Außerdem war er nicht sicher, auch nur den ersten Teil seiner Mission erfolgreich ausführen zu können. Da man keinem Schaltkreis voll vertrauen konnte, hatte man HALman noch nicht über Projekt DAMOKLES informiert. Das sollte Poole nach seiner Ankunft auf Ganymed übernehmen.

Er konnte also nur hoffen, daß HALman bereit war, die Rolle des Trojanischen Pferdes zu spielen — und dabei seine eigene Existenz aufs Spiel zu setzen.

38. Präventivschlag

Es war ein sonderbares Gefühl, nach so vielen Jahren das Hotel Grannymed wieder zu betreten — es wirkte völlig unverändert, trotz allem, was geschehen war. Als Poole die 'Bowman-Suite' betrat, empfing ihn immer noch das vertraute Portrait seines Schiffskameraden. Wie erwartet, war auch Bowman/HALman selbst bereits anwesend. Er wirkte noch etwas durchsichtiger als das uralte Hologramm.

Bevor sie sich begrüßen konnten, gab es eine Unterbrechung, über die sich Poole — zu jeder anderen Zeit — gefreut hätte. Das Bildtelefon trillerte seine drei ansteigenden Töne — auch sie waren seit seinem letzten Besuch die gleichen geblieben — und auf dem Monitor erschien ein vertrautes Gesicht.

"Frank!" schrie Theodor Khan. "Warum hast du mir nicht gesagt, daß du kommst? Wann können wir uns sehen? Warum kein Video — hast du jemanden bei dir? Und wer waren die Typen mit den Amtsmienen, die mit dir gelandet sind — "

"Langsam, Ted! Ja, bedaure sehr — glaube mir, ich habe gute Gründe — irgendwann werde ich dir alles erklären. Ich habe tatsächlich jemanden bei mir — ich rufe zurück, sobald ich kann. Bis dann!"

Poole wies das Zimmer mit einiger Verspätung an, auf 'Nicht stören' zu schalten und entschuldigte sich: "Es tut mir sehr leid — du weißt natürlich, wer das war."

"Ja — Dr. Khan. Er hat oft versucht, mich zu erreichen."

"Aber du hast dich nie gemeldet. Darf ich wissen, warum?" Es gab zwar wichtigere Fragen, aber Poole konnte nicht widerstehen.

"Unsere Verbindung war die einzige, die ich aufrechterhalten wollte. Außerdem war ich oft abwesend. Manchmal jahrelang."

Das war eine Überraschung — aber wieso eigentlich? Poole wußte ja, daß HALman an vielen Orten und zu vielen Zeiten gesichtet worden war. Dennoch — 'jahrelang abwesend'? Vielleicht hatte er verschiedene Sonnensysteme besucht — vielleicht wußte er deshalb über Nova Scorpio Bescheid, das nur vierzig Lichtjahre entfernt war. Aber er war sicher nicht bis zum Knotenpunkt gekommen; die Hin- und Rückreise hätte neunhundert Jahre gedauert.

"Ein Glück, daß du hier warst, als wir dich brauchten!"

Es kam sehr selten vor, daß HALman mit einer Antwort zögerte. Doch jetzt verstrichen viel mehr als die unvermeidlichen drei Sekunden, bevor er langsam sagte: "Bist du sicher, daß es Glück war?"

"Wie meinst du das?"

"Ich möchte nicht darüber sprechen, aber ich konnte zweimal einen flüchtigen Blick auf — Mächte ... Wesen — werfen, die den Monolithen weit überlegen, vielleicht sogar ihre Schöpfer sind. Vielleicht sind wir beide in unseren Entscheidungen nicht so frei, wie wir glauben."

Poole überlief es kalt. Es kostete ihn einige Überwindung, den Gedanken zu verdrängen und sich auf das anstehende Problem zu konzentrieren.

"Dann wollen wir hoffen, daß wir genügend freien Willen besitzen, um zu tun, was nötig ist. Ich muß dir eine Frage stellen, auch wenn sie dir töricht erscheint. Weiß der Monolith, daß wir uns treffen? Könnte es sein, daß er — Verdacht geschöpft hat?"

"Solcher Gefühle ist er nicht fähig. Er verfügt über zahlreiche Selbstschutzsysteme, und einige davon durchschaue ich. Aber das ist auch schon alles."

"Könnte es sein, daß er uns belauscht?"

"Das glaube ich nicht."

Wenn ich nur sicher sein könnte, daß dieses Supergenie wirklich so kindlich naiv ist, dachte Poole, als er seine Aktentasche öffnete und den versiegelten Kasten mit dem Täfelchen herausholte. Bei der niedrigen Schwerkraft war der Behälter so leicht wie eine Feder; kaum vorstellbar, daß er das Schicksal der Menschheit in sich bergen sollte.

"Wir wußten nicht, ob wir eine sichere Leitung bekommen würden, deshalb wagten wir nicht, ins Detail zu gehen. Auf diesem Täfelchen befinden sich verschiedene Programme, von denen wir hoffen, daß sie den Monolithen daran hindern werden, Befehle auszuführen, die die Menschheit bedrohen. Es handelt sich um zwanzig der verheerendsten Computerviren aller Zeiten. Für die meisten ist kein Viruskiller bekannt; bei einigen soll es auch unmöglich sein, ein solches Programm zu entwickeln. Von jedem Virus gibt es fünf Kopien. Wir möchten dich bitten, sie einzuspeisen, wann — und falls — du es für nötig hältst. Dave — HAL — wir übertragen euch damit eine unerhörte Verantwortung. Aber wir haben keine andere Wahl."

Wieder ließ die Antwort länger auf sich warten, als es der dreisekündige Weg von und nach Europa rechtfertigte.

"Wenn wir das tun, werden möglicherweise sämtliche Funktionen des Monolithen ausgeschaltet. Wir wissen nicht genau, was dann aus uns wird."

"Das haben wir natürlich bedacht. Aber ihr könnt euch inzwischen sicher vieler Möglichkeiten des Monolithen bedienen — auch wenn ihr vermutlich nicht alle bis ins letzte erfaßt. Außerdem schicke ich euch ein Petabyte-Täfelchen. Zehn hoch fünfzehn Byte müßten mehr als ausreichend sein, um alle Erinnerungen und Erfahrungen eines Lebens zu speichern. Damit habt ihr einen Ausweg: ich nehme an, es wird nicht der einzige sein."

"Richtig. Wenn es so weit ist, werden wir uns für einen entscheiden."

Poole atmete auf — soweit das in dieser Situation möglich war. HALman war zur Zusammenarbeit bereit: noch war die Bindung an seine Herkunft stark genug.

"Nun müssen wir dieses Täfelchen zu euch bringen — und zwar als ganzes. Der Inhalt ist zu brisant, als daß wir ihn über Funk oder eine optische Leitung senden könnten. Ich weiß, daß du imstande bist, Gegenstände per Fernsteuerung zu bewegen: hast du nicht einst eine Bombe in der Umlaufbahn gezündet? Würdest du das Täfelchen nach Europa bringen? Wir könnten es auch per Autokurier an jede Stelle schicken, die du uns angibst."

"Das wäre am besten: ich werde es in Tsienville abholen. Hier sind die Koordinaten ..."

Poole saß immer noch erschöpft in seinem Sessel, als der Monitor der Bowman-Suite den Leiter der Delegation einließ, die ihn von der Erde hierher begleitet hatte.

Ob Colonel Jones ein echter Colonel war — und ob er wirklich Jones hieß — war nebensächlich und interessierte Poole nicht weiter. Ihm genügte, daß der Mann ein Organisationstalent war und den Ablauf von Operation DAMOKLES professionell koordiniert hatte.

"Das Täfelchen ist unterwegs, Frank. Wird in einer Stunde und zehn Minuten abgesetzt. Ich nehme an, daß HALman imstande ist, es abzuholen, aber wie er es handhaben will — wenn man so sagen kann — ist mir, ehrlich gesagt, nicht so recht klar."

"Ich habe es auch erst begriffen, als jemand vom Europa-Komitee es mir erklärt hat. Es gibt ein — mir allerdings nicht — bekanntes Theorem, das besagt, daß jeder Computer jeden anderen Computer emulieren kann. HAL wird also schon wissen, was er tut. Sonst hätte er niemals eingewilligt."

"Hoffentlich haben Sie recht", gab der Colonel zurück. "Wenn nicht — nun, dann weiß auch ich mir keinen Rat mehr."

Beide versanken in düsteren Gedanken, bis Poole versuchte, die Spannung zu lösen.

"Haben Sie schon das neueste Gerücht gehört, das über unseren Besuch in Umlauf ist?"

"Welches meinen Sie?"

"Wir sind eine Sonderkommission und haben den Auftrag, uns über die Kriminalitäts- und Korruptionsrate in dieser unzivilisierten Grenzregion zu informieren. Der Bürgermeister und der Sheriff stehen angeblich Todesängste aus."

"Wie ich die beiden beneide", seufzte Colonel Jones. "Es muß doch herrlich sein, sich wegen solcher Bagatellen Sorgen machen zu können."

39. Gott ist tot

Dr. Theodor Khan wurde wie alle (derzeit 56 521) Bewohner von Anubis City kurz nach Mitternacht Ortszeit vom Heulen sämtlicher Alarmanlagen geweckt. "Um Deus' willen, nicht schon wieder ein Eisbeben!" war seine erste Reaktion.

Er stürzte ans Fenster und schrie so laut: "Öffnen!", daß ihn der Raum nicht verstand und er den Befehl in normalem Ton wiederholen mußte. Eigentlich hätte jetzt Luzifers Licht ins Zimmer strömen und die typischen Muster auf den Boden zeichnen müssen, von denen alle Besucher von der Erde so fasziniert waren, weil sie sich, ganz gleich, wie lange man wartete, um keinen Millimeter bewegten ...

Der stete Lichtstrahl war nicht mehr da. Khan starrte fassungslos durch die riesige Blase der Anubiskuppel nach oben. Darüber spannte sich ein Himmel voll funkelnder Sterne, wie ihn Ganymed seit tausend Jahren nicht mehr erlebt hatte. Luzifer war verschwunden.

Khan war noch dabei, sich die längst vergessenen Sternbilder ins Gedächtnis zu rufen, als er etwas bemerkte, das ihn noch mehr erschreckte. Wo sonst Luzifer gestanden hatte, verdeckte eine winzige, tiefschwarze Scheibe die fremd gewordenen Sterne.

Dafür gibt es nur eine Erklärung, dachte Khan. Er war wie vor den Kopf geschlagen. Luzifer war von einem Schwarzen Loch verschlungen worden. Und wir sind vielleicht die nächsten.

Poole beobachtete das Schauspiel vom Balkon des Hotels Grannymed aus mit sehr viel gemischteren Gefühlen. Noch vor den Alarmanlagen hatte ihn sein Kommunikator mit einer Botschaft von HALman geweckt.

"Der Anfang ist gemacht. Wir haben den Monolithen infiziert. Aber eins — oder mehrere — von den Viren sind auch in unsere Schaltkreise eingedrungen. Wir sind nicht sicher, ob wir das Speichertäfelchen, das du uns gegeben hast, noch benützen können. Falls es gelingt, treffen wir uns in Tsienville."

Und dann folgte ein überraschender und seltsam bewegender Satz, über dessen emotionalen Gehalt man sich noch viele Generationen lang streiten sollte:

"Falls ein Herunterladen nicht mehr möglich ist, vergeßt uns nicht."

Aus dem Nebenzimmer hörte Poole, wie sich der Bürgermeister nach Kräften bemühte, die aufgeschreckten Bürger von Anubis City zu beschwichtigen. Obwohl er seine Ansprache mit der schlimmsten Wendung begann, die er in dieser Situation überhaupt wählen konnte — "Es besteht kein Grund zur Beunruhigung" — hatte er doch Tröstliches zu vermelden.

"Wir wissen nicht, was vorgeht — aber Luzifer scheint nach wie vor normal! Ich wiederhole — Luzifer scheint nach wie vor! Wir haben soeben eine Mitteilung vom Interorbital-Shuttle *Alcyone* erhalten, das vor einer halben Stunde nach Callisto gestartet ist. Von dort sieht der Himmel so aus — "

Poole stürmte ins Zimmer zurück und kam gerade noch zurecht, um Luzifer in alter Schönheit vom Bildschirm strahlen zu sehen.

"Bisher wissen wir nur", fuhr der Bürgermeister atemlos fort, "daß Luzifer zeitweilig verfinstert wird — wir werden jetzt näher heranfahren und uns die Sache genauer ansehen ... Observatorium Callisto, bitte kommen ..."

Woher will er wissen, daß es 'zeitweilig' ist? dachte Poole, während er darauf wartete, daß ein neues Bild auf dem Monitor erschien.

Luzifer verschwand, ein Sternenfeld trat an seine Stelle. Die Stimme des Bürgermeisters wurde ausgeblendet und durch eine andere ersetzt:

" — Zwei-Meter-Teleskop, aber soviel sieht man fast mit jedem Instrument. Die Scheibe ist aus tiefschwarzem Material, ihr Durchmesser beträgt gut zehntausend Kilometer, und sie ist so dünn, daß man von Dicke nicht sprechen kann. Sie wurde — offenbar bewußt — genau so plaziert, daß Ganymed kein Licht mehr erhält.

Wir gehen jetzt noch näher heran, vielleicht können wir Einzelheiten erkennen, obwohl ich das eher bezweifeln möchte ..."
Von Callisto aus erschien die Scheibe zu einem doppelt so langen wie breiten Oval verkürzt. Es wuchs, bis es den Schirm zur Gänze ausfüllte; dann war nicht mehr festzustellen, ob das Bild noch näher herangezoomt wurde, denn die Oberfläche wies keinerlei Gliederung auf.

"Genau wie ich dachte — es gibt nichts zu sehen. Schwenken wir hinüber an den Rand ..."

Auch diesmal war keine Bewegung wahrzunehmen, bis plötzlich hinter dem gekrümmten Rand der weltgroßen Scheibe ein Sternenfeld sichtbar wurde. Es war, als schaue man über den Horizont eines vollkommen glatten Planeten ohne Atmosphäre.

Nein, nicht vollkommen glatt ...

"Das ist interessant", kommentierte der Astronom. Er war bisher bemerkenswert sachlich geblieben, als handle es sich um ein ganz alltägliches Phänomen. "Der Rand wirkt gezackt — aber die Zacken sind sehr einheitlich — wie bei einem Sägeblatt ..."

Eine Kreissäge, flüsterte Poole. Will sie uns etwa in Scheiben schneiden? Nun mach dich nicht lächerlich ...

"Näher kommen wir nicht heran, sonst wird das Bild durch die Lichtbeugung verzerrt — wir werden es anschließend aufbereiten, dann kommen die Einzelheiten sehr viel besser heraus."

Die Vergrößerung war jetzt so stark, daß von der Kreisform der Scheibe nichts mehr zu erkennen war. Quer über den Monitor zog sich ein schwarzes Band, dessen Rand sich aus Dreiecken von solcher Regelmäßigkeit zusammensetzte, daß Poole sich von dem ominösen Vergleich mit einem Sägeblatt nicht lösen konnte. Zugleich rumorte etwas in seinem Unterbewußtsein ...

Zusammen mit ganz Ganymed beobachtete er, wie die unendlich weit entfernten Sterne durch diese geometrisch perfekten

Täler zogen. Als er endlich die Lösung des Rätsels fand, waren ihm wahrscheinlich schon viele andere zuvorgekommen.

Wenn man aus rechteckigen Blöcken — ob mit den Proportionen 1:4:9 oder nicht — einen Kreis bildet, kann der Rand nicht glatt sein. Natürlich wird man sich, je kleiner die Blöcke werden, einer perfekten Kreisform immer weiter annähern. Aber wozu der Aufwand, wenn man nur eine Wand bauen will, die groß genug ist, um eine Sonne zu verfinstern?

Der Bürgermeister hatte recht; es war tatsächlich nur eine zeitweilige Eklipse. Doch sie endete ganz anders als eine Sonnenfinsternis.

Das Licht brach zuerst genau in der Mitte durch, nicht wie üblich am Rand in Form einer Perlenkette. Von einem gleißend hellen Punkt strahlten fransige Linien aus — und jetzt wurde bei stärkster Vergrößerung auch erkennbar, wie die Scheibe gegliedert war. Sie bestand tatsächlich aus Millionen von identischen Rechtecken, die möglicherweise alle die Größe der Großen Mauer auf Europa hatten. Und nun fielen sie auseinander — als würde ein riesiges Puzzlespiel zerlegt.

Nach kurzer Unterbrechung hatte Ganymed sein ewiges Tageslicht wieder. Die Scheibe löste sich zusehends auf, Luzifers Strahlen drangen durch immer größere Lücken. Nun zersetzten sich auch die einzelnen Komponenten, als könnten sie, ohne sich gegenseitig zu stützen, nicht weiterexistieren.

Das ganze dauerte keine fünfzehn Minuten, auch wenn es den verängstigten Bewohnern von Anubis City wie Stunden vorkommen mochte. Um Europa selbst kümmerte man sich erst, als alles vorüber war.

Die Große Mauer war verschwunden; erst nach fast einer Stunde kam von der Erde, vom Mars und vom Mond die Nachricht, auch die Sonne habe sekundenlang geflackert, um dann normal weiterzuscheinen.

Die Verfinsterungen hatten sich eindeutig nur gegen die Menschheit gerichtet. Sonst hätte niemand im Sonnensystem etwas davon bemerkt.

Die Aufregung war so groß, daß es eine ganze Weile dauerte, bis die Welt erkannte, daß auch TMA-0 und TMA-1 sich davongemacht hatten. Im Tycho-Krater und in Afrika waren nur die vier Millionen Jahre alten Abdrücke zurückgeblieben.

Es war sicher das erste Mal, daß die Europs mit Menschen zusammentrafen, aber sie schienen weder überrascht noch erschrocken über die Kolosse, die sich mit so rasender Schnelligkeit bewegten. Wobei es natürlich nicht ganz einfach war, die Gemütsverfassung von Wesen zu ergründen, die aussahen wie kleine Sträucher ohne Blätter und allem Anschein nach weder über Sinnesorgane, noch über ein Kommunikationsmittel verfügten. Aber wenn ihnen die Landung der *Alcyone* und die aussteigenden Passagiere angst gemacht hätten, wären sie vermutlich in ihren Iglus geblieben.

Während Frank Poole, durch den Raumanzug und das Gastgeschenk, eine Rolle blanken Kupferdrahts, in seiner Bewegungsfreiheit etwas eingeschränkt, durch die ungepflegten Vororte von Tsienville ging, überlegte er, was die Europs wohl von den jüngsten Ereignissen halten mochten. Von der Luzifer-Eklipse hatte man hier zwar nichts bemerkt, aber das plötzliche Verschwinden der Großen Mauer mußte doch ein Schock gewesen sein. Schließlich hatte sie seit Ewigkeiten am gleichen Fleck gestanden, Schutz und Schild für die Stadt und sicher noch sehr viel mehr. Und nun war sie mit einem Mal fort, als hätte es sie nie gegeben ...

Das Petabyte-Täfelchen wartete schon auf ihn. Eine Gruppe von Europs stand darum herum. Es war das erste Mal, daß sie so etwas wie Neugier an den Tag legten. Hatte HALman ihnen vielleicht aufgetragen, das Geschenk aus dem All zu bewachen, bis er, Poole, kam, um es zu holen?

Und es zurückzubringen an den einzigen Ort, wo es in Sicherheit war. Denn jetzt enthielt es nicht nur einen schlafenden Freund, sondern auch viele Schrecken, die man erst in künftigen Zeiten würde bannen können.

40. Mitternacht: Am Pico

Friedlicher könnte die Szene kaum sein, dachte Poole — besonders nach den letzten, traumatischen Wochen. Die Erde stand fast voll am Himmel, und ihr schräg einfallendes Licht ließ jede Einzelheit des Mare Imbrium, des Regenmeeres, deutlich hervortreten — anstatt alles auszulöschen wie das grelle Feuer der Sonne.

Der kleine Mondmobilkonvoi hatte hundert Meter vor dem Eingang zum 'Gewölbe', einer unscheinbaren Öffnung im Fuß des Pico, einen Halbkreis gebildet. Von seinem Platz aus hatte Poole den ganzen Berg im Blick. Der Pico wurde dem Namen nicht gerecht, den ihm die ersten Astronomen, verführt durch seinen spitzen Schatten, gegeben hatten. Er war eher ein runder Hügel als ein schroffer Gipfel, und Poole konnte sich gut vorstellen, daß Fahrradfahrten auf die Kuppe hier ein beliebtes Freizeitvergnügen waren. Freilich hatte bisher niemand von den Radfahrern und Radfahrerinnen geahnt, was für ein Geheimnis unter ihren Reifen verborgen lag; hoffentlich würde ihnen das grausige Wissen den gesundheitsfördernden Sport nicht verleiden.

Vor einer Stunde hatte er, ein Augenblick der Trauer wie des Triumphs, das Täfelchen übergeben, das er — ohne es jemals aus den Augen zu lassen — von Ganymed direkt zum Mond gebracht hatte.

"Lebt wohl, meine Freunde", hatte er gemurmelt. "Ihr habt richtig gehandelt. Vielleicht erweckt euch eine spätere Generation wieder zum Leben. Aber hoffen — will ich es nicht."

Ein Grund, warum die Menschheit in größter Verzweiflung auf HALmans Wissen zurückgreifen könnte, war ihm nur allzu präsent. Inzwischen war gewiß eine Botschaft abgesetzt worden, um der geheimnisvollen Zentrale zu melden, daß ihr Diener auf Europa nicht mehr existierte. Wenn nicht allzuviel dazwischenkam, war in etwa 950 Jahren mit einer Antwort zu rechnen.

Poole hatte Einstein früher oft verflucht; jetzt pries er ihn. Man konnte davon ausgehen, daß selbst die Macht, die hinter den Monolithen stand, ihren Einfluß allenfalls mit Lichtgeschwindigkeit geltend machen konnte. Die Menschheit hatte also fast ein Jahrtausend Zeit, um sich auf die nächste Begegnung vorzubereiten — falls sie tatsächlich stattfinden sollte. Vielleicht war man bis dahin besser gewappnet.

Etwas tauchte aus dem Tunnel auf — der semi-humanoide, auf Ketten fahrende Roboter, der das Täfelchen ins 'Gewölbe' gebracht hatte. Der Anblick reizte zum Lachen — die Maschine trug einen Schutzanzug gegen tödliche Keime, und das hier auf dem Mond, wo es keine Atmosphäre gab! Aber man wollte auch das letzte Risiko ausschalten. Immerhin hatte sich der Roboter im gleichen Raum befunden wie die apokalyptischen Schrecken, die man so sorgsam unter Verschluß hielt. Seine Videokameras hatten zwar nichts Ungewöhnliches bemerkt, aber man konnte nie völlig ausschließen, daß ein Gefäß leckte oder eine Dichtung brüchig wurde. Die Umweltbedingungen auf dem Mond waren vergleichsweise stabil, aber im Lauf der Jahrhunderte hatte es doch immer wieder Beben und Meteoriteneinschläge gegeben.

Fünfzig Meter vor dem Tunnel hielt der Roboter an. Der massive Zylinderverschluß wurde herangeschwenkt und ins Gewinde eingesetzt und begann, sich wie eine Riesenschraube in den Berg hineinzufressen.

"Wer keine Schutzbrille trägt, wird gebeten, die Augen zu schließen oder den Kopf abzuwenden!" ertönte eine besorgte Stimme aus dem Funkgerät des Mondmobils. Poole konnte seinen Stuhl gerade noch zur Seite schwenken, da schoß auch schon ein Lichtblitz aus dem Dach des Robotfahrzeugs. Als er sich wieder dem Pico zuwandte, war von dem Roboter nur noch ein Häufchen glühender Schlacke zu sehen. Obwohl er als Astronaut einen großen Teil seines Lebens im luftleeren Raum verbracht hatte, suchte Poole doch unwillkürlich nach aufsteigenden Rauchfäden.

"Sterilisation abgeschlossen", meldete die Stimme aus dem Kontrollzentrum. "Vielen Dank an alle. Wir kehren jetzt nach Plato City zurück."

Ironie des Schicksals, dachte Poole. Ausgerechnet dem geschickten Einsatz ihrer wahnwitzigsten Erfindungen hatte die Menschheit ihre Rettung zu verdanken! Was war wohl die Moral dieser Geschichte?

Er schaute empor zu der herrlichen, blauen Erde. Sie hatte sich in eine zerschlissene Wolkendecke gehüllt, um sich vor der Kälte des Alls zu schützen. In wenigen Wochen hoffte er, da oben seinen ersten Enkel in den Armen zu halten.

Niemand wußte, ob und welche Götter hinter den Sternen thronten, sagte sich Poole, doch für die gewöhnlichen Sterblichen zählten nach wie vor nur zwei Dinge: die Liebe und der Tod.

Noch war sein Körper keine hundert Jahre alt; noch blieb ihm für beides ausreichend Zeit.

Epilog

Ihr kleines Universum ist sehr jung, und ihr Gott ist noch ein Kind. Doch für ein Urteil ist die Zeit noch nicht reif. Wenn Wir zurückkehren am Ende aller Tage, werden Wir entscheiden, was einer Rettung würdig ist.

Quellen und Danksagungen

Quellen

KAPITEL 1: KOMETENCOWBOY
Zur Beschreibung der erst 1992 entdeckten Jagdgründe von Captain Chandler vgl. "The Kuiper Belt" von Jane X. Luu und David C. Jewitt (*Scientific American*, Mai 1996).

KAPITEL 4: EIN ZIMMER MIT AUSSICHT
Die Vorstellung eines 'Rings um die Welt' im geostationären Orbit (GEO), der mit der Erde durch Türme am Äquator verbunden ist, mag absolut phantastisch erscheinen, steht aber wissenschaftlich auf festen Beinen. Es handelt sich um eine logische Weiterführung des 'Weltraumfahrstuhls', einer Erfindung des Ingenieurs Jurij Arkutanow aus St. Petersburg, den ich 1982, als seine Heimatstadt noch einen anderen Namen trug, kennenlernen durfte.

Jurij erklärte, es sei theoretisch möglich, ein Kabel von der Erde zu einem Satelliten zu legen, der fest über einem Punkt des Äquators schwebt — und das ist der Fall, wenn er im GEO ausgesetzt wird, wo sich schon heute die meisten Kommunikationssatelliten befinden. Aus diesen Anfängen ließe sich ein Weltraumfahrstuhl (oder, um Jurijs bildhaften Ausdruck zu verwenden, eine 'kosmische Seilbahn') entwickeln, der Frachten nur mit elektrischer Energie in den GEO befördern könnte. Raketenantrieb wäre dann nur noch für den Rest der Reise erforderlich.

Mit dem Weltraumfahrstuhl würden nicht nur die mit Raketenstarts verbundenen Gefahren, der Lärm und die Umweltbelastungen vermieden, er würde auch eine beachtliche Kostenersparnis bei Weltraummissionen ermöglichen. Elektrizität ist billig, deshalb ließe sich ein Mensch für nur etwa hundert Dollar in den Orbit bringen. Der Hin- und Rückflug wäre schon für zehn Dollar zu haben, da bei der Fahrt nach unten der größte Teil der Energie zurückgewonnen werden könnte! (Natürlich würden die Verpflegung und die Bordfilme den Preis des Tickets wieder in die Höhe treiben. Sagen wir also, tausend Dollar für einen Flug zum GEO und wieder zurück?)

Von der Theorie her ist alles klar, aber wie steht es mit einem Material, das nicht nur genügend Zugfestigkeit besitzt, um aus 36 000 km Höhe bis zum Äquator zu hängen, sondern auch noch über Reserven für die Beförderung von Nutzlasten verfügt? Als Jurij seine Erfindung vorstellte, gab es nur einen Werkstoff, der diesen doch sehr hohen Anforderungen entsprach, und das war kristalliner Kohlenstoff, besser bekannt unter der Bezeichnung Diamant. Leider würden die benötigten Mengen im Megatonnenbereich liegen und wären auf dem freien Markt nicht so ohne weiteres erhältlich, auch wenn ich in *2061: Odyssee III* die Hoffnung geweckt habe, sie könnten im Kern des Jupiter zu finden sein. In *The Fountains of Paradise* habe ich eine leichter zugängliche Quelle beschrieben — Orbitalfabriken, in denen man die Diamanten bei Schwerelosigkeit produzieren könnte.

Den ersten 'kleinen Schritt' in Richtung Weltraumfahrstuhl unternahm im August 1992 das Shuttle *Atlantis*, als es im Rahmen eines Experiments daranging, ein Stück Frachtgut an einem einundzwanzig Kilometer langen Seil auszubringen — und wieder einzuholen. Bedauerlicherweise blockierte der Mechanismus zum Abwickeln des Seils bereits nach wenigen hundert Metern.

Trotzdem fühlte ich mich sehr geschmeichelt, als die *Atlantis*-Besatzung bei ihrer ersten Pressekonferenz aus dem Orbit

The Fountains of Paradise vor die Kamera hielt und Wissenschaftsastronaut Jeffrey Hoffman mir nach der Rückkehr zur Erde das signierte Exemplar zuschickte.

Das zweite Experiment dieser Art im Februar 1996 war schon von mehr Erfolg gekrönt: das Frachtstück konnte tatsächlich auf volle Länge abgelassen werden, doch beim Wiedereinholen wurde das Seil infolge eines Kurzschlusses, ausgelöst durch eine Schadstelle in der Isolierung, durchtrennt. (Das mag sogar ein Glück gewesen sein. Ich mußte unwillkürlich an jene Zeitgenossen von Ben Franklin denken, die ums Leben kamen, als sie sein ebenso berühmtes wie hochgefährliches Experiment wiederholen und bei Gewitter einen Drachen steigen lassen wollten.)

Abgesehen von möglichen Gefahren besteht zwischen dem Ablassen von Frachtstücken aus einem Shuttle und dem Angeln eine gewisse Ähnlichkeit: beides ist nicht so einfach, wie es aussieht. Doch irgendwann wird auch der 'große Sprung' glücken — bis hinunter zum Äquator.

Inzwischen hat die Entdeckung einer dritten Form des Kohlenstoffs, der Buckminster-Fullerene (C60), die Realisierung des Weltraumfahrstuhls in greifbarere Nähe gerückt. 1990 konnte eine Gruppe von Chemikern an der Rice University in Houston C60 als Röhrenmolekül erzeugen — mit einer Zugfestigkeit, die die von Diamant weit übertrifft. Der Leiter der Gruppe, Dr. Smalley, ging sogar so weit zu behaupten, es handle sich um den stabilsten Werkstoff aller Zeiten — und er fügte hinzu, damit würde der Bau eines Weltraumfahrstuhls möglich. (Wie ich zu meiner Freude nach Redaktionsschluß erfuhr, wurde Dr. Smalley für sein Werk neben anderen mit dem Nobelpreis 1996 für Chemie geehrt.)

Und jetzt ein wirklich erstaunlicher Zufall — er ist so unheimlich, daß ich mich wieder einmal frage, wer da oben wohl die Fäden zieht.

Buckminster Fuller starb 1983, er hat also die Entdeckung der 'Buckyballs' und 'Buckytubes', die ihm posthum zu so großem Ruhm verhalfen, nicht mehr erlebt. Ich hatte das Vergnügen, ihn und seine Frau Anne auf einer seiner letzten Weltreisen über Sri Lanka herumzufliegen und ihnen einige der Schauplätze aus *The Fountains of Paradise* zu zeigen. Kurz darauf zeichnete ich den Roman auf einer Zwölf-Zoll-Langspielplatte (Caedmon TC 1606 — wissen Sie noch?) auf, und Bucky war so freundlich, den Klappentext zu schreiben. Vielleicht hat mich die überraschende Enthüllung am Ende des Texts zu meiner Version von Star City inspiriert:

Im Jahre 1951 entwarf ich eine freischwebende Ringbrücke, die in großer Entfernung um den Erdäquator herumzubauen wäre. Innerhalb dieser kreisförmigen 'Halobrücke' würde die Erde ihre Drehung beibehalten, während die Brücke mit einer anderen Geschwindigkeit rotieren müßte. Ich stellte mir vor, daß Fahrzeuge von der Erde senkrecht zu der Brücke aufsteigen, sich mit ihr weiterdrehen und an jeder gewünschten Stelle wieder zur Erde hinabgelangen sollten.

Ich zweifle nicht daran, daß Star City gebaut werden könnte, wenn die Menschheit bereit wäre, die nötigen Summen zu investieren (eine Kleinigkeit, wenn man gewissen Wachstumsprognosen glauben kann). Die Vorteile lägen auf der Hand: Nicht nur, daß neue Varianten der Lebensführung zur Auswahl stünden und für Besucher von Welten mit niedriger Schwerkraft wie dem Mond oder dem Mars die Reise zu ihrer Heimatwelt weniger belastend würde, man könnte auch sämtliche Raketen von der Erdoberfläche verbannen und ins All verlegen, wo sie hingehören (wobei ich hoffe, daß man zu den entsprechenden Gedenktagen die berühmtesten Starts in Cape Kennedy wiederholen würde, um die Erinnerung an diese erregenden Momente der Pionierzeit wachzuhalten).

Sicher würde die Stadt größtenteils aus leeren Gerüsten bestehen, und nur ein sehr kleiner Teil wäre bewohnt oder würde für wissenschaftliche oder technische Zwecke genützt. Immerhin entspräche jeder Turm einem Wolkenkratzer mit zehn Millionen Stockwerken — und der Ring um den geostationären Orbit wäre länger als die Hälfte der Strecke zum Mond! Wenn alles umbaut wäre, fände im Inneren ein Vielfaches der gesamten Erdbevölkerung Platz. (Interessant wären die dabei entstehenden logistischen Probleme, doch daran mögen sich die Studenten der Zukunft die Zähne ausbeißen.)

Eine ausgezeichnete Darstellung der Geschichte des 'Beanstalk'-Konzepts (und vieler anderer, noch abwegigerer Ideen wie etwa der Antigravitation und der Raumkrümmung) bietet Robert L. Forwards *Indistinguishable from Magic* (Baer, 1995).

KAPITEL 5: WEITERBILDUNG
Zu meinem Erstaunen las ich in den hiesigen Zeitungen vom 19. Juli 1996, daß Dr. Chris Winter, Leiter des *Artificial Life Team* der British Telecom es für möglich hält, das in diesem Kapitel von mir beschriebene Informations- und Speichersystem binnen dreißig Jahren zu entwickeln! (In meinem Roman *The City and the Stars* von 1956 hatte ich es noch mehr als eine Milliarde Jahre in die Zukunft verlegt ... was auf ein gravierendes Phantasiedefizit schließen läßt.) Dr. Winter stellt fest, auf diesem Wege lasse sich 'ein Mensch physisch, emotionell und geistig nachbilden' und schätzt die erforderliche Speicherkapazität auf zehn Terabyte (10^{13} Byte), zwei Größenklassen unter dem von mir vorgeschlagenen Petabyte (10^{15} Byte).

Dr. Winter hat das Verfahren — das in klerikalen Kreisen sicher für erregte Diskussionen sorgen wird — 'Seelen-fänger' genannt. Schade, daß der Name mir nicht eingefallen ist (Zur Verwendung in der interstellaren Raumfahrt vgl. die Bemerkungen zu Kapitel 9).

Ich hatte gedacht, der in Kapitel 3 beschriebene Informationstransfer durch Aneinanderdrücken der Handflächen sei eine Erfindung von mir, und so war es mir sehr peinlich, als ich herausfand, daß Nicholas (*Being Digital*) Negroponte und sein MIT Media Lab schon seit Jahren an dieser Idee arbeiten ...

KAPITEL 7: LAGEBESPRECHUNG
Falls die unvorstellbaren Energiekapazitäten des Nullpunktfeldes (manchmal auch 'Quantenfluktuationen' oder 'Vakuumenergie' genannt) jemals angezapft werden können, wird das unabsehbare Auswirkungen auf unsere Zivilisation haben. Alle derzeit nutzbaren Energiequellen — Erdöl, Kohle, Atom-, Wasser- und Solarkraft — und mit ihnen unsere Ängste vor Umweltverschmutzung wären überholt. Statt dessen hätten wir eine neue, große Sorge — den Wärmeüberschuß. Im Lauf der Zeit baut sich jede Energieform zu Wärme ab, und wenn jeder Erdenbürger ein paar Millionen Kilowatt zum Spielen hätte, wäre unser Planet bald auf dem besten Weg zu den Verhältnissen auf der Venus — mit mehreren hundert Grad im Schatten.

Die Sache hat freilich auch einen positiven Aspekt: dies könnte die einzige Möglichkeit sein, die nächste Eiszeit abzuwenden, die sonst mit tödlicher Sicherheit auf uns zukommt. ("Zivilisation ist die Pause zwischen zwei Eiszeiten." — Will Durant, *The Story of Civilization*.)

Noch während ich dies schreibe, behaupten viele fähige Ingenieure, die neue Energiequelle würde weltweit in den Labors bereits angezapft. Eine Größenvorstellung vermittelt der Physiker Richard Feynman, wenn er sagt, mit der im Volumen einer Kaffeetasse enthaltenen Energie (wichtig ist nur das Volumen, ganz gleich wo!) könne man alle Ozeane der Welt zum Kochen bringen.

Das ist eine Aussage, die nachdenklich stimmt. Verglichen damit ist die Atomenergie nicht mehr als ein feuchtes Streichholz.

Wieviele Supernovae mögen wohl tatsächlich Betriebsunfälle sein?

KAPITEL 9: SKYLAND
Eines der größten Probleme in Star City wären wohl die ungeheuren Entfernungen: ein Besuch bei einem Freund im Nach-

barturm (und persönliche Kontakte werden sich trotz aller Fortschritte auf dem Gebiet der virtuellen Realität niemals ganz durch Kommunikationseinrichtungen ersetzen lassen) wäre womöglich gleichzusetzen mit einer Reise zum Mond. Selbst mit den schnellsten Fahrstühlen bräuchte man dafür nicht nur Stunden, sondern Tage, oder man müßte mit Beschleunigungen arbeiten, die für Menschen, besonders wenn sie an niedrige Schwerkraft gewöhnt sind, nicht zu ertragen wären.

Die Idee eines 'trägheitslosen Antriebs' — eines Antriebssystems, das auf jedes Atom eines Körpers wirkt, so daß bei Beschleunigung keinerlei Belastung entsteht — wurde wahrscheinlich von E.E. Smith, dem Meister der 'Weltraumoper', in den dreißiger Jahren des zwanzigsten Jahrhunderts entwickelt und ist nicht so unwahrscheinlich, wie sie klingt — denn genau so funktioniert ein Schwerefeld.

Befindet man sich in Erdnähe im freien Fall, so erhöht sich (wenn man den Luftwiderstand unberücksichtigt läßt) die Geschwindigkeit mit jeder Sekunde um knapp zehn Meter pro Sekunde. Dennoch fühlt man sich schwerelos — d.h., man spürt nichts von der Beschleunigung, obwohl das Tempo alle eineinhalb Minuten um einen Kilometer pro Sekunde steigt!

Das würde auch für einen Sturz bei Jupiterschwerkraft (etwas mehr als das Zweieinhalbfache der Erdschwerkraft) oder gar im sehr viel stärkeren Schwerefeld eines weißen Zwergs oder eines (millionen- oder milliardenmal größeren) Neutronensterns gelten. Man würde nichts spüren, selbst wenn man innerhalb von Minuten aus dem Stand auf Lichtgeschwindigkeit beschleunigt hätte. Man dürfte nur nicht den Fehler begehen, sich dem Objekt, das einen anzieht, bis auf wenige Atomradien zu nähern, denn dann könnte das Feld nicht mehr einheitlich auf den gesamten Körper einwirken, und man würde von den Gezeitenkräften bald in Stück gerissen. Genaueres dazu in meiner miserablen Kurzgeschichte mit dem immerhin treffenden Titel 'Neutron Tide' (in *The Wind from the Sun*).

Ein 'trägheitsloser Antrieb' mit der gleichen Wirkung wie ein steuerbares Schwerefeld wurde bis vor kurzem nur innerhalb der Science Fiction ernsthaft diskutiert. Doch im Jahre 1994 entwickelten drei amerikanische Physiker einige Ideen des großen russischen Physikers Andrej Sacharow weiter und beschäftigten sich auch wissenschaftlich damit.

'Inertia as a Zero-Point Field Lorentz Force', ein Aufsatz von B. Haisch, A. Rueda und H.E. Puthoff (*Phys. Review A*, Februar 1994) könnte eines Tages als Meilenstein der Wissenschaft angesehen werden. Zu literarischen Zwecken habe ich ihn bereits dazu gemacht. Er spricht ein fundamentales Problem an, das normalerweise als selbstverständlich hingenommen und achselzuckend mit der Bemerkung 'So ist das Universum nun einmal' abgetan wird.

Haisch, Rueda und Puthoff stellen folgende Frage: "Was verleiht einem Objekt Masse (oder Trägheit), so daß man zunächst Kraft aufwenden muß, um es in Bewegung zu bringen, und hinterher genau die gleiche Kraft braucht, um es in den Ausgangszustand zurückzuversetzen?"

Ihre vorläufige Antwort macht sich die erstaunliche und — außerhalb der Elfenbeintürme der Physiker — wenig bekannte Tatsache zunutze, daß der vermeintlich leere Raum in Wirklichkeit ein Kessel voll brodelnder Energien ist — ein Nullpunktfeld (vgl. oben die Anmerkung zu Kapitel 7). Die drei Physiker vermuten, daß die Trägheit wie die Gravitation als elektromagnetische Phänomene zu betrachten sind, die sich aus der Interaktion mit diesem Feld ergeben.

Unzählige Wissenschaftler bis zurück zu Faraday haben versucht, eine Verbindung zwischen Schwerkraft und Magnetismus herzustellen, und obwohl angeblich viele Experimente erfolgreich verliefen, konnten die Ergebnisse nie verifiziert werden. Sollte sich die Theorie von Haisch, Rueda und Puthoff jedoch beweisen lassen, so eröffnet sich — wenn auch erst in ferner Zukunft — die Aussicht auf 'Weltraumantriebe' nach dem Antigravprinzip und die noch phantastischere Möglichkeit, die Trägheit zu steuern. Dabei könnten sich interessante Effekte ergeben: man versetzt einem Mitmenschen einen leichten Stoß, und er rast prompt mit Tausenden von Stundenkilometern davon, bis er einen Millisekundenbruchteil später von der gegenüberliegenden Zimmerwand zurückgeworfen wird. Der Vorteil wäre, daß Verkehrsunfälle praktisch unmöglich würden; Automobile — und Insassen — könnten bei jeder Geschwindigkeit kollidieren, ohne Schaden zu nehmen. (Und Sie halten schon das Leben von heute für hektisch?)

Die 'Schwerelosigkeit', die für uns heutige Menschen bei Weltraummissionen ganz normal ist — und mit der sich im nächsten Jahrhundert Millionen von Touristen amüsieren werden — wäre unseren Großeltern wie Zauberei vorgekommen. Die Aufhebung — oder auch nur die Verringerung — der Trägheit ist allerdings etwas ganz anderes und wird vielleicht nie zu erreichen sein.* Aber es macht Spaß, den Gedanken weiterzuspinnen, denn damit ließe sich fast so etwas wie 'Teleportation' verwirklichen: man könnte (zumindest auf der Erde) praktisch ohne Zeitverlust überallhin reisen. Ich weiß offen gestanden nicht, wie 'Star City' ohne diese Art des Antriebs bestehen könnte ...

In diesem Roman bin ich unter anderem davon ausgegangen, daß Einstein recht hatte und kein Signal — und kein Körper — schneller sein kann als das Licht. In jüngster Zeit sind jedoch eine Reihe von hochkomplizierten, mathematischen Arbeiten

---

*Im September 1996 behaupteten finnische Wissenschaftler, sie hätten über einer rotierenden Scheibe aus supraleitendem Material eine geringfügige Verminderung der Schwerkraft (um weniger als 1 Prozent) festgestellt. Sollte sich das bestätigen (und bei früheren Versuchen im Münchner Max Planck-Institut hatten sich ähnliche Resultate angedeutet) so könnte es der langersehnte Durchbruch sein. Ich warte interessiert aber skeptisch ab, wie es weitergeht.

erschienen, die etwas andeuten, was für zahllose SF-Schriftsteller seit langem eine Selbstverständlichkeit ist: demnach könnte es sein, daß künftige Anhalter durch die Galaxis sich mit dieser lästigen Einschränkung nicht mehr abzufinden brauchen.

Im Grunde hoffe ich, daß sie alle recht haben — ich sehe allerdings einen fundamentalen Einwand. Wenn Reisen mit Überlichtgeschwindigkeit möglich sind, wo bleiben dann all die vielen Anhalter — oder zumindest die zahlungskräftigen Touristen?

Eine Antwort könnte lauten, daß kein vernünftiger Extraterrestrier jemals ein interstellares Raumschiff bauen würde, aus dem gleichen Grund, aus dem wir niemals Luftschiffe mit Kohlefeuerung entwickelt haben: weil man das gleiche Ziel sehr viel rationeller erreichen kann.

Daß nur eine überraschend kleine Zahl von 'Bits' erforderlich ist, um einen Menschen zu definieren oder all die Informationen zu speichern, die er in seinem Leben zusammentragen kann, wird in 'Machine Intelligence, the Cost of Interstellar Travel and Fermi's Paradox' von Louis K. Scheffer (*Quarterly Journal of the Royal Astronomical Society 35*, no. 2 [Juni 1994]: S. 157-175) erörtert. Der Autor dieses Aufsatzes (sicher der spekulativste Text, den das seriöse *QJRAS* seit seinem Bestehen veröffentlicht hat!) schätzt, daß sich das gesamte Bewußtsein eines hundert Jahre alten Menschen mit absolutem Gedächtnis mit zehn hoch fünfzehn Bits (ein Petabit) darstellen ließe. Diese Informationsmenge könnte mit optischer Fasertechnik schon heute in wenigen Minuten übertragen werden.

Meine Unterstellung, der *Star Trek*-Transporterstrahl werde auch im Jahre 3001 noch nicht realisiert sein, könnte sich daher bereits in einer Kleinigkeit von hundert Jahren als beschämend kurzsichtig erweisen. Dann ließe sich der derzeitige Mangel an Interstellartouristen ganz einfach damit erklären, daß die Erde noch keine entsprechenden Empfangseinrichtungen installiert hat. Vielleicht sind sie per Raumschiff unterwegs ...

KAPITEL 15: AN DER VENUS VORBEI
Es ist mir ein besonderes Vergnügen, der Besatzung von *Apollo 15* auf diesem Weg meinen Dank abzustatten. Nach ihrer Rückkehr vom Mond schickte sie mir eine wunderschöne Reliefkarte vom Landeplatz der Mondfähre *Falcon*, die seither einen Ehrenplatz in meinem Arbeitszimmer hat. Sie zeigt die Strecken, die der Mondjeep 'Lunar Rover' bei seinen drei Exkursionen abgefahren hatte. Eine davon führte um den Earthlight Krater herum. Die Karte trägt die Aufschrift 'Für Arthur Clarke von der Besatzung von *Apollo 15* zum Dank für Ihre Weltraumvisionen. Dave Scott, Al Worden, Jim Irwin." Als Gegenleistung habe ich *Earthlight* (das Buch wurde 1953 geschrieben und spielt in dem Gebiet, das der Rover 1971 durchfahren sollte) 'Dave Scott und Jim Irwin, den ersten Menschen, die dieses Land betraten, und Al Worden, der aus dem Orbit über sie wachte' gewidmet.

Nachdem ich zusammen mit Walter Cronkite und Wally Schirra im CBS-Studio über die Landung von *Apollo 15* berichtet hatte, flog ich zum Kontrollzentrum, um den Wiedereintritt und die Wasserung mitzuerleben. Ich saß neben Al Wordens kleiner Tochter, als sie — übrigens als erste — bemerkte, daß einer der drei Kapselfallschirme sich nicht geöffnet hatte. Es war ein sehr aufregender Moment, doch zum Glück reichten die beiden anderen Schirme völlig aus.

KAPITEL 16: AM KAPITÄNSTISCH
Der Aufschlag der Sonde wird in *2001: Odyssee im Weltraum*, Kapitel 18 beschrieben. Genau das gleiche Experiment ist für die bevorstehende Mission Clementine 2 geplant.

Es ist mir schon etwas peinlich, daß ich in meiner ersten *Odyssee im Weltraum* die Entdeckung des Asteroiden 7 794 dem Mondobservatorium zugeschrieben hatte — und das im Jahre 1997! Am besten verschiebe ich das ganze auf 2017 — zur Feier meines hundertsten Geburtstags.

Nur wenige Stunden, nachdem ich diesen Absatz geschrieben hatte, durfte ich zu meiner großen Freude erfahren, daß der Asteroid 4 923 (1981 EO27), entdeckt von S.J. Bus in Siding Spring, Australien, am 2. März 1981, den Namen Clarke bekommen hat, u.a. als Anerkennung für das Projekt SPACEGUARD (vgl. *Rendezvous with Rama** und *The Hammer of God*). Man teilte mir übrigens mit dem Ausdruck tiefsten Bedauerns mit, Asteroid Nummer 2 001 stehe nicht mehr zur Verfügung, er sei bereits nach einem gewissen A. Einstein benannt worden. Ausreden, nichts als Ausreden ...

Sehr angetan war ich jedoch, als ich hörte, Asteroid 5 020, am gleichen Tag entdeckt wie 4 923, würde auf den Namen Asimov getauft — so traurig es auch ist, daß mein alter Freund das nicht mehr erleben konnte.

KAPITEL 17: GANYMED

Wie im 'Abschied' und im 'Nachwort des Autors' zu *Odyssee 2010* und *2061: Odyssee III* bereits erklärt, hatte ich gehofft, daß uns die ehrgeizige Galileo-Mission zum Jupiter und seinen Monden zwischenzeitlich sehr viel genauere Informationen — und phantastische Nahaufnahmen — von diesen fremden Welten geliefert hätte.

Nun hat *Galileo* nach vielen Verzögerungen sein erstes Ziel — den Jupiter — erreicht und bewährt sich großartig. Leider gibt es ein Problem — aus irgendeinem Grund konnte die Hauptantenne nicht ausgefahren werden. Das heißt, die Bilder müssen über eine schwächere Antenne übertragen werden, und das geht quälend langsam. Man hat zwar bei der Umprogrammierung der Bordcomputer wahre Wunder vollbracht und einen gewissen Ausgleich geschaffen, aber Informationen, die in Minutenschnelle hätten übertragen werden sollen, brauchen nach wie vor Stunden.

Wir müssen uns also noch gedulden — und so kam ich in die heikle Lage, eine fiktive Erkundung Ganymeds durchführen

---

*Heyne Buch 8119; Rendezvous mit 31/439

zu müssen, kurz bevor sich *Galileo* am 27. Juli 1996 anschickte, dies in Wirklichkeit zu tun.

Am 11. Juli 1996, nur zwei Tage vor Vollendung dieses Buches, bekam ich die ersten Bilder vom JPL auf meinen Computer; zum Glück widerspricht — bisher — nichts meiner Beschreibung. Sollten jedoch anstelle der kraterübersäten Eiswüsten irgendwann Palmen und tropische Strände oder, schlimmer noch, YANKEE GO HOME-Schilder auftauchen — dann bekomme ich wohl wirklich Ärger ...

Besonders die Nahaufnahmen von 'Ganymed City' (Kapitel 17) erwarte ich mit Ungeduld. Die eindrucksvolle Formation sieht genau so aus, wie ich sie beschrieben habe — obwohl ich beim Schreiben zögerte, aus Angst, mit meiner 'Entdeckung' auf der Titelseite des *National Prevaricator** zu landen. Ich finde, diese Landschaft könnte sehr viel eher künstlich geschaffen worden sein als das berüchtigte 'Marsgesicht' und seine Umgebung. Und wenn die Straßen zehn Kilometer breit sind — na und? Vielleicht waren die Meder ja wirklich RIESEN ...

Man findet die Stadt auf den *Voyager*-Aufnahmen 20637.02 und 20637.29 der NASA oder, einfacher, auf Illustration 23.8 von John H. Rogers' Monumentalwerk The Giant Planet Jupiter (*Cambridge University Press*, 1995).

KAPITEL 19: DER WAHN DER MENSCHHEIT

Wer sich mit eigenen Augen überzeugen will, daß Khans überraschende Behauptung, ein großer Teil der Menschheit habe von jeher die Tendenz gezeigt, zeitweise dem Wahnsinn zu verfallen, einiges für sich hat, den verweise ich auf Folge 22 'Meeting Mary' meiner Fernsehserie *Arthur C. Clarke's Mysterious Universe*. Und dabei sollte man nicht vergessen, daß die Christen nur eine sehr kleine Untergruppe unserer Spezies darstellen: sehr viel zahlreicher als die Verehrer der Jungfrau

---

*etwa: Schwindler der Nation; Anm. d. Ü.

Maria sind die Scharen, die sich mit Leib und Seele so völlig verschiedenen Gottheiten wie Rama, Kali, Siva, Thor, Wotan, Jupiter, Osiris, etc., etc. verschrieben haben ...

Das überzeugendste — und zugleich abschreckendste — Beispiel für einen hochintelligenten Menschen, der durch seine religiösen Überzeugungen zum tobenden Irren wurde, ist Conan Doyle. Obwohl seine hochverehrten Medien reihenweise als Betrüger bloßgestellt wurden, war sein Glaube an sie nicht zu erschüttern. Der geistige Vater von Sherlock Holmes wollte sogar den großen Magier Harry Houdini davon überzeugen, daß er 'dematerialisiere', wenn er seine Entfesselungskünste vorführe — dabei beruhen diese oft auf 'lächerlich simplen Tricks', wie Dr. Watson zu sagen pflegte. (vgl. dazu den Aufsatz 'The Irrelevance of Conan Doyle ' in Martin Gardners *The Night Is Large*.)

Material zur Inquisition, deren frommes Schreckensregiment Pol Pot und die Nazis wie die Waisenkinder aussehen läßt, findet sich in Carl Sagans vernichtendem Angriff gegen den Schwachsinn des New Age, *The Demon-Haunted World*. Wenn es nach mir ginge, würde dieses Buch — und das von Martin — an jeder High School und in jedem College als Pflichtlektüre eingeführt.

Zumindest gegen *eine* religiös motivierte Barbarei hat die Einwanderungsbehörde der Vereinigten Staaten inzwischen energisch Partei ergriffen. Wie in *Time Magazine* ('Mile-stones', 24. Juni 1996) gemeldet wird, haben Mädchen, denen in ihrem Geburtsland die Verstümmelung der Genitalien droht, inzwischen Anspruch auf Asyl.

Ich hatte dieses Kapitel bereits fertiggestellt, als mir Anthony Storrs *Feet of Clay: The Power and Charisma of Gurus* (The Free Press, 1996) in die Hände fiel, sozusagen ein Standardwerk zu diesem deprimierenden Thema. Kaum zu glauben, daß einer dieser falschen Propheten, als ihn die U.S. Marshals endlich verhafteten, sage und schreibe dreiundneunzig Rolls-Royces zusammengerafft hatte! Schlimmer noch —

von seinen amerikanischen Opfern, die in die Tausende gingen, hatten 83% ein College besucht. Meine Definition gilt also immer noch: 'Ein Intellektueller ist ein Mensch, dessen Intelligenz mit seiner Bildung nicht mithalten kann.'

KAPITEL 26: TSIENVILLE

Bereits 1982 im Vorwort zu *Odyssee 2010* hatte ich erklärt, warum ich das chinesische Raumschiff, das auf Europa landete, nach Dr. Tsien Hsue-shen benannte, einem der Väter der U.S.-amerikanischen wie der chinesischen Raketenprogramme.

Tsien, geboren 1911, kam 1935 mit Hilfe eines Stipendiums aus China in die Vereinigten Staaten, wo er zunächst bei dem genialen ungarischen Aerodynamiker Theodor von Karman studierte, um später als Kollege mit ihm zusammenzuarbeiten. Als erster Goddard-Professor am California Institute of Technology war er am Aufbau des Guggenheim Aeronautical Laboratory beteiligt — dem unmittelbaren Vorgänger des berühmten Jet Propulsion Laboratory von Pasadena. Wie die *New York Times* (28. Oktober 1966) in ihrem Artikel ('Peking Rocket Chief Was Trained in U.S.') ganz richtig bemerkte, ist 'Tsiens Leben ... eine Ironie des Schicksals in der Geschichte des Kalten Krieges.' Kurz zuvor hatte China über seinem eigenen Hoheitsgebiet einen Atomwaffentest mit ferngelenkten Raketen durchgeführt.

In den fünfziger Jahren leistete Tsien einen wesentlichen Beitrag zur amerikanischen Raketenforschung und hatte Zugang zu streng geheimen Unterlagen, dennoch wurde er, als er seine chinesische Heimat besuchen wollte, in der Hysterie der McCarthy-Ära verhaftet und mit völlig aus der Luft gegriffenen Anschuldigungen des Geheimnisverrats bezichtigt. Nach langer Untersuchungshaft und unzähligen Verhören schob man ihn schließlich in seine Heimat ab und verlor damit einen der fähigsten Wissenschaftler jener Zeit. Viele seiner berühmten Kollegen haben mir bestätigt, dies sei eine der größten (und skandalösesten) Dummheiten gewesen, die sich die Vereinigten Staaten je geleistet hätten. Nach seiner Ausweisung baute Tsien laut Zhuang Fenggan, dem Stellvertretenden Direktor des wissenschaftlich-technischen Ausschusses der Nationalen Raumfahrtbehörde Chinas 'das Raketengeschäft aus dem Nichts auf ... Ohne ihn wäre China auf technischem Gebiet um zwanzig Jahre im Rückstand gewesen.' Mit entsprechenden Verzögerungen wäre wohl auch beim Einsatz der Schiffsabwehrrakete 'Seidenraupe' und bei der Inbetriebnahme der Satellitenabschußrampe 'Langer Marsch' zu rechnen gewesen.

Kurz nachdem ich diesen Roman fertiggestellt hatte, verlieh mir die *International Academy of Astronautics* ihre höchste Auszeichnung, den *von Karman Award* — entgegenzunehmen in Beijing! Das war ein Angebot, das ich nicht ablehnen konnte, erst recht nicht, als ich hörte, daß Dr. Tsien inzwischen in dieser Stadt lebt. Leider mußte ich bei meiner Ankunft erfahren, daß er zur Beobachtung im Krankenhaus lag und seine Ärzte ihm jeden Besuch verboten hatten.

Dankenswerterweise überbrachte ihm sein persönlicher Assistent, Generalmajor Wang Shouyun, je ein Exemplar von *2010* und *2061* mit den entsprechenden Widmungen. Im Gegenzug überreichte mir der General einen dicken Band *Gesammelte Werke von H.S. Tsien: 1938-1956* (Science Press, 16, Donghuangcheggen North Street, Beijing 100707, 1991), für den er als Herausgeber zeichnet. Es ist eine faszinierende Sammlung. Sie beginnt mit zahlreichen Gemeinschaftsarbeiten mit von Karman über Probleme der Aerodynamik und endet mit Einzelaufsätzen über Raketen und Satelliten. Als der letzte Artikel 'Thermonukleare Kraftwerke' (*Jet Propulsion*, Juli 1956) entstand, war Dr. Tsien praktisch ein Gefangener des FBI. Das Thema, das er darin behandelt, ist heute aktueller denn je — obwohl in Richtung auf ein 'Kraftwerk auf der Grundlage der Deuteriumfusion' kaum Fortschritte zu verzeichnen sind.

Kurz bevor ich Beijing am 13. Oktober 1996 verließ, erfuhr ich zu meiner Freude, daß Dr. Tsien trotz seines hohen Alters (fünfundachtzig Jahre) und seines schlechten Gesundheitszustandes weiterhin wissenschaftlich arbeitet. Ich kann nur hoffen, daß ihm *2010* und *2061* Spaß gemacht haben und freue mich schon, ihm diese *Letzte Odyssee* als weiteres Zeichen meiner Hochachtung übersenden zu können.

KAPITEL 36: DIE SCHRECKENSKAMMER
Im Anschluß an eine Reihe von Senatshearings zum Thema Computersicherheit im Juni 1996 unterzeichnete Präsident Clinton am 15. Juli 1996 den Erlaß 13010 zum Schutz gegen 'computergestützte Angriffe auf Informations- oder Kommunikationskomponenten zur Steuerung lebenswichtiger infrastruktureller Einrichtungen('cyber threats').' Damit wird eine Sondereinsatztruppe zur Bekämpfung des Cyberterrorismus geschaffen, an der Vertreter des CIA, der NSA, verschiedener Sicherheitsbehörden etc. beteiligt sind.

Pico, wir kommen ...

Wie ich nach Fertigstellung des letzten Abschnitts erfahre, werden in der letzten Folge von *Independence Day*, die ich noch nicht gesehen hatte, interessanterweise ebenfalls Computerviren als Trojanische Pferde eingesetzt! Außerdem sei die Eingangsszene identisch mit dem Anfang von *Childhood's End* (1953), und der Film enthalte alle gängigen Science Fiction-Klischees seit Melies' *Trip to the Moon* (1903).

Ich weiß nicht recht, ob ich den Drehbuchautoren zu diesem originellen Geniestreich gratulieren — oder sie als transtemporal-präkognitive Plagiatoren verklagen soll. Jedenfalls werde ich wohl nicht verhindern können, daß Klein Moritz denkt, ich hätte den Schluß von *ID 4* geklaut.

Folgende Passagen wurden — meist nach umfangreicher Überarbeitung — den früheren Bänden der Serie entnommen:

Aus *2001 Odyssee im Weltraum*: Kapitel 18, 'Durch den Asteroidengürtel' und Kapitel 37 'Experiment'.

Aus *Odyssee 2010*: Kapitel 11, 'Eis und Vakuum', Kapitel 35, 'Feuer in der Tiefe'; Kapitel 38; 'Raumlandschaft aus Gas und Schaum'.

Danksagungen

Sehr verbunden bin ich der Firma IBM für das wunderschöne, kleine Thinkpad 755 CD, auf dem dieses Buch geschrieben wurde. Jahrelang hatte mich das — vollkommen haltlose — Gerücht, der Name HAL sei eine Ableitung von IBM, nur um einen Buchstaben im Alphabet nach vorne gerückt, in Verlegenheit gebracht. Um diesen Mythos des Computerzeitalters zu entkräften, hatte ich sogar HALs Erfinder, Dr. Chandra, in *Odyssee 2010* ein Dementi in den Mund gelegt. Nun hat man mir vor kurzem versichert, bei 'Big Blue' sei man über die Assoziation nicht nur nicht verärgert, sondern inzwischen sogar stolz darauf. Ich verzichte also auf weitere Versuche der Berichtigung — und wünsche allen Gästen bei HALs 'Geburtstagsparty' am 12. März 1997 an der University of Illinois, Urbana (wo sonst?) viel Vergnügen.

Mit gemischten Gefühlen danke ich Shelly Shapiro, meinem Lektor bei Del Rey Books, für die zehn Seiten mit Haarspaltereien. Sie haben das Endprodukt ungeheuer verbessert, als ich mich endlich durchgerungen hatte, mich damit zu beschäftigen. (Ja, ich habe selbst schon Lektorate gemacht und kann mich der Überzeugung der meisten Autoren, alle Angehörigen dieses Gewerbes seien verhinderte Metzger, nicht anschließen.)

Das Wichtigste zum Schluß: meinen tiefempfundenen Dank an meinen alten Freund Cyril Gardiner, Direktor des Galle

Face Hotels, der mir für die Arbeit an diesem Buch seine fürstlich eingerichtete (und sehr geräumige) Privatsuite zur Verfügung stellte, ein 'Stützpunkt Tranquillity' in stürmischer Zeit. Ergänzend ist zu sagen, daß das Galle Face zwar kein so umfassendes Sortiment an Phantasielandschaften zu bieten hat, doch ansonsten den Komfort des 'Grannymed' weit übertrifft. Ich habe nie in einer angenehmeren Atmosphäre gearbeitet.

In einer Atmosphäre, die obendrein die Phantasie beflügelte, denn auf einer großen Tafel am Eingang sind über hundert Staatsoberhäupter und andere Berühmtheiten aufgeführt, die irgendwann einmal hier abgestiegen sind. Hier findet man Jurij Gagarin, die Besatzung von *Apollo 12* — der zweiten Mission, die auf dem Mond gelandet war — und eine breite Palette von Bühnen- und Filmschauspielern: Gregory Peck, Alec Guinness, Noel Coward, Carrie Fisher aus *Star Wars* ... Dazu noch Vivien Leigh und Laurence Olivier — die beiden hatten einen kurzen Auftritt in *2061: Odyssee III* (Kapitel 37). Daß auch mein Name auf dieser Tafel steht, ist mir eine große Ehre.

Es liegt sicher ein Sinn darin, wenn dieses Projekt, das in einem berühmten Hotel — dem *Chelsea* in New York, aus dem so viele echte und falsche Genies hervorgegangen sind — begann, auf der anderen Seite der Erdkugel ebenfalls in einem Hotel beendet wird. Dennoch mutet es seltsam an, wenn wenige Meter vor meinem Fenster der monsungepeitschte Indische Ozean tost und nicht der Verkehr auf der weit entfernten 23rd Street, an die ich so gern zurückdenke.

IN MEMORIAM: 18. SEPTEMBER 1996

Tief betroffen erfuhr ich — mitten in der Überarbeitung dieser Zeilen — daß Cyril Gardiner vor wenigen Stunden gestorben ist.

Ein wenig tröstet es mich, daß er meine Dankesworte bereits gelesen und sich sehr darüber gefreut hatte.

Zum Abschied

"Keine Erklärungen, keine Entschuldigungen" mag eine ausgezeichnete Empfehlung für Politiker, Hollywoodmagnaten und Industriebonzen sein, ein Autor schuldet seinen Lesern mehr Rücksichtnahme. Ich sehe zwar keinen Anlaß, mich zu entschuldigen, aber einige Erklärungen sind bei dem komplizierten Entstehungsprozeß der vier *Odyssee*-Bände vielleicht doch angebracht.

Begonnen hatte alles Weihnachten 1948 — ja, 1948! — mit einer Kurzgeschichte von viertausend Worten, die ich für einen von der British Broadcasting Corporation ausgeschriebenen Wettbewerb verfaßt hatte. *The Sentinel** beschrieb die Entdeckung einer kleinen, von einer fremden Zivilisation auf dem Mond errichteten Pyramide, die darauf wartete, daß die Menschheit sich zu einer Spezies von Raumfahrern mauserte. Vorher, so wurde unterstellt, seien wir ohnehin für niemanden von Interesse.**

Die BBC lehnte mein bescheidenes Werk ab, es wurde erst fast drei Jahre später in der einzigen Ausgabe von *10 Story Fantasy* (Frühjahr 1951) veröffentlicht — das Magazin ist, wie die unersetzliche *Encyclopedia of Science Fiction* ironisch bemerkt, 'in erster Linie wegen seiner rechnerischen Unfähig-

---

*Dt. 'Der Wächter', erschienen in James Gunn (Hrsg.), Wege zur Science Fiction, Band Fünf, von Heinlein bis Farmer, Anm. d. Ü.

keit in Erinnerung geblieben (es waren dreizehn Geschichten).'
'The Sentinel' blieb über mehr als zehn Jahre unbeachtet, bis Stanley Kubrick im Frühjahr 1964 an mich herantrat und mich fragte, ob ich nicht irgendwelche Ideen für den 'sprichwörtlich' (d.h. immer noch nicht existierenden) 'guten Science Fiction-Film' hätte. Nach vielen Brainstorming Sessions kamen wir schließlich, wie bereits in *The Lost Worlds of 2001* berichtet, zu dem Ergebnis, ein geduldiger Wächter auf dem Mond wäre kein schlechter Ausgangspunkt für unsere Geschichte. Letztlich wurde sehr viel mehr daraus, denn irgendwann im Lauf der Produktion verwandelte sich die Pyramide in den inzwischen berühmt gewordenen schwarzen Monolithen.

Wer die *Odyssee*-Serie richtig sehen will, darf nicht vergessen, daß das Raumfahrtzeitalter kaum sieben Jahre alt war, als Stanley und ich mit den Planungen für unseren Film — Arbeitstitel: 'Wie das Sonnensystem erobert wurde' — begannen. Kein Mensch hatte sich jemals weiter als hundert Kilometer von unserem Heimatplaneten entfernt. Präsident Kennedy hatte zwar angekündigt, daß die Vereinigten Staaten 'noch in diesem Jahrzehnt' zum Mond fliegen wollten, doch das muß den meisten Menschen wie ein ferner Traum erschienen sein. Als am 29. Dezember 1965 bei bitterer Kälte im Süden von London* die Dreharbeiten begannen,

---

**Die Suche nach Spuren von Außerirdischen im Sonnensystem wäre ein durchaus ernstzunehmender Wissenschaftszweig ('Exo-Archäologie'?). Leider ist er durch die Behauptung, solche Spuren seien bereits entdeckt - und von der NASA bewußt unterdrückt worden - sehr in Verruf geraten! Nicht zu fassen, daß irgend jemand diesen Unsinn glaubt: sehr viel wahrscheinlicher wäre es doch, daß die Raumfahrtbehörde gezielt extraterrestrische Artefakten fälschen würde - um ihre Finanzprobleme zu lösen! (Der Leiter der NASA hat das Wort ...)

*In Shepperton, das in einer der dramatischsten Szenen von Wells' Meisterwerk *Der Krieg der Welten* von den Marsianern zerstört wurde.

wußten wir nicht einmal, wie die Mondoberfläche aus der Nähe aussah. Noch befürchtete man, das erste Wort eines Astronauten beim Verlassen des Raumschiffs könne nur ein Hilfeschrei sein, weil er sofort im Mondstaub versänke wie in einer Schicht Talkumpuder. Alles in allem hatten wir gar nicht so schlecht geraten. Nur daran, daß unsere Mondlandschaften sehr viel schroffer ausfielen, als sie in Wirklichkeit sind — nachdem sie seit undenklichen Zeiten vom Meteorstaub sandgestrahlt wurden —, ist zu erkennen, daß *2001* in der Zeit vor den *Apollo*-Missionen gedreht wurde.

Heute lacht man darüber, daß wir unsere riesigen Raumstationen, die Hilton Hotels im Orbit und die Jupiterexpeditionen bereits für das Jahr 2001 prognostizierten. Man kann sich kaum noch vorstellen, daß man damals, in den sechziger Jahren, allen Ernstes feste Mondbasen und Landungen auf dem Mars plante — bis 1990! Ich selbst habe unmittelbar nach dem Start von *Apollo 11* im CBS-Studio mit angehört, wie der Vizepräsident der Vereinigten Staaten in überschäumender Begeisterung ausrief: "Und jetzt kommen wir bis zum Mars!"

Wie sich herausstellte, hatte er Glück, nicht ins Gefängnis zu kommen. Dieser Skandal sowie Vietnam und Watergate sind einer der Gründe, warum jene optimistischen Szenarien niemals umgesetzt wurden.

Als im Jahre 1968 Film und Buch von *2001 Odyssee im Weltraum* erschienen, dachte ich mit keinem Gedanken an eine Fortsetzung. Doch 1979 startete tatsächlich eine Mission zum Jupiter, und wir bekamen die ersten Bilder von dem Riesenplaneten und seiner erstaunlichen Mondfamilie.

Die *Voyager*-Sonden* waren natürlich unbemannt, aber die Bilder, die sie schickten, machten aus Lichtpünktchen — mehr hatten selbst die leistungsstärksten Teleskope nicht ge-

---

*Sie führten ein 'Katapult-' oder 'Schwerkraftbeschleunigungsmanöver' durch, indem sie - genau wie die *Discovery* in der Buchversion von 2001 - dicht an den Jupiter heranflogen.

zeigt — richtige Welten mit überraschenden Eigenschaften. Ios unentwegt ausbrechende Schwefelvulkane, Callistos von zahllosen Einschlägen zernarbtes Antlitz, Ganymeds bizarre Landschaft — es war fast, als hätten wir ein neues Sonnensystem entdeckt. Ich konnte der Versuchung, es zu erkunden, nicht widerstehen, und so wurde *Odyssee 2010* geboren. Natürlich reizte mich auch die Chance zu verfolgen, wie es mit David Bowman weiterging, nachdem er in jenem mysteriösen Hotelzimmer aufgewacht war.

Als ich 1981 mit dem neuen Buch anfing, war der Kalte Krieg noch in vollem Gange. Mit der Darstellung einer gemeinsamen russisch-amerikanischen Mission begab ich mich auf gefährliches Terrain — und machte mich auf herbe Kritik gefaßt. Meine Hoffnung auf künftige Zusammenarbeit betonte ich noch, indem ich den Roman dem Nobelpreisträger Andrej Sacharow (er lebte damals im Exil) und dem Kosmonauten Alexej Leonow widmete. Als ich letzterem in 'Star Village' sagte, daß ich das Schiff nach ihm benennen würde, rief er, temperamentvoll, wie er nun einmal war: "Dann muß es ein gutes Schiff sein!"

Noch heute kann ich es kaum fassen, daß Peter Hyams für seine ausgezeichnete Verfilmung im Jahre 1983 echte Nahaufnahmen von den Jupitermonden zur Verfügung hatte, die bei der *Voyager*-Mission entstanden waren (bei einigen hatte das Jet Propulsion Laboratory, von dem auch die Originale stammten, mit dem Computer noch einiges herausholen können). Weit bessere Bilder erwartete man sich jedoch von der *Galileo*-Mission, die die größeren Satelliten über einen Zeitraum von vielen Monaten genauestens beobachten sollte. Bisher hatten wir nur Daten von einem kurzen Vorbeiflug gehabt, nun würden wir sehr viel mehr über dieses neue Gebiet erfahren — und ich hätte keine Ausrede mehr, *Odyssee III* nicht zu schreiben.

Leider wurde der Weg zum Jupiter von einem tragischen Ereignis überschattet. Man hatte geplant, *Galileo* 1986 mit dem

Space Shuttle auszusetzen — doch das war nach der *Challenger*-Katastrophe nicht mehr möglich, und bald stellte sich heraus, daß wir auf mindestens zehn Jahre nicht mit neuen Informationen über Io, Europa, Ganymed und Callisto rechnen durften.

So lange wollte ich nicht warten. Die Rückkehr des Halley'schen Kometen ins Innere des Sonnensystems (1985) war ein Thema, das sich förmlich aufdrängte. Sein nächstes Erscheinen im Jahre 2061 war ein ausgezeichneter Anlaß für eine dritte *Odyssee*, da ich jedoch nicht sicher war, wann ich das Buch liefern konnte, bat ich meine Verlegerin um einen bescheidenen Vorschuß. Mit großer Trauer zitiere ich hier noch einmal die Widmung von *2061 Odyssee III*:

> In Erinnerung an
> Judy-Lynn del Rey,
> eine außergewöhnliche Herausgeberin,
> die dieses Buch für einen Dollar kaufte
> - aber nie erfuhr, ob es sein Geld wert war.

Es ist natürlich unmöglich, daß eine Serie von vier Science Fiction-Romanen, geschrieben über einen Zeitraum von mehr als dreißig Jahren, in dem sich die technischen —insbesondere bei der Erforschung des Weltalls — und politischen Entwicklungen geradezu überschlugen, in sich völlig stimmig ist. Bereits in der Einführung zu *2061* schrieb ich: 'Ebensowenig wie *Odyssee 2010* eine direkte Fortsetzung von *2001 Odyssee im Weltraum* war, ist dieses Buch eine lineare Fortsetzung von *2010*. Alle diese Romane sind als Variationen über ein Thema zu betrachten, viele Personen und Situationen kommen immer wieder vor, sind aber nicht unbedingt im gleichen Universum angesiedelt.' Vielleicht hilft ein Vergleich aus einem anderen Medium weiter: Hören Sie sich an, was Rachmaninoff und Andrew Lloyd Webber aus der gleichen Handvoll Noten gemacht haben, die auch Paganini zur Verfügung hatte.

Diese *Letzte Odyssee* hat viele Motive ihrer Vorläufer ausgemustert, dafür aber andere — hoffentlich wichtigere — sehr viel ausführlicher entwickelt. Sollten sich Leser der ersten Bücher durch Transmutationen dieser Art verwirrt fühlen, so sehen sie vielleicht von wütenden Briefen ab, wenn ich in leicht abgewandelter Form eine der liebenswerteren Bemerkungen eines gewissen U.S.-Präsidenten wiedergebe: "Alles frei erfunden, Dummkopf!"

Und, falls es jemand noch nicht bemerkt haben sollte, von mir ganz allein erfunden. So sehr ich die Zusammenarbeit mit Gentry Lee*, Michael Kube-McDowell und dem verstorbenen Mike McQuay genossen habe — und so wenig ich auch künftig zögern werde, mir bei Projekten, die mir eine Nummer zu groß sind, die größten Kanonen auf dem Markt zu Hilfe zu holen — gerade diese *Odyssee* mußte ich allein schreiben.

Jedes Wort stammt also von mir — oder fast jedes Wort. Ich muß gestehen, daß ich Professor Thirugnanasampanthamoorthy (Kap. 35) im Telefonbuch von Colombo gefunden habe. Hoffentlich nimmt mir der derzeitige Träger dieses Namens die Anleihe nicht übel. Auch aus dem großen *Oxford English Dictionary* habe ich mich mehrfach bedient. Und Sie werden es nicht glauben — dabei habe ich nicht weniger als sechsundzwanzig Einträge gefunden, in denen Bedeutung und Gebrauch eines Wortes mit einem Zitat aus einem meiner Bücher erläutert wurden! Welch freudige Überraschung.

Liebes *OED*, solltest du auch auf diesen Seiten brauchbare Beispiele finden, dann greif' bitte — abermals — zu.

Entschuldigen möchte ich mich für die dezente Selbstbeweihräucherung (nach letzter Zählung in zehn Fällen) in diesem Nachwort; doch die angesprochenen Sachverhalte erschienen

---

*Gentry war, ein unglaublicher Zufall, Chefingenieur beim Galileo- und beim Viking-Projekt (vgl. aauch die Einführung zu Rama II). Es war allerdings nicht seine Schuld, daß die Antenne von Galileo nicht ausgefahren werden konnte ...

mir doch zu wesentlich, um sie einfach zu übergehen.

Zu guter Letzt möchte ich meinen vielen buddhistischen, christlichen, hinduistischen, jüdischen und moslemischen Freunden versichern, daß ich mich aufrichtig freue, wenn die Religion, die ihnen der Zufall beschert hat, zu ihrem Seelenfrieden (und oft, wie auch die westliche Medizin allmählich zögernd eingesteht, zu ihrem körperlichen Wohlbefinden) beiträgt.

Vielleicht ist es besser, unvernünftig und glücklich, als vernünftig und unglücklich zu sein. Am besten wäre es freilich, wenn Vernunft und Glück Hand in Hand gingen.

Ob unsere Nachkommen dieses Ziel erreichen, wird die größte Frage der Zukunft sein. Durchaus möglich, daß sich mit der Antwort darauf entscheidet, ob wir überhaupt eine Zukunft haben.

Arthur C. Clarke
Colombo, Sri Lanka
19. September 1996

Über den Autor

ARTHUR C. CLARKE wurde 1917 in Minehead, England, geboren und 1992 zum Ehrenbürger seiner Heimatstadt ernannt. Heute lebt er in Sri Lanka, das ihm als erstem Ausländer den Status eines 'Resident Guest' verliehen hat. Er studierte am King's College in London und ist Kanzler der International Space University und der University of Moratuwa, in deren Nähe sich das von der Regierung eingerichtete Arthur C. Clarke Centre for Modern Technologies befindet.

Dr. Clarke war zweimal Vorsitzender der British Interplanetary Society. Im Jahre 1945 veröffentlichte er, damals noch Radaroffizier bei der RAF, eine Abhandlung über die theoretischen Grundlagen des Nachrichtensatelliten. Noch heute wird die Umlaufbahn, in der sich die meisten dieser Satelliten befinden, Clarke-Orbit genannt. Die Erfindung hatte so entscheidende Auswirkungen auf die Weltpolitik, daß Dr. Clarke dafür im Jahre 1994 für den Friedensnobelpreis nominiert wurde.

Clarke hat mehr als siebzig Bücher geschrieben und wurde zusammen mit Stanley Kubrick für den auf seinem Roman basierenden Film *2001 Odyssee im Weltraum* für den Oscar nominiert. Seine Fernsehserien *Mysterious World*, *Strange Powers* und *Mysterious Universe* wurden in aller Welt ausgestrahlt.

Von seinen zahlreichen Ehrungen seien hier nur der Marconi- und der Lindbergh-Preis sowie drei Hugos und drei Nebulas für seine Science Fiction erwähnt. 1995 überreichte man ihm im Rahmen einer weltweit über Satelliten übertragenen Zeremonie die höchste zivile Auszeichnung der NASA, die Distinguished Public Service Medal.

In seiner Freizeit taucht Dr. Clarke mit seinen Freunden gern im Indischen Ozean nach Schiffswracks, geht auf Unterwassersafari, spielt (trotz der Folgen einer Kinderlähmung) Tischtennis, schaut mit seinem Vierzehn-Zoll-Teleskop in den Mond und spielt mit seinem Chihuahua 'Pepsi' und seinen sechs Computern.

1986 verlieh ihm der Präsident von Sri Lanka den Preis Vidya Jyothi ('Licht der Wissenschaft'), und 1989 ernannte ihn Ihre Majestät Königin Elisabeth zum CBE (Commander of the British Empire). 1996 reiste er nach China, um dort die höchste Auszeichnung der International Academy of Astronautics, den von-Karman-Preis, entgegenzunehmen.

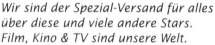

Erkennen Sie hier Ihren Star?

Wir sind der Spezial-Versand für alles über diese und viele andere Stars. Film, Kino & TV sind unsere Welt.

Bei uns finden Sie Starfotos, Plakate, Videos, Soundtracks, Modelle - eben alles aus der Welt des Films.

Für ausführliche Listen und Kataloge senden Sie uns bitte pro Star und Sammlergebiet 4 Mark in Briefmarken.

Cinemabilia-Versand
Postfach 10 65 51
28065 Bremen
Fax: 0421/17490-50

Cinemabilia im Internet: www.cinemabilia.de

TRANSGALAXIS
SCIENCE FICTION UND FANTASY

Der Weltraum – unendliche Weiten...

Auf der Erde verfolgt AKTE X diese Phänomene, mit der ENTERPRISE treffen Sie auf Dinge, die nie zuvor jemand gesehen hat, in STAR WARS kämpfen Sie auf der Seite der Rebellen, BABYLON 5 und ERTH 2 sind Ihre neue Heimat...

All dies und noch viel mehr finden Sie in unserem neuen Katalog: Bücher, Bildbände, Modelle, Comics, Spiele, Trading Cards, CD ROMs, ...

Jetzt Katalog anfordern. Kommt gratis. Sie werden staunen, was es alles gibt!

Fax: 0 61 72 - 95 50 80

Transgalaxis - Science Fiction und Fantasy
61381 Friedrichsdorf/Ts - Taunusstraße 109

Kevin J. Anderson

Jahrgang 1962, einer der renommiertesten Science Fiction-Autoren der jüngeren Generation, wurde durch seine STAR WARS-Trilogie DIE AKADEMIE DER JEDI-RITTER (FLUCHT INS UNGEWISSE, DER GEIST DES DUNKLEN LORDS, DIE MEISTER DER MACHT) international bekannt. Seine AKTE X-Romane IM HÖLLENFEUER und RUINEN stürmten weltweit die Bestsellerlisten.

Bislang erschienen:

Kevin J. Anderson
Blindfold
Die Gilde der Wahrsager
Roman

Aus dem Amerikanischen
von Winfried Czech

Kevin J. Anderson
Marsdämmerung
Roman

Aus dem Amerikanischen
von Anton E. Schmitz

Science-fiction Classics

Die neue Hardcover-Reihe in der vgs

Arthur C. Clarke
**2001
Odyssee im Weltraum**
Roman
Aus dem Amerikanischen
von Egon Eis

Alan Dean Foster
**Alien
Das unheimliche Wesen
aus einer fremden Welt**
Roman
Aus dem Amerikanischen
von Heinz Nagel

Roger Zelazny
Straße der Verdammnis
Roman
Aus dem Amerikanischen
von Walter Brumm

Die Reihe wird fortgesetzt